PLAYA DE PALMA: Abgrundtief



Für Gabriele

Herzlichst

1.10.2019

# STINA JENSEN

# PLAYA DE PALMA: Abgrundtief

LEINPFAD
VERLAG

Die Handlung und alle Personen sind völlig frei erfunden; Ähnlichkeiten wären rein zufällig.



Redaktion: Ricarda Oertel, lektorat-oertel.de
Umschlag: Claudia Toman, traumstoff.at
Umschlagabbildung: David Sandron, shutterstock.com
Layout: Leinpfad Verlag, Ingelheim
Druck: TZ Verlag & Print GmbH, Roßdorf

Leinpfad Verlag, Leinpfad 5, 55218 Ingelheim,
Tel. 06132/8369, Fax: 896951
E-Mail: info@leinpfadverlag.de
www.leinpfadverlag.com

ISBN 978-3-945782-40-8

*Gründonnerstag*
## Levke

Als Levke die Tür hinter sich schloss, ertönte eine leise Klingel. Sie hatte den Vorraum genauso in Erinnerung: dezente Beleuchtung, opulenter Blumenschmuck auf einer halbhohen Säule in der Mitte. Dahinter ein Durchgang. Sie erspähte glänzende Särge. Schwarz, braun, weiß. Einer der Deckel war aufgeklappt. Wie damals. Natürlich nichts darin als weißer Satin.

Eben trat eine Frau aus einer Seitentür.

»Was kann ich für Sie tun?«, fragte sie und musterte Levke freundlich.

Levke hatte sich seit ein paar Tagen die Haare nicht gewaschen, die ihr jetzt strähnig ins Gesicht und über den Rücken fielen; das Blond wirkte schon fast braun und ließ auch ihre dunkle Augenfarbe matter erscheinen. Die Körperpflege war unwichtig, wenn sie zu Hause den ganzen Tag am Fenster saß und hinausstarrte. Das Duschen hatte sie auf heute Abend verschoben, damit sie morgen niemanden im Flugzeug belästigte. Jetzt bedauerte sie, es nicht schon getan zu haben. Aber vielleicht war es gut, dann erkannte die Frau sie nicht, die sie damals auch beraten hatte – zumindest schien es Levke so. Sandra, ihre beste Freundin seit Kindertagen, war dabei gewesen und hatte fast das komplette Gespräch übernommen. Die Erinnerung war ziemlich verwaschen.

»Ich wollte …« Levke zögerte. »Ich würde gern für meinen Vater ... Er ist leider erkrankt. Sie wissen schon.« *Papa, verzeih, mir fiel nichts Besseres ein.*

»Sie möchten alle Vorbereitungen treffen, damit Sie sich

später ganz Ihrer Trauer widmen können?« Die Dame sah Levke mitfühlend an. »Das ist sehr vorausschauend von Ihnen.«

Levke nickte. »Es fällt mir nicht leicht«, hauchte sie. Und das tat es wirklich nicht.

»Normalerweise wird die Bestattungsvorsorge von den Menschen selbst vorgenommen und dann eine Vorauszahlung geleistet, sodass sich die Angehörigen damit nicht in ihrer Trauer beschäftigen müssen. Ihr Vater …?« Sie sah Levke fragend an.

Diese hob die Schultern. »Er kann leider nicht selbst kommen.«

»Wie ist denn sein Name?«, fragte die Frau. Sie zog ein Klemmbrett hinter einem seitlichen Tresen hervor, darauf lag ein ausgedrucktes Formular. »Ludger Sönkamp.«

*Scheiße, das ist doch bescheuert, was mache ich hier eigentlich?*

»Könnte Ihr Vater denn den Vorsorgevertrag noch unterschreiben und die Vorauszahlung leisten? Oder haben Sie Vollmachten? Die Vormundschaft?«

»Ich … habe alles.« Sie würde das Ganze wohl anders aufziehen müssen. »Das mit dem Vertrag können wir nachholen.« Sie sah nach hinten zu dem Ausstellungsraum mit den Särgen und sagte: »Ich würde gern erst einmal nach den Särgen sehen.«

Die Frau straffte die Schultern, legte die Kladde beiseite und machte eine einladende Handbewegung zum Ausstellungsraum. »Dann zeige ich Ihnen mal unsere verschiedenen Ausführungen.«

Levke folgte ihr zögernd zu einem dunkelbraun gebeizten Modell. Es war mit weißem Satin ausgeschlagen, am Rand bedeckte eine dunkelblau und weiß gemusterte Bordüre die Befestigung. Ja, das Modell erkannte sie wieder. Sie strich mit der Hand über den Stoff. *Weich.* Dasselbe hatte sie damals auch gedacht.

Als sie nach Hause kam, blinkte der Anrufbeantworter. Wie immer dachte sie: Max! *So ein Schwachsinn.*

Sie schlängelte sich an dem leeren Meerschweinchenkäfig, den gepackten Kartons und dem Schränkchen mit dem blinkenden Gerät vorbei ins Schlafzimmer und legte sich aufs Bett, fuhr sich mit beiden Händen übers Gesicht. Dieser kleine Ausflug zur Bestatterin hatte ihr schon alles abverlangt. Wie sollte sie bloß den Rest schaffen? In ihrem körperlichen Zustand eine Reise nach Mallorca anzutreten, war eigentlich Wahnsinn. Aber etwas anderes kam nicht in Frage.

Max hatte immer gesagt, dass er keine dickköpfigere Frau kannte, als sie. Und wenigstens damit sollte er recht behalten.

*Karfreitag*

## Levke

Ihr Flug ging morgens um vier Uhr dreißig. Das Flugzeug war bis auf den letzten Platz besetzt. Ein Trupp junger Männer war schon angeheitert eingestiegen, in der Wartehalle hatte eine Flasche Jägermeister die Runde gemacht. Wenigstens hatten die Kerle während des Flugs geschlafen. Jetzt, bei der Landung, wurden sie munter. Einer rülpste und reckte sich. Ein anderer machte ein Geräusch, als wollte er Schleim ausspucken. Levke schüttelte sich.

Es war Karfreitag, und bei der Flugbuchung vor vier Wochen hatte sie sich bei den wenigen verbleibenden Plätzen in den Fliegern schon gedacht, dass es über Ostern auf Mallorca voll werden könnte. Hoffentlich nicht nur von solchen

Typen. Obwohl, es konnte ihr egal sein. Sie würde nur einen Tag dort sein.

Als das Flugzeug gelandet war und die Anschnallzeichen erloschen, zog Levke ihren Rucksack unter dem Vordersitz hervor und schulterte ihn, reihte sich in die Schlange der aussteigenden Passagiere ein. Die Stewardess wünschte ihr einen angenehmen Aufenthalt.

Levke folgte dem Strom der Mitreisenden in Richtung Gepäckausgabe. Sie hatte lediglich ihr Beautycase aufgegeben, weil ein paar Dinge darin waren, die man ihr im Handgepäck aussortiert hätte. Hoffentlich musste sie nicht allzu lange darauf warten. Bei den Rollbändern befand sich auch die Autovermietung, bei der sie den Schlüssel zu ihrem Mietwagen entgegennehmen würde. Ein FIAT 500. Sie hätte immer gern so einen gehabt, allerdings war dieser Traum einem Familienauto gewichen, das dann nicht besonders alt geworden war, und seither war sie nicht motorisiert. Was nicht weiter störte, in Frankfurt brauchte man kein Auto.

Hoffentlich klappte es einigermaßen mit der Verständigung. Sie hatte schon so lange kein Spanisch gesprochen – früher hingegen ziemlich gut, sie mochte die Sprache und hatte an der Uni mehrere Kurse belegt. Aber für die paar Brocken, die sie heute von sich geben musste, sollte es genügen.

Eine halbe Stunde später saß sie schon in dem kleinen Auto. Der Wagen fuhr sich schnittig – das Lenkrad ging so leicht, dass sie es mit einem Finger hätte bewegen können. Der Weg vom Flughafen führte zu einer von Palmen gesäumten Autobahnauffahrt. Es war sieben Uhr dreißig, die Luft noch frisch. Die Temperaturanzeige zeigte elf Grad.

Levke lauschte der Ansagestimme des Navis. Der Wagen

selbst verfügte über keines, sie hatte die Navigationsfunktion ihres Handys aufgerufen und die Adresse des Hotels in Playa de Palma eingegeben, das Gerät dann auf der schmalen Konsole vor dem Tacho drapiert. Zweimal war ihr das Telefon zwischen die Füße gefallen und sie musste es wieder hervorklauben. *Egal.* Jetzt, wo sie auf der Autobahn war, blieb es an Ort und Stelle.

Das Hotel hieß *Tres Pinos*. Drei Pinien. Im selben Haus war sie vor fast vierzehn Jahren mit Sandra abgestiegen. Frisch gebackene Abiturientinnen in Feierlaune. Levke hätte natürlich auch die Finca in der Nähe von Sóller buchen können, das wäre noch passender gewesen – aber strategisch nicht klug, da sie ja abends noch in dieses bei deutschen Urlaubern beliebte Lokal *Deutsches Haus* wollte, und das lag nun mal am Balneario, keinen Kilometer vom Hotel entfernt. Balneario hieß witzigerweise ›Heilbad‹. Die deutschen Touristen hatten diesen Namen in ›Ballermann‹ umgewandelt. Was zumindest im Sommer auch besser passte.

Anschließend wollte sie noch an den Strand und vielleicht sogar eine Runde tanzen.

Im *Deutschen Haus* hatte sie Max kennengelernt. Levke sah durch die Windschutzscheibe an den wolkenlosen Himmel. Bestimmt stieg die Temperatur heute schon über zwanzig Grad. Damals, als sie ihn traf, war es Sommer, entsprechend heiß und brechend voll, laut und ein bisschen primitiv. Das Urlaubsziel, den Ballermann, hatte Sandra ausgesucht. Eine Last-Minute-Reise. Sie hatten sich sonnen wollen, feiern, shoppen in Palma. Dass Levke einen Typen kennenlernen würde, sich unsterblich verknallen, damit hatte sie wirklich nicht gerechnet. Max genauso wenig.

Er hatte damals bereits studiert und diesen Kurztrip mit seinem Freund und Kommilitonen Johann angetreten, der

»mal wieder richtig ficken« wollte, und das hatte er dann wohl auch getan. Max auch, aber Levke würde das, was sie miteinander geteilt hatten, anders nennen. Johann liebte die derbe Sprache. Heute noch. Sie sahen sich selten, jetzt schon ein paar Wochen nicht mehr – ohnehin gab es ja kaum noch jemanden, der mit ihr sprach, weil sie alle verstummt waren. Zuletzt, kurz vor Weihnachten musste es gewesen sein, war Johann »spontan« vorbeigekommen, um nach ihr zu sehen, hatte im Flur die Kartons betrachtet und gesagt, das alles sei »schon eine verfickte Scheiße«. Ganz ihre Meinung.

Levke setzte den Blinker und nahm die Abfahrt, die das Navi vorgab. Die Computerstimme beherrschte keine spanische Aussprache. »Am kommenden Kreisverkehr biegen Sie an der zweiten Ausfahrt in die Carrer Marbella ab«, sagte die Stimme und betonte das doppelte L nicht wie ein J und rollte auch nicht das R. Es klang wie Carer Ma Bella. Sie und Max hätten darüber gelacht.

Die breite Straße wurde alsbald von Hotels gesäumt, dazwischen fand sich auch eine Comisaría de Policía neben einer Feuerwehrstation. Zur Verkehrsberuhigung hatte man hier alle paar hundert Meter Schwellen installiert.

Sie ergatterte schließlich einen Parkplatz wenige Meter vom *Tres Pinos* entfernt und betrat kurz darauf mit ihrem geschulterten Rucksack und dem Beautycase die Hotelhalle, sah sich um. Es war noch nicht viel los, die meisten Gäste schliefen vermutlich noch, es war erst kurz vor acht. Die Marmorhalle hatte sich kaum verändert. Ein paar Sitzgruppen aus Sesseln und schmalen Sofas waren wie Punkte in der Lobby verteilt; ein Sekretär mit Computer, eine Prospektwand.

Es war wie ein Flashback. Als wäre sie wieder das junge Ding mit dem Kopf voller Zukunftspläne. Kurz bevor sie und Sandra damals abgeflogen waren, hatte Levke einen Ausbildungsvertrag in Hamburg unterschrieben, wo sie ursprünglich herkam. Raumausstatterin wollte sie werden. Ihre Eltern besaßen eine Tischlerei, Levke hatte als Kind viel Zeit in der Werkstatt bei ihrem Vater und dessen Mitarbeitern verbracht, hatte gezimmert und gebaut. Später war Magnus, ihr jüngerer Bruder, dazugekommen.

Manchmal hatte sie ihren Vater bei den Auslieferungen der Möbel begleitet, ging ihm beim Aufbau zur Hand. Früh entwickelte sie ein Gefühl dafür, wie das Beste aus einem Raum herauszuholen war. Eine Tischlerlehre hätte sie nicht machen wollen, schon gar nicht bei ihren Eltern, aber Raumausstatterin war ihr Traum. Danach hatte sie Innenarchitektur studiert – allerdings in München, bei Max, nach drei Jahren Fernbeziehung. Anschließend hatte sie sich selbstständig gemacht, um sich die Arbeit frei einteilen zu können. Doch seit einem Jahr lag alles brach. Sie war einfach nicht dazu in der Lage gewesen, sich mit Menschen über so unwichtige Dinge wie das Farbkonzept ihres Wohnzimmers zu unterhalten.

Levke holte tief Luft und trat an die Rezeption. Der Rezeptionist fragte sie auf Spanisch, wie er ihr helfen könnte. Sie sagte ihren Namen und dass sie ein Zimmer reserviert hätte. Klappte ganz gut.

Er überprüfte ihre Buchung an seinem Computer. »Sie bleiben nur eine Nacht?«

»Ja.«

Er lächelte freundlich. »Machen Sie eine Rundreise?«

Sie blinzelte. »So in etwa.«

Er schaute abwartend, dann fuhr er fort: »Das Zimmer ist erst ab fünfzehn Uhr frei. Wenn Sie mögen, können Sie Ihr Gepäck in unserer Aufbewahrung abstellen. Und wenn Sie frühstücken möchten, dürfen Sie das selbstverständlich auch tun. Es kostet zwölf Euro.«

Sie schüttelte den Kopf, deutete auf ihren Rucksack und das Beautycase. »Ich habe nur das und nehme beides mit, ich fahre gleich mit dem Mietwagen weiter.«

Schade, dass sie noch nicht aufs Zimmer konnte. Vor siebzehn Uhr war sie von ihrem Ausflug vermutlich nicht zurück, mit allem, was sie vorhatte. Sie hatte sich vorgestellt, gleich nach ihrer Ankunft auf den Balkon zu treten und aufs Meer zu schauen. Um zu überprüfen, ob es noch so aussah wie damals. Aber gut. Kein Drama.

Ihr fiel etwas ein. Sie öffnete das Beautycase und kramte die Packung Teelichter heraus. »Könnten Sie die hier für mich aufbewahren? Nicht, dass sie im Auto schmelzen, wenn sie länger in der Sonne stehen.«

Der Rezeptionist nahm die Großpackung entgegen. »Die dürfen Sie aber nicht auf dem Zimmer …«

»Keine Angst«, sagte Levke schnell, »die sind für heute Abend am Strand.«

Es war gelogen, aber warum sollte sie sich in Diskussionen verstricken? Später konnte ihr ohnehin niemand mehr etwas vorwerfen.

Sie nahm ihr Gepäck und hob die Hand. »Hasta luego.«

## Jordi

»Bist du auch wirklich sicher, dass ihr beide zurechtkommt?«

Jordis Exfrau sah von ihm zu Mateo, der die Augen verdrehte und sagte: »Mama, ich bin vierzehn, er muss mir keinen Brei kochen und mich zu bestimmten Zeiten füttern.«

Nieves bekam wieder diesen harten Zug um den Mund,

der die feinen Fältchen um ihre Lippen verstärkte. Man sah ihr an, dass sie viel rauchte, und man roch es – das Parfum, das sie großzügig verwendete, übertünchte das auch nicht. Wie so oft fragte Jordi sich, was er mal an ihr geliebt hatte.

»Also gut«, sagte sie und übergab ihm die obligatorische To-do-Liste, die sie immer schrieb, wenn Mateo ein Wochenende bei ihm verbrachte. Darauf standen solche Dinge wie Englischvokabeln lernen und Mathematik üben – dafür war er zuständig. Auch wenn sie ganz genau wusste, dass er nur Stress mit seinem Sohn bekam, wenn er diese Themen ansprach. Aber das war ihr vermutlich gerade recht, er sollte eben nicht nur, wie sie gern sagte, »den Sonnenscheinpapa mimen, sondern auch mal den bitteren Alltag zu spüren bekommen.« Dabei war das lächerlich, von Sonnenschein konnte überhaupt keine Rede sein.

Mateo hatte nicht viel für ihn übrig. Seit sein Sohn kein Kind mehr war, brachte er es nur allzu deutlich zum Ausdruck, wie sehr er die Tatsache hasste, dass sein Vater bei der Polizei arbeitete. Und dass er sich von ihm »überwacht« fühlte. Tatsächlich schickte Jordi ab und zu einen Kollegen vor Mateos Schule vorbei. Aber das würde er natürlich nie zugeben.

Jordi räusperte sich und sagte zu Nieves: »Ich schau mal, ob wir zu den Schulaufgaben kommen. Du weißt, wir haben eigentlich was anderes vor.«

Er wollte mit Mateo in die Berge zum Wandern. Sein Sohn würde es vielleicht jetzt noch nicht gutheißen, aber Jordi war guter Hoffnung, dass sie sich durch die gemeinsame Zeit in der Natur näher kommen würden. Womöglich würden sie darüber reden, warum Jordi eine Laufbahn bei der Polizei eingeschlagen hatte. Und eventuell konnte er Mateo verständlich machen, dass Jordis Sorge bezüglich einiger seiner

Freunde wirklich nichts mit seinem Job, sondern mit seinem ganz persönlichen und väterlichen Interesse zu tun hatte.

Nieves sah ihn prüfend an. »Ein Zwischenfall – und ich hole ihn ab. Du kannst ihn nicht allein lassen, das weißt du.«

»Ja, ich weiß. Ich habe sicher keine Lust, noch mal die Wohnung sanieren zu lassen.«

Sie ignorierte seinen Einwand. »Ruf mich morgen früh an, hörst du? Wenn wieder irgendwas ist, dann werde ich dafür sorgen, dass …«

Jordi atmete tief durch und schob sie aus der Tür. »Nieves, ist gut, ich weiß Bescheid. Morgen früh geb ich dir ein Update aus den Bergen. Und Sonntagabend sind wir wohlbehalten zurück, du wirst sehen.«

Als sie draußen war, lehnte er sich gegen die verschlossene Tür und fuhr sich mit beiden Händen über den kahlen Schädel, der seine markanten Augenbrauen und den dunklen Vollbart Lügen strafte. Als ihm mit zwanzig die ersten Haare ausfielen, hatte er das gehasst. Aber seine damalige Freundin hatte oft gesagt, wie gut ihm das stünde und dass seine grünen Augen noch besser zur Geltung kämen. Irgendwann hatte er dann seinen Frieden mit der Glatze gemacht.

Jordi lauschte den Schritten seiner Exfrau im Treppenhaus, dann wandte er sich ab und folgte seinem Sohn ins Wohnzimmer, wo dieser es sich schon auf dem Sofa bequem gemacht und den Fernseher eingeschaltet hatte. Die Balkontür stand noch offen vom Lüften. Jordi ging hinüber und schloss sie wieder.

Mateo hatte inzwischen auch ein Wörtchen dabei mitzureden, ob sie beide sich sahen oder nicht. Außerdem brauchte Nieves ihn – auch, wenn sie es nicht zugab. Wenn er nicht wäre, könnte sie keine drei Tage mit ihrer Schwester in Portopetro verbringen. In Wahrheit war sie froh über diese

Auszeit von Mateo, aber sie tat immer, als halte sie es keine Sekunde ohne ihn aus.

»Wir brechen gleich auf«, sagte Jordi. »Ich mache uns Frühstück und dann geht es los.«

»Ich hab schon gefrühstückt.«

»Was denn?«

»Mama hat mir zwei Tostadas gemacht. Damit ich auf der Strecke von Inca hierher nicht verhungere.«

Jordi verdrehte die Augen. »Gut, dann werde ich eben allein frühstücken.«

»Machst du doch sonst auch nicht.«

Fing sein Sohn schon an, ihn zu provozieren oder war das noch ein normaler Dialog? »Stimmt, aber ich will nicht bereits zum Frühstück irgendwo einkehren.«

»Ich komme jedenfalls nicht mit auf deinen Ausflug. Das hab ich Mama schon gesagt. Wird nicht passieren. Ich bin keine fünf und spiele draußen, während du mit den Männern am Grill rumstehst und auf dicke Hose machst.«

Jordi seufzte leise. Als Mateo klein war, waren sie an manchen Feiertagen in die Berge gefahren und hatten auf den Grillplätzen dort den Tag verbracht. Sein Sohn hatte das geliebt. Und er ebenso. Aber dicke Hose – sicher nicht. Die meisten Leute hörten eben gern Geschichten aus seinem Polizeialltag. Es hatte nun mal nicht jeder mit der Mordkommission zu tun, und es war interessanter, Dinge aus erster Hand, statt aus der Zeitung zu erfahren.

»Ich hatte nicht vor, Grillplätze anzufahren, ich wollte mit dir zum Essen in Restaurants.«

»Hast du etwa daran gedacht, zu reservieren?« Mateo sah ihn amüsiert an.

»Natürlich.« Noch eine Lüge. Er hatte nicht daran gedacht. Warum vergaß er das immer wieder? Dabei war an den Feiertagen meist alles voll belegt. Vielleicht sollte er doch ein paar Würste einpacken.

Mateo winkte kopfschüttelnd ab. »Kannst du wieder absagen. Ich komme nicht mit.« Sein Sohn klickte sich durch das Programm des Pay-TV-Senders, den Jordi seinetwegen abonniert hatte. In ihm regte sich Wut. Warum machte Mateo es ihm so schwer? Was war so schlimm daran, mit seinem Vater ein Männer-Wochenende in den Bergen zu verbringen? Er hatte sich extra freigenommen. In seiner Fantasie hatten sie abends ein Lagerfeuer gemacht und gemeinsam das neue Zelt aufgebaut, das er vor ein paar Wochen gekauft hatte.

Als sein Diensthandy in der Küche piepte, wandte er sich von Mateo ab und durchquerte den Flur, griff nach dem Gerät auf dem Küchentisch und las Gonzos Nachricht. Comisario Rubén Gonzales war sein Vorgesetzter und Freund.

**Ruf mich an. Dringend.**

Jordi ließ die Schultern sinken und setzte sich. Warum hatte er das Ding nicht einfach ausgeschaltet? Er kratzte sich den dunklen Bart. Na gut. Es ließ sich wohl nicht vermeiden.

»Was gibt's?«, fragte er, nachdem Gonzo sich gemeldet hatte.

»Du musst als leitender Inspektor den Bereitschaftsdienst übernehmen.« Ehe Jordi widersprechen konnte, fuhr Gonzo fort: »Ich weiß, ich habe dir was anderes versprochen, aber Antonio hat sich eben gemeldet, sein Kind kommt.«

»Sein Kind kommt doch erst in drei Wochen!« Jordi ballte die Fäuste. Warum ausgerechnet jetzt? »Das muss jemand anderes übernehmen. Mein Kind ist auch gekommen, ich muss mich um ihn kümmern, wir wollten in die Berge.«

»Du wolltest dahin«, widersprach eine Stimme hinter ihm. Mateo ging an ihm vorbei an den Kühlschrank und nahm sich einen Joghurt heraus.

Gonzo sagte: »Ich weiß, aber es hilft alles nichts, wir sind unterbesetzt, du bist der einzige Inspektor, der mir bleibt. Ich kann es nicht ändern. Du kannst ja etwas anderes mit Mateo machen; nicht gerade in die Berge, welcher Vierzehnjährige will das schon? Es ist ja nur Bereitschaft.«

Jordi schob den Unterkiefer vor. Er wusste, was das hieß. Manchmal ein Rund-um-die-Uhr-Dienst. Nieves würde ihm den Hals umdrehen. Mateo nahm sich einen Löffel aus der Schublade, begann seelenruhig den Joghurt zu essen und sah ihn abwartend an. Als hoffte er, dass Jordi wieder nicht Wort hielt, wie so oft. Aber da hatte sein Sohn sich zu früh gefreut. Tatsächlich konnte er mit Mateo auch etwas in der Nähe unternehmen. Vielleicht wäre ihr Ausflug gar nicht zu dem Vergnügen geworden, das er sich erhofft hatte.

»Also gut«, sagte er. »Aber verschon mich. Ich komme nicht wegen jedem Scheiß.«

»Ich weiß, versprochen«, antwortete Gonzo. »Nur, wenn es Tote gibt.«

## Levke

Die Route, die Levke auf der Insel abfahren wollte, hatte sie schon zu Hause geplant. Sie würde zunächst nach Valldemossa fahren – das dortige Museum *La cartuja* öffnete um zehn Uhr. Es befand sich in einem alten Kloster und zeigte eine Ausstellung über die Zeit, die Frédéric Chopin und die Schriftstellerin George Sand dort gemeinsam verbracht hatten.

Max und sie hatten die Kartause damals, als sie sich kennenlernten, auch besucht. Auf ihrer Hochzeitsreise waren sie dann ein zweites Mal da gewesen. Wenn der Verkehr es zuließ, wäre Levke schon etwas früher vor Ort und könnte sich noch ein bisschen in dem hübschen Örtchen umschauen. Dann in die Ausstellung und in der dortigen Bibliothek nach dem suchen, weshalb sie überhaupt dorthin fuhr.

Anschließend wollte sie weiter nach Sóller und mit der einspurigen historischen Straßenbahn fahren. Hoffentlich wurden die Waggons seit 2010 nicht ausgetauscht, sodass sie die richtige Sitzbank finden konnte. Danach würde sie über die Küstenstraße zurück in Richtung Palma fahren, in dem malerischen Ort Estellencs aussteigen, nach unten zum Ufer laufen und schauen, ob noch etwas zu sehen war. Vermutlich nicht, aber sie wollte sichergehen. Sie schätzte, dass sie gegen siebzehn Uhr von ihrer Tour wieder zurück sein würde und aufs Hotelzimmer könnte.

Nachdem sie den Autobahnring um Palma verlassen hatte, folgte sie der Beschilderung über die ausgebaute Schnellstraße nach Valldemossa. Sie würde einen Schlenker über den Ort Esporles machen, dessen Durchfahrtsstraße so hübsch war. Max und sie hatten dort auch einmal haltgemacht und etwas getrunken – hinterlassen hatten sie dort allerdings nichts.

Levke nahm ihr Handy von der Konsole, schaltete die Navigationsfunktion aus und legte das Gerät neben sich auf den Beifahrersitz – die Strecke bewältigte sie ab jetzt auch ohne. Ihr Weg führte sie an Olivenplantagen vorbei; zwischen den Bäumen grasten Schafe und vereinzelte Lämmer, die das saftige Grün genossen, das mit den steigenden Temperaturen im Sommer gelb und braun werden würde.

Levke hatte sich keine Gedanken darüber gemacht, was sie landschaftlich erwarten würde, und war überrascht, dass der Anblick der blühenden Hügel sie für einen Moment von ihren Plänen ablenkte und sie sogar darüber nachdenken ließ, ob sie irgendwo anhalten und ein Foto machen sollte. *Wofür, bitte?*

Die Landschaft wurde hügeliger. Warnschilder am Straßenrand wiesen auf Steinschlag und Wanderer hin, sie traf jedoch hauptsächlich auf Gruppen von Radfahrern, die sich die noch leichten Anhöhen hinaufarbeiteten – später würde es knackiger werden. Warum man sich dem aussetzte, hatte sie noch nie verstanden. Sie bekam von körperlicher Anstrengung immer einen roten Kopf, schwitzte aber kaum. Als ob ein Ventil sich nicht öffnete.

Wieder dachte sie an die Bibliothek in der Kartause. Hoffentlich übermannten sie nicht ihre Emotionen. Es wäre besser, sich mehr zu wappnen, innerlich kalt zu machen – darin war sie eigentlich inzwischen geübt. Aber allein durch die veränderte Luft und die Wärme schien ihr Schutzschild Risse zu bekommen. Nicht gut. Wenn sie sich irgendwo hinhockte und in Tränen ausbrach, war keinem geholfen, ihr am allerwenigsten.

Endlich kam der Ort Esporles in Sicht. Sie ging vom Gas und fuhr gemächlich in den kleinen Ort ein. Heute war er noch hübscher als sonst. Alles war festlich geschmückt. Bunte Wimpel-Girlanden überspannten die von Platanen gesäumte Straße, auf den Fensterbänken der Häuser standen Blumenkästen mit blühenden Geranien. Der Verkehr wurde umgeleitet, es ging in eine Seitengasse. Weiter vorn bewegte sich eine Menschengruppe – sicher hundert Personen – über die Fahrbahn auf einen Platz zu. Sie hörte Glockengeläut.

Levke hatte davon gehört, dass es in der Semana Santa, der Osterwoche, in Spanien Prozessionen durch die Straßen gab, in denen Jesusplastiken am Kreuz durch die Orte getragen wurden. Wenn sie sich recht erinnerte, symbolisierte das Ganze den Leidensweg Christi. Alles üppig mit Blumen geschmückt und von Gesang begleitet. Heute war Karfreitag. War sie nun mitten in eine solche Prozession geraten?

Langsam rollte sie auf die Menschenmenge zu, hielt hinter weiteren Fahrzeugen, die ebenfalls abwarteten, und stellte den Motor aus. Sie ließ das Fenster herunter, lauschte dem Gesang der Kirchgänger, der vom Geläut der Glocken übertönt wurde, und lehnte den Kopf zurück. Die Sonne schien ihr ins Gesicht, wärmte ihre Haut und ihr Haar.

Levke zog das Haargummi, das sie immer am Handgelenk bei sich trug, über die Finger und band ihre Haare zu einem Pferdeschwanz. Seit einem Jahr war sie nicht beim Friseur gewesen; inzwischen war es so lang wie damals, als sie das erste Mal hier war, und Max gesagt hatte, er hätte noch nie so ein schönes Blond gesehen. »Wie bei einer Kalifornierin.« Tatsächlich glänzte es noch immer wie damals, wenn sie es denn mal wusch, und strafte ihre eingefallenen Wangen Lügen.

Manche Leute stopften sich voll, wenn sie Probleme hatten, sie selbst bekam nur das Nötigste runter. Manchmal kam sie mit einer Kanne Kaffee über den Tag und knabberte abends zwei, drei TUC, da war Salz dran und ein bisschen Öl. In ihre Gürtel hatte sie ein paar Löcher zusätzlich machen müssen.

Jemand hinter ihr hupte, und Levke zuckte zusammen. Es ging weiter. Die Menge war um eine Ecke verschwunden, vermutlich lag dort die Kirche. Levke ließ den Motor an und fuhr weiter durch den festlich geschmückten Ort, der auf sie wirkte wie eine Kulisse. Am Ortsausgang hielt sie sich wieder Richtung Valldemossa.

Das Museumskloster lag an einer der höchsten Stellen des Ortes. Darin gab es auch eine Kapelle, wenn sie sich recht erinnerte. Bisher war ihre größte Sorge gewesen, ob es das

Buch noch gab. Jetzt musste sie eher befürchten, dass das Museum geschlossen war und stattdessen im Kloster ein Ostergottesdienst stattfand. Das wäre eine Katastrophe, sie hatte nur den heutigen Tag. Sie fuhr an den Straßenrand und googelte nach den Öffnungszeiten. Kein Eintrag über eine Schließung. Levke atmete auf.

Der Parkplatz am Ortseingang Valldemossas sah aus wie vor acht Jahren, als sie das letzte Mal hier gewesen war. Allerdings wimmelte es auch dort von festlich gekleideten Menschen, die wenigsten davon Touristen, das sah sie auf den ersten Blick. Spanische Familien, von der Urgroßmutter bis zum Baby, alle vereint, lachend und palavernd, einige schienen sich Witze zuzurufen, andere warfen Münzen in den Parkautomaten.

Nachdem Levke endlich auch eine freie Lücke ergattert hatte, tat sie dasselbe. Zwei Euro für eine Stunde, länger würde sie ohnehin nicht bleiben. Sie schulterte ihren Rucksack. Das Beautycase ließ sie im Kofferraum, nachdem sie das Taschenmesser an sich genommen hatte.

Sie schlängelte sich zwischen den Menschen hindurch über den Zebrastreifen, der ins historische Zentrum führte. In diesem Teil des Städtchens lag auch die Kartause. Die Romane von George Sand, die eigentlich Französin war und einen ganz anderen, unaussprechlichen Namen trug, fanden damals in der mallorquinischen Gesellschaft keinen großen Anklang, zumindest keinen positiven. Die Schriftstellerin hatte in ironischer Art und Weise das Leben auf Mallorca – und die angebliche Faulheit seiner Bewohner – in aller Ausführlichkeit beschrieben. Dabei hatte sie die Menschen hier permanent mit den Franzosen verglichen, die ihrer Meinung nach so viel mehr taugten. Levke wusste nicht mehr, wie die Sache zwischen Mallorca und der Schriftstellerin ausgegangen war, und das war auch nicht wichtig. Wichtig war, dass sie dort im Museum das erledigen konnte, was sie vorhatte. Es war der erste Punkt auf ihrer Liste.

Rasch nahm sie den Rucksack von der Schulter und öffnete den Reißverschluss des Vorderfachs. Hatte sie ihren Kugelschreiber dabei? Ja, da war er. Unter dem Zip-Beutel mit den Tampons darin – dass sie ihre Tage gestern Abend noch bekommen hatte, brauchte sie wie einen Kropf. Sie atmete auf und verschloss das Fach sorgfältig, setzte den Rucksack wieder auf den Rücken und lief weiter.

Die Gassen zum Kloster waren hier nicht ganz so voll. Viel eher waren die Touristen in den Geschäften zu finden, in denen neben frischem Obst und Gemüse vor allem Wein, Schinken und Olivenöl verkauft wurde, sowie die für die Region typisch bunte Keramik. Max hatte ihr vor acht Jahren eine Butterdose gekauft, aber eines Tages war sie heruntergefallen und das Ding in drei Teile zersprungen, die Levke geklebt hatte. Damals war sie so traurig gewesen, dass dieses Erinnerungsstück nun Risse hatte. Inzwischen hatte alles Risse, und die waren nicht mehr zu kitten.

Sie blinzelte. Jetzt nur nicht daran denken. Seitdem sie dieses Ziel, diese Reise, vor sich gehabt hatte, war sie fokussiert gewesen auf genau diesen Tag. Sie hatte sich geschworen, nicht mehr zurückzuschauen, nur noch nach vorn, und das war ihr auch einigermaßen gelungen. Alles andere steckte in Kartons.

Zu ihrer Rechten ging eine kopfsteingepflasterte Gasse ab, die zum Kloster führte. Über die Straße hinweg und zwischen den Häusern waren ebenfalls Girlanden aus rosafarbenen Wimpeln gespannt, die munter im seichten Wind wackelten. Die Kirchturmuhr schlug zwei Glockenschläge. Halb zehn. Der Stau zuvor in Esporles hatte Levke etwas

Zeit gekostet, aber ihr blieb immer noch eine halbe Stunde bis zur Öffnung des Museums.

Sie nahm ein paar Stufen nach unten zu einem runden Platz mit mehreren Restaurants. Dann bog sie weiter nach rechts ein, in eine Gasse, an deren Ende ein Torbogen und dahinter zwei weitere Lokale lagen, von denen aus man einen wunderbaren Blick übers Tal hatte. Vor den Gaststätten waren wenige Tische besetzt, es war noch zu früh und hier noch zu schattig.

Die Grenze zum Tal bildete neben den Gebäuden eine hüfthohe Mauer, an der ein junges Pärchen lehnte, kaum zwanzig Jahre alt, das ein Selfie von sich aufnahm. Der Junge hatte einen Arm um das Mädchen gelegt, den anderen mit dem Smartphone streckte er von sich weg. Die beiden küssten sich, er betätigte den Auslöser. Es war ein kurioses Bild: sie im hauchzarten Trägerkleid, Sandalen mit zierlichem Absatz und einer silbernen Handtasche über der Schulter; er in Sporthose und gelbem T-Shirt, das ein Fußballverein-Logo zeigte. Irgendwas mit Stuttgart. Auf dem Kopf trug er eine rote Baseballkappe.

Levke trat auch an die Mauer und sah ins Tal, das in morgendliches Sonnenlicht getaucht vor ihr lag.

»Entschuldigung?«, vernahm sie die Stimme des Mädchens neben sich. Levke wandte den Kopf. Man sah ihr offenbar auf Anhieb an, dass sie Deutsche war – kalifornisch anmutendes Blond und braune Augen hin oder her. Es musste ihre Aura sein.

»Könntest du ein Foto von mir und meinem Freund machen?«, fragte das Mädchen weiter und deutete auf ihr Handy.

Du. Offensichtlich sah sie trotz allem, was sie durchgemacht hatte, noch immer nicht älter aus als fünfundzwanzig.

Dabei war sie zweiunddreißig. Eine erwachsene Frau. Der Gedanke fühlte sich fremd an. »Klar«, sagte sie und nahm das Mobiltelefon entgegen. Ein Ring am Finger des Mädchens blitzte auf – in einem eingefassten Stein brach sich die Sonne, die sich eben ihren Weg über die Mauer bahnte.

»Siehst du, Flo«, raunte das Mädchen ihrem Freund zu und schlängelte sich in seinen Arm, umfasste seine Hüfte, schmiegte ihren Kopf an seine Schulter.

Levke ging ein paar Schritte zurück, stellte sich den beiden gegenüber und sah durch die Linse. Sie achtete darauf, dass die jungen Leute sich eher am Bildrand befanden, sodass auch die Palme, die am Hang hinter der Mauer wuchs, mit ins Bild kam. Sie mochte es nicht, wenn Menschen genau in der Mitte standen, am besten noch mit abgeschnittenen Füßen.

»Achtung, es geht los.« Sie machte gleich ein paar Aufnahmen und gab dann das Handy zurück, lauschte dem folgenden Getuschel der beiden, während sie die Fotos ansahen. Levke stellte sich wieder an die Mauer und verdrängte mit aller Macht die auf sie einströmenden Erinnerungen an vergangene Zeiten.

Nachdem sie in einem der beiden Lokale, die an die Mauer grenzten, ein Wasser getrunken hatte, begab sie sich auf den Weg zu *La cartuja*. Vor der Ticketausgabe bildete sich bereits eine Schlange – auch das Pärchen, das sie fotografiert hatte, war darunter. Die beiden konnten die Finger nicht voneinander lassen und knutschten ungehemmt. Levke wandte sich ab und sah über die angrenzende Hecke hinweg in Richtung des grün bewachsenen Hügels, der die andere Seite des Ortes begrenzte. In den Gärten hinter dem Strauchwerk blühten Bäume, die einen betörenden Duft verströmten – vermutlich Orangen- oder Zitronenbäume, vielleicht auch Aprikosen.

Max und sie hatten eine Zeitlang davon geträumt, hierher auszuwandern, eine Weile auf dieser schönen Insel zu leben, bis sie Kinder hätten vielleicht. Doch die hatten sich dann schneller angekündigt, als gedacht, und sie verloren die Idee aus den Augen. Wenn man Nachwuchs bekam, wurde vieles unwichtig, aber immerhin hatten Max und sie darauf geachtet, regelmäßig Zweisamkeit miteinander zu verbringen. Sie waren ins Kino gegangen und Essen, hatten auch mal im Hotel übernachtet. Besser nicht daran denken.

»Señora?«

Levke nickte dem Mann hinter sich zu und ging ein paar Schritte nach vorn, sie war gleich dran.

Wenig später trat sie durch ein Holztor in den Vorraum zu der Kapelle im Inneren des Klosters. Das Kirchenschiff war festlich geschmückt, vielleicht fand hier heute oder in den nächsten Tagen ein Gottesdienst statt – momentan waren jedoch nur Besucher der Kartause zu sehen. Eine alte, schwarz gekleidete Dame entzündete eine Kerze.

Hinter dem Vorraum befand sich der Eingang zum Museum. Als sie zum ersten Mal hier war, hatte Levke gar keinen Sinn für die Geschichte des Komponisten und der Schriftstellerin, sondern nur Augen für Max gehabt. So erwachsen hatte sie sich gefühlt, mit einem Mann ein Museum zu besuchen – normalerweise hätte sie das nicht freiwillig getan.

So ganz ernst hatte auch Max die Sache nicht genommen, er wollte eigene Geschichte schreiben. Und so hatte er Levke durch die Räumlichkeiten geführt, die sie nun allein durchschritt. Sein Ziel damals und ihr Ziel heute: die Bibliothek.

Der Geruch des alten Gemäuers war allgegenwärtig: Stein, Holz, Leder. Das Buch, das sie suchte, hatte auch einen Ledereinband gehabt. Wenn sie sich recht erinnerte, kam die kleine Bibliothek in einem der Räume hinter dem Apothekenraum, der bis zur Decke mit verschiedenfarbigen Flaschen und Tiegeln gefüllt war.

Vor der Tür saß eine Dame auf einem Stuhl, die wie damals aufpasste, dass nichts zu Schaden kam. Levke nickte ihr zu und betrat den Raum. Die Frau beachtete sie gar nicht. Gut so. Offenbar sah Levke nicht nach dem aus, was sie vorhatte: Sachbeschädigung. Aber noch nicht hier.

Die Glasvitrinen der ›Apotheke‹ waren beleuchtet. Als sie eintrat, nickte sie dem Mädchen und dem Jungen zu, die sie vorhin fotografiert hatte. Die beiden machten schon wieder Selfies. Schnell ging Levke hinaus, setzte ihren Weg durch den kargen Klosterflur fort.

Nach wenigen weiteren Kammern betrat Levke über einen Vorraum, in dem ebenfalls eine Frau saß, ein Zimmer, in dem ein Klavier und verschiedene Vitrinen Platz fanden. Dahinter folgte die Bibliothek. Ein Schild wies darauf hin, dass man nichts berühren durfte. Das hatte Max damals nicht interessiert, und Levke juckte es heute schon gar nicht. Auf frischer Tat ertappt werden wollte sie allerdings auch nicht. Wie würde man mit ihr verfahren, wenn man sie erwischte? Erhielt sie nur einen lautstarken Verweis? Oder rief man deswegen die Polizei? Sie konnte sich keine Verzögerungen erlauben.

Levke sah sich um. Hunderte Bücher belegten die Regale, die die Wände vom Boden bis zur Decke auskleideten. Schon damals war sie so aufgeregt gewesen, weil sie etwas Unerlaubtes taten, und nun zitterten ihr erst recht die Knie. Es war eines der Bücher in einem Regal am Fenster gewesen, daran erinnerte sie sich. Hinter dem Ausguck lag ein Hof, der an eine Mauer grenzte, von der man ebenfalls einen Blick ins Tal hatte. Heute würde sie dort nicht mehr hinausgehen.

Wenn sie hier fertig war, wollte sie so schnell wie möglich weiter. Eben hörte sie Stimmen hinter sich. »Flo, bitte lass das! Wenn uns jemand s…«

Das Mädchen verstummte, als sie Levke vor der Bücherwand erblickte. »Hi«, sagte sie schüchtern und hob die Hand.

Levke leckte sich über die Lippen und nickte. Hinter den beiden traten noch zwei Personen ein, ein junger und ein älterer Herr. Sie betrachteten die Regalwände für einen kurzen Moment und gingen dann weiter in den nächsten Raum, in dem Levke auch den Ausgang aus diesem Trakt in Erinnerung hatte.

»Sagt mal«, bat sie den Jungen und das Mädchen einer Eingebung folgend, »könntet ihr mir einen Gefallen tun?«

Der Junge hob eine Augenbraue. »Welchen?«

Sie wedelte in Richtung der Bücher am Fenster. »Ich habe hier vor Jahren mal mit meinem Freund etwas versteckt, und ich würde gern nachsehen, ob es noch da ist. Allerdings wäre es mir total peinlich, wenn mich die Aufseherin dabei erwischen würde, dass ich hier doch was anfasse.« Sie zeigte auf das Verbotsschild und zwang sich zu einem mädchenhaften Kichern in der Art, wie sie es kurz zuvor von dem Mädchen gehört hatte. Womöglich war es doch ein Vorteil, dass sie so jung aussah; die beiden nahmen es ihr so vielleicht eher ab.

»Was hast du denn mit ihm versteckt?« Das Mädchen trat einen Schritt näher.

»Wir sollen nicht mitsuchen, wir sollen den Wachposten am Eingang ablenken, hast du doch gehört, Insa«, sagte der Junge neckend.

Das Mädchen legte die Hand auf den Mund. »Ach so, stimmt.«

»Und bitte warnt mich, wenn sonst jemand kommt«, flüsterte Levke.

Die beiden sahen sie zögernd an, doch dann trollten sie sich, ohne weitere Fragen zu stellen. Levke hörte, dass sie tatsächlich ein Gespräch mit der Aufpasserin anfingen. Levke begann mit fliegenden Fingern, die Jahrhunderte alten Bücher aus dem Regal am Fenster zu ziehen. Sie blätterte durch die zarten Pergamentbögen bis zur jeweils letzten Seite und schob sie dann wieder zurück an ihren Platz. Es dauerte so wahnsinnig lange zu finden, was sie suchte – vermutlich, weil sie so aufgeregt war und kaum wagte zu atmen.

Schließlich zwang sie sich zur Ruhe und versuchte, sich die damalige Situation ins Gedächtnis zu rufen, als sie mit Max das zweite Mal hier gewesen war. Da hatten sie geschaut, ob das Buch mit dem Eintrag noch da war. Sie hatte Schmiere gestanden, ganz nah am Durchgang zu dem anderen Zimmer, in dem das Klavier stand und von dem seitlich der Vorraum abging, wo die Aufpasserin saß. War Max da nicht in die Hocke gegangen? Er war doch immer so schlau und vorausschauend gewesen, bestimmt hatte er das Buch gar nicht mittenrein geschoben, sondern so, dass man es auf Anhieb wiederfinden konnte.

Levke ließ sich an die kühle Wand sinken und atmete durch. Ein letzter Versuch. Sie ging in die Hocke und zog das Buch in der untersten Reihe heraus, das am nächsten zur Wand stand, schlug die letzte Seite auf. Und da war der Eintrag.

**Levke & Max forever.**

Levke nahm ihren Rucksack ab, kramte den Kugelschreiber hervor und strich mit entschlossenen Bewegungen die Notiz durch, so lange, bis sie nicht mehr zu lesen war. Dann schob sie das Buch zurück an seinen Platz und stahl sich über den nächsten Raum hinaus in den Flur, ohne den beiden jungen Leuten ein Zeichen zu geben, dass sie ihr Geplänkel mit der Aufpasserin endlich beenden durften.

## Rafael

Am liebsten hätte Rafael sich die Ohren zugehalten. Er konnte diese Leier von Simón einfach nicht mehr hören. Er wusste selbst, dass endlich mal wieder etwas passieren musste.

»Eine heiße Story, hörst du? Irgendetwas, das aus den vielen Prozessionsberichten heraussticht«, betonte sein Redakteur noch einmal. »Dieser ganze Osterkram interessiert unsere Leser einfach nicht.«

Damit lag Simón falsch. Die sogenannte ›Blutprozession‹ am gestrigen Gründonnerstag in Palma war die wichtigste und größte Prozession überhaupt; die Karten für die besten Plätze waren schon Monate im Voraus ausverkauft gewesen – hauptsächlich an Touristen, die über Ostern hier Urlaub machten. Es konnte nicht die Rede davon sein, dass man sich unter ihrer deutschen Leserschaft nicht dafür interessierte. Bis auf eine kleine Schlägerei am Rande war nichts von Bedeutung geschehen, also hatte Rafael ein paar besonders gelungene Aufnahmen von der Prozession gemacht und einen neunzigzeiligen Artikel darüber begonnen. Alicia, in deren Ressort das sonst gehörte, betreute gerade ihre kranke Mutter und konnte nicht von zu Hause weg. Aber ja, ein Verbrechen wäre ihm auch lieber gewesen. Allerdings konnte er Simón zuliebe niemanden um die Ecke bringen.

»Simón«, versuchte er es noch einmal beschwichtigend, »es dürfte dir nicht entgangen sein, dass es mir den Kick gibt, mich mit meinen Compadres bei der Polizei auszutauschen oder bei einer Pressekonferenz dabei zu sein, in der es um ein Kapitalverbrechen geht. Glaub mir – ich würde alles tun, um sogar als erster am Tatort zu sein.«

Er konnte Simón schlecht erklären, dass es ihm schon allein deswegen nicht schnell genug gehen konnte mit irgendetwas Aufregendem, da er gedanklich bei seinem morgigen Blind Date war – und dieser Frau würde er gern etwas zu erzählen haben. Etwas Spannendes. Es gab in seiner Familie genügend Leute, die seinen Job nicht allzu ernst nahmen. Schreiberling nannten sie ihn. Weil er meist nur vom Hörensagen berichtete und selten aus erster Hand. Und wegen seines Singledaseins hatten sie ihn auch dauernd am Wickel. Er hatte es satt, sich die immer spöttischer werdenden Sprüche seiner beiden älteren Schwestern und die besorgten Bemerkungen seiner Mutter anzuhören. Ob er vielleicht sogar schwul wäre. Nein, war er nicht! Auch wenn Mamá sich vermutlich nicht wirklich darüber freuen würde, dass sein Frauengeschmack etwas vom spanischen Durchschnitt abwich.

Heute Abend hatte sie ihn zum Essen einladen wollen, aber er hatte abgesagt – er hatte etwas anderes vor. Wahrscheinlich hätte sie sowieso wieder nur lamentiert, dass sie sich so sehr Enkelkinder wünschte.

»Ich möchte, dass du am Balneario deine Kontakte spielen lässt. Es kommen garantiert ein paar Promis an, von denen du noch nichts weißt. Lad deine Kontaktleute ein, entlocke ihnen etwas – Drogen sind dabei immer im Spiel, und schon hast du eine kleine Story.« Simón tippte nachdrücklich mit dem Finger auf den Schreibtisch.

Rafael nickte ergeben. Eine kleine Story. Super. Wenn er das an der Uni geahnt hätte, dass er sich mal mit drogenkonsumierenden deutschen Promis an deren geliebtem Ballermann abgeben müsste – dann wäre er vielleicht doch in Granada geblieben. Allerdings lag dort auch der Hund begraben.

Nach seinem Abschluss war er nach Palma gekommen, weil dieser Job bei einer deutschen Zeitung frei war und er als Nebenfach an der Uni Deutsch studiert hatte. Er sprach es mehr schlecht als recht, aber zur Verständigung mit den Touristen reichte es aus. Als sein Vater vor drei Jahren starb, kam seine Mutter auf die Insel nach – glücklicherweise hatte er es abwenden können, dass sie bei ihm einzog. Trotzdem wollte sie ihn ständig sehen. Rafael straffte die Schultern. Er musste noch den Artikel über die gestrige Prozession und die kleine Schlägerei zu Ende schreiben. Und noch einmal einen Blick auf das Foto seines Dates werfen. Die Vorfreude auf seine morgige Verabredung wuchs stündlich an.

Es sollte doch wirklich mit dem Teufel zugehen, wenn an diesem Osterwochenende nicht etwas Entscheidendes passierte, das ihm endlich einen Titel auf der Startseite einbrachte.

## Levke

Als Levke um halb zwölf in Sóller eintraf, prägten wie in den anderen Orten geschmückte Straßenzüge und auf den Bürgersteigen flanierende Familien das Bild. Sie suchte sich einen Parkplatz in der Nähe des Hauptplatzes von Sóller, von dem aus die historische Straßenbahn – der sogenannte ›Orangen-Express‹, wenn sie sich recht erinnerte –, in Richtung Port de Sóller, dem Hafenort des Städtchens, abging.

Die Fahrt dauerte insgesamt eine halbe Stunde. Der Warteplatz war bereits gut besucht – später am Tag würde es hier vermutlich brechend voll werden. Bestimmt wollten viele Mallorquiner an diesem Feiertag nach dem Mittagessen mit dieser Bahn fahren, deren harte Holzbänke zwar nicht bequem waren, aber dieses nostalgische Feeling verströmten, auf das die Menschen bei alten Dingen so abfuhren.

Levke holte sich ein Ticket und beobachtete, wie die Bahn unter Jubelschreien von Kindern vor der Pfarrkirche am Platz zwischen Platanen, Ladengeschäften und Cafétischen heranrumpelte und anhielt. Das, was sie suchte, befand sich in dem hinteren, geschlossenen Waggon – zumindest, wenn dieser hier der richtige war.

Da zwei Bahnen auf der Strecke pendelten, konnte es genauso gut sein, dass sie auch die andere noch absuchen musste. Hier würde sie nicht lange für die Suche benötigen, damals hatte nämlich Levke die Stelle ausgesucht und ihr Vorhaben auch ausgeführt. Immerhin war sie die mit dem handwerklichen Talent, und dessen hatte es schon ein wenig bedurft.

Nur: Wie sollte sie ihr Vorhaben ausführen, wenn an dem Platz, den sie suchte, jemand saß? Blieb zu hoffen, dass derjenige unterwegs an einer der Haltestellen ausstieg. Und was, wenn der Schaffner sie hinderte? An jedem Eingang stand ein Ticketkontrolleur. Beim letzten Mal mussten sie zweimal hin- und herfahren, ehe sie fertig war. Diesmal würde es schneller gehen.

Levke reihte sich hinter den am Einstieg Wartenden ein. Es war so lange her, dass sie unter vielen Menschen war, und das Kindergeschrei schrillte in ihren Ohren wie Trillerpfeifen.

Eine Familie mit einem kleinen Jungen und einem etwa dreijährigen Mädchen kletterte an Bord und zeigte die Tickets; der Junge stürmte sogleich ans erste Fenster und winkte ihr zu: »Hola!!«

Levke widerstand dem Impuls, zurückzuwinken, schlängelte sich nach dem Einstieg an der Familie vorbei bis zur mittleren Reihe, in der schon jemand saß. Ein Mann in kurzer Hose, dessen Bauch unter dem T-Shirt deutlich über den Gürtel quoll. Er trug sommerliche Ledersandalen, seine Zehen hatten riesige Fußnägel, auf denen große Briefmarken Platz gehabt hätten. Das, was sie suchte, befand sich möglicherweise in Höhe seiner runden Knie.

Levke nahm in der Reihe neben ihm Platz, schielte noch einmal zu dem Mann, der sie jetzt mit hochgezogener Augenbraue musterte.

»Is wat?«, fragte er.

Schnell sah sie aus dem Fenster. Hoffentlich ging es bald los.

Leider dauerte es noch eine ganze Weile. Die Kinder tobten herum, mehr Menschen stiegen ein. Als die Bahn endlich anfuhr, schielte sie wieder zu dem Mann, der noch immer allein saß. Es war zu befürchten, dass er wie die meisten zum Hafen wollte. An jeder Station kamen mehr Leute dazu – glücklicherweise setzte sich niemand neben ihn. Er ließ auch nicht viel Platz.

Die Fahrt zog sich hin, Levke spürte den Blick des Dicken auf sich ruhen. Vermutlich dachte er das, was ihr öfter zurückgemeldet wurde: dass sie ein bisschen mehr essen sollte. Oder dass sie magersüchtig sei. Nein, war sie nicht. Sie hatte lediglich seit einem Jahr keinen Appetit mehr.

Levke löste das Haargummi aus ihrer wirren Mähne und schlang es sich zweimal ums Handgelenk, zupfte ihre Haare glatt. Als die Bahn sich erneut in Bewegung setzte, begannen die beiden Kinder weiter vorn wie wild auf und ab zu hopsen. Vermutlich wurde ihnen die Fahrt langweilig.

Sie wollte nicht hinsehen. Wann immer sie kleine Kinder sah, suchte sie das Weite. Vielleicht sollte sie an der kommenden Ausweichstation in die dort auf einem Extragleis wartende Straßenbahn zurück nach Sóller umsteigen und in dieser ihr Glück versuchen. Dann wäre sie ohne diesen Mann, der sie noch immer zu mustern schien, und ohne diese Kinder. Das Mädchen beugte sich verdammt weit aus dem offenen Fenster.

Warum taten die Eltern nichts? Die sollten sie auffordern, sich auf ihren Platz zu setzen und sich festzuhalten. Stattdessen sahen sie selbst aus dem Waggon, riefen irgendwelchen Leuten etwas zu, die neben dem Bähnchen auftauchten.

Levke schwitzte und streifte sich das Haargummi wieder vom Arm, band sich das Haar zu einem Dutt, damit Luft in den Nacken kam, in dem sich der Schweiß sammelte. Eben begannen die Kinder, am offenen Fenster einander zu schubsen. Die Schaffner kümmerte es auch nicht.

Sie sah wieder zu dem Mann auf der Bank neben ihr, er zwinkerte ihr zu.

Levke blies die Wangen auf und pustete sich den Atem gegen die Stirn. Dann stand sie wankend auf. Es half ja alles nichts.

»Könnten Sie mir den Gefallen tun und mich einen Blick auf diese Bank werfen lassen?«, bat sie den Mann.

»Wat is?«, fragte der erstaunt.

Sie deutete auf die Bank, auf der er saß. »Ich würde gern einen Blick aufs Holz werfen.«

Nur nicht auf seine riesigen Fußnägel schauen, die waren wirklich furchteinflößend.

»Wat soll da sein? Hawen Sie da wat verloren?«

Sie nickte.

Er rutschte schwerfällig beiseite, nahm dazu beide Hände zu Hilfe. »Bitte sehr.«

»Wenn Sie sich woanders hinsetzen könnten, wäre das gut, ich muss vermutlich vor der Bank knien, so kann ich nichts sehen.«

Er sah sie an, als hätte sie den Verstand verloren. »Mannmannmann«, meinte er und stand auf, setzte sich kopfschüttelnd auf ihren frei gewordenen Platz. Er schnaubte und sah zu den Schaffnern, die die Tickets neu zusteigender Fahrgäste kontrollierten.

Während die Bahn wieder rumpelnd anfuhr, kniete Levke vor der Reihe und strich mit den Fingern an der untersten Kante der Holzbank entlang, sah dabei genau hin, ob sich irgendwo die Oberfläche brach, doch da war nichts. *Verdammt.*

»Un, hammse Erfolch jehabt?«, fragte der Mann, als sie wieder auf die Beine kam und sich festhielt.

Sie blieb ihm die Antwort schuldig. Ihr war schwindelig. Hatte sie sich zu viel vorgenommen? Was, wenn sie sofort ins Hotel fuhr und die Sache hinter sich brachte? Was spräche dagegen? Niemand würde sie später anklagen. Kein Mensch wusste von diesen Spuren, die Max und sie hier hinterlassen hatten. Und keine Seele interessierte es, ob es sie gab oder nicht. Und doch war es Levke wichtig, dass nichts auf Mallorca an ihre gemeinsame Zeit erinnerte. Hier, wo alles begann, sollte auch alles verschwinden.

Nachdem sie den Stadtrand passiert hatten, führte ihre Weiterfahrt durch Gärten, Olivenhaine und Orangenplantagen. Die Bäume standen so nah, dass man zur Erntezeit während der Fahrt ihre Früchte würde pflücken können. Schließlich gelangten sie in den kleinen Ort Port de Sóller und fuhren einige hundert Meter entlang der Hauptstraße, bis sie endlich an der großen, kreisrunden Bucht eintrafen.

Eindrucksvolle Yachten legten rechts am Hafen an. Auf dem Sandstrand räkelten sich erste Badegäste. Levke war in einem Schritt aus dem Waggon und sah den Kindern dabei zu, wie diese ebenfalls aus dem Abteil auf den Bahnsteig hopsten.

Jetzt hieß es abzuwarten, bis die nächste Bahn, die jetzt in Sóller angekommen sein musste, zurückkehrte. Dann würde sie auch darin die Bank kontrollieren. Levke entfernte sich in Richtung Hafen, um sich die Zeit zu vertreiben, las die Namen der Boote. *Maria, Marina, Rosa, Perlmutt.*

Sie hatte Durst, befürchtete aber, dass die nächste Bahn genau dann eintreffen könnte, wenn sie sich etwas zu trinken holte. Gleich würde sie finden, was sie suchte. Ganz sicher. Es war eine historische Straßenbahn, die würden hier nichts ausgetauscht haben. Die Waggons waren dieselben wie damals und wie schon vor wahrscheinlich hundert Jahren – wie alt dieses Ding auch immer sein mochte.

Irgendwann hörte sie die nächste Bahn heranrumpeln, und sie begab sich auf den Rückweg. Beim Einstieg ließ sie einem Pärchen mit Buggy den Vortritt. Der Mann stieg zuerst ein und hob den Wagen am Verdeck, die Frau am Griff.

In diesem Moment löste sich das Verdeck mit einem Ratsch, und der Buggy krachte nach unten. Die Frau strauchelte und schrie auf, der Kinderwagen kippte zur Seite, und ehe das vielleicht acht Monate alte Baby darin herauskullern konnte, stürzte Levke zwei Schritte nach vorn und griff nach ihm. Es war so schmal, dass sie es mit ihren beiden Händen fassen konnte. Es lachte.

Atemlos sahen sie sich alle drei an und stellten den Wagen zurück auf den Bahnsteig. Der Mann hielt noch immer das abgerissene Verdeck in Händen, die Frau nahm Levke das Baby ab und drückte es an sich, sah Levke dankbar an. »Muchísimas gracias« hauchte sie, und Levke stieg an den beiden vorbei in den Waggon. Sie zitterte schon wieder. Der Platz in der anvisierten Bank war noch frei. Levke setzte sich und rührte sich nicht, bis die Bahn losfuhr und sie sich endlich beruhigt hatte.

Als sie schließlich mit den Fingern am Holz entlangstrich, bemerkte sie die Unregelmäßigkeit in der Oberfläche. Es war noch da! Sie holte ihr Taschenmesser aus dem Rucksack, ging auf die Knie und schielte zum Schaffner, der mit seinem Kollegen in ein angeregtes Gespräch vertieft war. Niemand sah nach ihr.

Levke setzte die Spitze des Messers an und entfernte mit ratschenden Geräuschen in Windeseile den Eintrag, den sie dort am 10.10.2010, nach ihrer Trauung in der Kapelle, verewigt hatte: **Levke & Max sind bald zu viert**.

## Er

Die Tür zum Hotelzimmer stand weit offen. Den Türrahmen blockierte ein Putzwagen mit einem Eimer trüben Wassers und mehreren grauen Lappen an einem Haken. Die Frau war eben mit dem Wischmopp im Bad verschwunden und trällerte ein spanisches Lied.

Er hatte ihr Vorgehen jetzt schon seit zwei Zimmern beobachtet und festgestellt, dass sie zuerst das Bett richtete, dann aufräumte, den Müll ausleerte und anschließend den Boden saugte und wischte. Danach war sie jeweils fünf Minuten im Bad zugange. Die Badezimmertür ließ sie dabei offen, was es nicht gerade erleichtern würde, sich an ihr vorbeizustehlen, aber einen anderen Weg gab es nicht.

Er hoffte, dass sie später auch hier die Vorhänge vor den Balkontüren im Wohnraum nicht zuziehen würde, sodass er in dem zusammengeschobenen Stoff im Verborgenen bleiben konnte, bis sie verschwunden war. Damit er nicht aus Versehen irgendwo Fingerabdrücke hinterließ, hatte er hauchdünne Stoffhandschuhe übergezogen. Lediglich auf seine Schuhspitzen musste er jetzt noch achtgeben. Nicht, dass die vorwitzig hervorlugten und ihn verrieten. Es war ohnehin besser, er zog die Schuhe aus. Damit er auch ganz sicher kein Geräusch verursachte.

Eilig schlüpfte er heraus, indem er die Ferse heruntertrat, nahm sie in die behandschuhte Hand und schob sich an dem Putzwagen vorbei. Dann presste er sich an die Wand neben der Badezimmertür und versuchte auszumachen, wo die Reinigungsfrau sich gerade befand. Wenn sie mit dem Gesicht zu ihm stand, würde sie ihn sofort sehen – dasselbe, wenn sie den Spiegel wienerte. Am besten wäre es also, sie wäre in der Dusche. Dann würde er sich ducken und vorbeihuschen.

In diesem Moment veränderte sich wie bei den letzten beiden Malen die Akustik ihres Gesangs, er klang blechern. Er hoffte, dass es daran lag, dass sie hinter der Duschwand verschwand, und wie er mit einem sekundenschnellen Blick feststellte, lag er mit dieser Vermutung verdammt richtig.

Er ging in die Knie, und – husch – er war an der Badezimmertür vorbei. Zum Glück war er schlank und sportlich.

So schnell er konnte, trippelte er auf Zehenspitzen am ordentlich gemachten Bett entlang und verbarg sich hinter dem Vorhang. Der durfte nicht mehr wackeln, wenn die Putzfrau aus dem Bad kam – falls sie doch noch einen Blick hier herein warf. Er hätte sich auch im Schrank verstecken können, aber er war nicht sicher, ob das Holz hielt. Jetzt hieß es warten. Die Zimmernummer stimmte hundertprozentig.

Wann sie wohl von ihrem Ausflug zurückkam? Bestimmt würde sie sehr überrascht sein, ihn hier zu sehen.

## Jordi

Sie hatten sich darauf geeinigt, dass Mateo erst noch zwei Folgen *Juego de Tronos* anschauen durfte und sie dann erst aufbrechen würden. Dass das Wandern flachfiel, hatte Jordis Sohn augenscheinlich gefreut, und vielleicht hatte er sich deshalb leichter auf seinen Vorschlag eingelassen, stattdessen in den Kletterpark Porciúncula zu fahren. Dieser lag unweit von Playa de Palma, und sie konnten anschließend noch zum Hafen in El Arenal, um dort ein Eis zu essen – dann war Jordi auch nicht allzu weit weg von seinem Einzugsgebiet, falls irgendwo doch etwas passierte.

Im Grunde war das auch eine viel bessere Idee für eine gemeinsame Aktivität mit Mateo. Und vielleicht verbrachten sie trotz Bereitschaftsdienst zwei schöne Tage ohne Unterbrechungen. Es sollte doch mit dem Teufel zugehen, wenn bereits heute Mittag der erste Einsatz anstand.

Trotzdem fuhr Jordi, bevor sie endgültig starteten, zum Präsidium, und tauschte seinen Privatwagen gegen ein Zivilfahrzeug der Polizei aus, da die Ermittlereinheit, zu der er zählte, im Dienst keine Privatfahrzeuge duldete. Die Pistole hingegen war privat erlaubt.

Unter dem T-Shirt verbarg er wie immer die Schutzweste, die etwas auftrug und seinen Körper noch massiver erscheinen ließ, auf dem T-Shirt das Holster mit der Waffe und dem Walkie-Talkie darin. Um die Hüfte trug er eine Bauchtasche mit der Mannausstattung. Dazu zählten eine kleine LED-Taschenlampe und Handschellen.

Um das Schulterholster zu verbergen, zog er immer ein dünnes Hemd darüber und knöpfte es zu. Natürlich gab es geübte Beobachter, die jeden so ausgestatteten Zivilbeamten sofort enttarnten. Auf normale Bürger wirkte er lediglich etwas kräftiger.

Sie waren gerade in den Wagen eingestiegen, als sein Privathandy klingelte.

Er zog es aus der Hosentasche und schielte darauf. *Selma.* Was wollte die denn? Er drückte den Anruf weg und sah zu Mateo, der neben ihm auf dem Beifahrersitz eingestiegen war und auf das Display seines Smartphones starrte, vermutlich mit Freunden chattete. Jordis Kollegen, die gelegentlich ein Auge auf Mateo auf dem Schulhof hatten, berichteten, dass sein Junge sehr munter und aufgeschlossen wirke. Ihm hingegen zeigte er äußerst selten ein Lächeln.

Ob Jordi früher genauso gewesen war? Sein Vater sagte ihm heute noch, dass er ein Stoffel sei. Allerdings hatten seine Eltern es ihm auch nicht gerade leicht gemacht, nachdem klar war, dass er und Nieves sich trennen wollten. Sie hatten ihn immer ermahnt, dass er Eva endlich vergessen sollte, und dass es keine Frau gern hatte, wenn sie die zweite Wahl war … aber das war eben leicht gesagt. Er würde Eva niemals überwinden. Allein der Gedanke war zwecklos. Und Nieves hatte das von Anfang an gewusst.

Wieder klingelte sein Handy. Er war gerade mit dem Auto in den Passeig de Mallorca eingebogen.

»Willst du da nicht mal rangehen?«, fragte Mateo, ohne aufzusehen. »Vielleicht fällt der Kletterpark ja sowieso flach.«

Jordi ließ es klingeln. Wahrscheinlich würde Selma ihn wieder einladen wollen. Seitdem er diesen Scheißfehler begangen hatte, sich einmal mit seiner Informantin einzulassen, hing sie ihm auf der Pelle. Er war so ein Idiot. Aber um es in den Worten auszudrücken, die er und seine Kollegen für diesen Zustand parat hatten, der sie manchmal ereilte, wenn sie einen kräftezehrenden Einsatz hinter sich hatten: Er hatte dicke Eier gehabt, und zwar buchstäblich – so schlimm, dass ihm jeder Schritt wehtat.

Und als sie ihn an jenem Tag – sechs Monate war das jetzt etwa her – ›versehentlich‹ mit der Hand gestreift und sein Schwanz darauf reagiert hatte wie ein Vogel, der den Hals aus dem Nest reckt, war eins zum anderen gekommen. Er hatte nicht mit ihr geschlafen, Gott bewahre. Sie hatte ihm nur einen geblasen, aber das reichte, um ihr ausgeliefert zu sein. Seither rang er mit sich, ob er sich selbst anzeigen sollte, er hatte ganz klar einen Riesenfehler gemacht, der ihm jederzeit um die Ohren fliegen konnte.

Manchmal war er am Ende seiner Kräfte – aber nur, weil ihn diese ganze private Scheiße so schlauchte, die sich mit seinem Beruf nicht vereinbaren zu lassen schien. Zuerst war die Beziehung zu Nieves gescheitert, auf die er während ihrer Ehe womöglich tatsächlich zu viel abgewälzt hatte. Jetzt unterstützte sie ihn jedenfalls nicht mehr, und vermutlich würde sie sich ins Fäustchen lachen, wenn sie wüsste, dass selbst dieses simple Wochenende mit Mateo zum Scheitern verurteilt war. Dabei liebte er seinen Job. Eigentlich wollte er nur in Ruhe seine Arbeit tun und Verbrechen aufklären. Am liebsten welche verhindern.

Wenn er damals schon bei der Polizei gewesen wäre, könnte Eva vielleicht noch am Leben sein. Bestimmt hätte er sie gefunden!

»Papa, das Gebimmel nervt wirklich!«

»Coño«, murmelte Jordi und fuhr rechts ran. Auf der Freisprechanlage konnte er Selmas Anruf nicht entgegennehmen.

Er parkte am Straßenrand und stieg aus, entfernte sich ein paar Meter vom Wagen und wählte Selmas Nummer. Sie meldete sich sofort nach dem ersten Klingeln.

»Hier braut sich was zusammen, cariño«, begann sie ohne Umschweife. Sie sprach jeden Mann mit »Schatz« an, wahrscheinlich konnte sie sich keine Namen merken. Sie besaß eine Bar am Balneario 1, das war der Teil von Playa de Palma, der am weitesten von Palmas Zentrum entfernt lag. Der Stadtteil erstreckte sich vom Balneario 1-15; man hatte den Strand anhand von Strandlokalen, in denen man einen Cocktail trinken oder Kleinigkeiten essen konnte, in verschiedene Abschnitte eingeteilt. Am Balneario 1-3 kehrten viele junge Holländer, Skandinavier und auch einige Engländer ein, während die Abschnitte 4-6 fest in deutscher Hand waren. Natürlich mischte sich das auch gelegentlich, was die Sache nicht einfacher machte. Jeder hegte Vorbehalte gegen jeden, und wenn Alkohol im Spiel war, ergab schnell ein Wort das andere. Meist ging es um Fußball.

Hinter dem Balneario 1 begann der Stadtteil El Arenal, wo er heute noch mit Mateo an den Hafen wollte. Im *Club Nautic* konnte man Cocktails schlürfen und baden. Ob sein Sohn dazu Lust hatte?

»Was meinst du damit, es braut sich was zusammen? Ich habe drei Tage frei, bin nur auf Bereitschaft. Also alles, was geringer als Mord und Totschlag ist, geht mich heute nichts an, ich bin mit meinem Sohn unterwegs.«

»Eine Pelea zwischen den Schwarzen und einer Gruppe Holländer. Bei dem Streit geht es um ein Mädchen. Irgendein Afrikaner hat sein Ding in eine blonde Chica gesteckt und die Oranjes sinnen auf Vergeltung. Ich wollte dir nur Bescheid sagen, dass es Ärger geben könnte.« Sie klang eingeschnappt.

»Eine Vergewaltigung?«, fragte Jordi.

»Nein, nein, im Gegenteil, die ganz große Liebe.«

Er hörte im Hintergrund Gläser klirren, vermutlich spülte sie gerade ab. Jordi konnte sich schon vorstellen, worauf das Ganze hinauslief: Eine Schlägerei am Strand zu später

Stunde, wenn alle voll bis unter die Haarspitzen waren.

Ihm taten die Schwarzen leid, die dort nur ihren Lebensunterhalt und den ihrer Familie in Afrika sichern wollten – leider dealten sie nicht immer nur mit Sonnenbrillen. Unter dem Bauchladen gab es mitunter andere Sachen zu kaufen, die begehrter waren. Selbst bei Selma ging einiges über den Tresen, wenn sie zufällig wegschaute. Es ließ sich nicht alles vermeiden, aber wenn Sex und Eifersucht ins Spiel kamen … Dieser Afrikaner musste verrückt sein. Manche dieser Burschen konnten der Versuchung nicht widerstehen, wenn ein blondes Mädchen ihnen allzu offensichtlich zu verstehen gab, dass sie es gern mal mit einem Schwarzen treiben würde. Wenn sie schon mal hier war.

»Vale«, sagte Jordi, »ich sag den Kollegen Bescheid, dass sie die Augen offen halten sollen. Danke für den Tipp.«

»Immer wieder gerne, cariño«, entgegnete Selma. »Du weißt, wo du mich findest.«

Als er wenig später ins Auto zurückkehrte, fragte Mateo: »Und, Ausflug beendet? Musst du aufs Präsidium?« Seine Stimme klang hoffnungsfroh.

»Nein, ich bin weiterhin voll auf dich fixiert«, erklärte Jordi und ließ den Motor an.

Er hatte die Kollegen informiert und ihnen gesagt, dass er wegen dieser Sache nicht gerufen werden wollte. Eigentlich führte er bei größeren Schlägereien die Untersuchungen, aber er konnte sich auf die heute diensthabende Truppe verlassen. Es würde schon schiefgehen. Gewöhnlich wurde nichts so heiß gegessen, wie es gekocht wurde.

## Levke

Als Levke endlich wieder im Auto saß, fühlte sie sich wie zerschlagen. Bestimmt hatten etliche Leute sie stirnrunzelnd dabei beobachtet, wie sie sich in der historischen Straßenbahn mit dem Taschenmesser an der Bank zu schaffen gemacht hatte, aber vielleicht hatte sie verrückt genug ausgesehen mit dem wirren Haar und ihrer knochigen Gestalt, dass die Leute lieber stillhielten. Hätte ja sein können, dass Levke mit dem Schnitzmesser auf sie losging. Jedenfalls theoretisch – es fehlte ihr natürlich an Kraft.

Es war lange her, dass sie so viel unternommen hatte. Allein die geistige Anspannung, ob ihre Pläne sich überhaupt durchführen ließen, strengte sie wahnsinnig an. Levke seufzte und lehnte die Stirn gegen das Lenkrad. Sie klang schon wie ihre eigene Mutter, die auch immer gleich stöhnte, wenn es ein bisschen anstrengend wurde.

Bevor sie sich auf den Weg zu ihrer nächsten Station an der Küste aufmachte – heute Abend hatte sie noch das *Deutsche Haus*, den Strand und ein Tanzlokal vor sich –, musste sie etwas trinken. Es war keinem geholfen, wenn sie auf den letzten Metern einen Unfall verursachte, weil sie das Bewusstsein verlor. Am besten eine eiskalte Cola, die würde sie hoffentlich wieder fit machen.

Levke startete den Wagen und fuhr zu einer ›Gasolinera‹ am Ortsrand, ließ sich den Toilettenschlüssel geben und wechselte den Tampon, versorgte sich im Tankstellenladen mit einer Cola und einem Bocadillo con Queso, Für später kaufte sie eine große Flasche Wasser und verstaute sie in ihrem Rucksack. Danach setzte sie sich zurück ins Auto, trank die Cola in gierigen Schlucken, spürte dem eiskalten Getränk in ihrer Speiseröhre nach und bekam einen Schluckauf. Sie wartete, bis es vorbei war, dann biss sie in das Brötchen und kaute darauf herum. Eine Erinnerung an diesen Geschmack poppte in ihrem Gehirn auf: sie und Max auf dem Parkplatz der *Cuevas del Drac* im Osten der Insel. Sie hatten ein Picknick gemacht. Er hatte sie gefüttert, weil sie für drei essen sollte.

Levke spuckte den Brocken in die Papiertüte zurück und stopfte das angebissene Brötchen dazu, spülte mit einem weiteren Schluck Cola nach und wischte sich die Mundwinkel an ihrem Unterarm ab. Eilig gab sie ihr nächstes Ziel ins Navi ihres Handys ein und platzierte das Gerät auf der Konsole. Sie musste mit dem Speicher achtgeben, die Ortungsfunktion fraß eine Menge. Am Ende konnte sie ihre Pläne begraben, weil das Ding keinen Saft mehr hatte.

Levke startete den Wagen und fuhr los.

Die Aussicht von der Küstenstraße aufs blaue Meer trieb ihr die Tränen in die Augen. Hier gab es wenige Ortschaften, dafür tauchten an den Hängen zur Steilküste immer wieder einzelne Fincas auf, deren Swimmingpools hellblau im Licht der Sonne schimmerten.

Für ihre Hochzeitsparty hatten sie und Max eine dieser Fincas für sich und ihre Familien gemietet. Nach der Zeremonie in der Kapelle in Sóller, der Fahrt mit der historischen Straßenbahn und anschließendem Kaffee am Hafen, waren sie im Konvoi hierher gefahren. Es war ein wunderschöner Tag; trotz der herbstlichen Temperaturen hatten sie im Pool gebadet.

Sie konnte von Glück sagen, dass Max oder sie nicht auf die Idee gekommen waren, in einer dieser beiden Locations – Finca oder Kapelle – ebenfalls irgendetwas zu hinterlassen, sie konnte nicht einschätzen, wie viel Anstrengung sie nach dieser Straßenbahnaktion trotz Cola noch verkraften konnte.

Nadja hatte ihr prophezeit, dass sie mit dem Dünner-Werden auch schwächer werden würde, und Levke hatte nur gelacht. Aber letztendlich schien ihre ältere Schwester recht zu behalten: Tatsächlich war Levke so schnell außer Atem wie noch nie. Sie wusste gar nicht, wie sie den Weg, der noch vor ihr lag, bewerkstelligen sollte. Wenn sie ehrlich war, graute ihr davor. Herabzusteigen würde ja noch gehen, aber wieder hinauf?

Dennoch setzte sie ihren Weg fort. Noch knapp fünfzig Kilometer lagen mit dem Auto vor ihr, in dieser Zeit konnte sie sich erholen.

Irgendwann griff sie doch wieder nach dem Bocadillo, nahm den Käse herunter und spülte regelmäßig mit der Cola aus dem Getränkehalter nach.

Als sie in dem Ort Estellencs ankam, fühlte sie sich einigermaßen bei Kräften. Sie fand einen Parkplatz am Straßenrand und überquerte kurz darauf mit schnellen Schritten die vielbefahrene Hauptstraße des Küstenortes. Das Dorf lag an einem Hang, zu dessen Füßen das Meer tobte.

Das Schild mit der Aufschrift »Playa« gab es noch immer, dabei existierte hier überhaupt kein Strand. Am Wasser traf man zwar auf eine Art Anlegestelle, allerdings hatten sie und Max sich damals mit ihren Badematten unter dem Arm gefragt, wer so leichtsinnig sein würde, hier mit einem Boot anzulegen. Das Meer war so wild – auch heute, das sah sie von hier –, dass jeder Kahn sofort am Felsen zerschellen würde. Aber vielleicht sahen erfahrene Seefahrer das anders.

Die engen, abwärts führenden Gassen wirkten unverändert. Die sandfarbenen Häuser mit ihren grün gestrichenen Fensterläden, die Geranien auf den Terrassen, der bereits duftende Jasmin und mannshohe Oleanderbüsche, die um diese Jahreszeit noch nicht blühten, bestimmten das Bild.

Nach einigen Abzweigungen gelangte Levke an eine

Weggabelung, an der wieder das trügerische Hinweisschild »Playa« zu finden war. Sie setzte ihren Gang über die schattige Straße fort, auf der nicht mehr als ein Auto Platz fand. Tatsächlich fuhren einige an ihr vorbei, man war auf dem Weg zu einem der Höfe oder Bungalows entlang des Weges, der schließlich über eine Brücke führte, darunter ein plätscherndes Bächlein.

Am Ende der Überführung wartete ein Hund auf sie. Es war ein kleiner schwarzer Kerl mit glattem Fell. Er knurrte. Hopste hin und her, bellte in keifenden Tönen, nahm Anlauf, stoppte. Als wollte er ihr sagen: »Bis hierher und nicht weiter.«

»Beruhig dich, Kleiner«, sagte Levke mit ihrer sanftesten Stimme. Daraufhin wedelte der Hund für zwei Sekunden mit dem Schwanz, dann knurrte er wieder, offenbar unschlüssig, ob er sich über ihren Zutritt in sein Territorium aufregen oder freuen sollte. Levke sprach weiter beruhigend auf ihn ein, sah sich nach seinem Besitzer auf dem an die Brücke grenzenden Gehöft um, doch es war niemand zu sehen. Leider musste sie hier vorbei, es gab nur diesen einen Weg zum Meer. Als sie auf seiner Höhe ankam, hopste der Hund in zwei Sätzen auf sie zu und biss ihr beherzt in den Turnschuh. Dann brachte er sich sofort im Toreingang des Hofs in Sicherheit und kläffte.

»Ist es denn die Möglichkeit«, schnaubte Levke und betrachtete den Bissabdruck in ihrem Schuh. Der Hund hatte sich hingelegt und seine Schnauze auf den Vorderpfoten platziert. Treuherzig sah er sie an. Levke lief kopfschüttelnd weiter. Sie war noch nie von einem Hund gebissen worden. Zum Glück trug sie keine Flipflops. Noch einmal sah sie zurück. Hoffentlich war der Köter nachher fort. Ein weiteres Mal würde sie sich nicht beißen lassen.

Als endlich der schmale, natürliche Hafen mit der betonierten Bootsstelle in Sicht kam, kletterte Levke über ein Mäuerchen und stieg von dort einen Geröllhang hinab bis zu der Stelle, an der der Fels ein Bassin bildete. Es handelte sich um eine Art Badewanne, in der Max und sie damals mangels Strand ein Bad genommen hatten und in die sie anschließend eine Münze warfen. Es war nicht irgendein Geldstück gewesen, sondern das 1-Cent-Stück, das sie zuvor an den *Cuevas del Drac* mit ihren Namen hatten prägen lassen.

Levke suchte das Bassin, das nicht mehr als drei Quadratmeter maß, nach der Münze ab, doch so sehr sie sich auch bemühte, sie zu entdecken, sie war nicht da.

Offenbar hatten der Wind und das Meer ihre gemeinsamen Spuren hier schon geholt und damit ausgelöscht.

Ergeben trat sie den Rückweg bergaufwärts an. Sie ging langsam, nahm Schritt für Schritt und trank gelegentlich einen Schluck Wasser. Als sie das Gehöft passierte, war der kleine Hund verschwunden.

Auf der Rückfahrt weinte sie. So sehr sie sich auch vorgenommen hatte, nicht an ihre Töchter zu denken, vor allem, weil hier auf Mallorca nichts an die zwei erinnerte, so war es seit der Fahrt mit der historischen Straßenbahn natürlich doch geschehen. Wie sehr sie die beiden vermisste. Der Schmerz riss jedes Mal so heftig in ihrer Brust, dass sie es einfach nicht aushielt.

Entgegen ihrer sonstigen Gewohnheit sehnte sie sich nach einer Dusche. Sie wollte das heute Erlebte abwaschen, alles loswerden und damit bereit sein für ihre allerletzten Vorhaben.

Als sie eine Stunde später mit ihren Gepäckstücken das Zimmer betrat – ihre Tränen waren inzwischen getrocknet – hielt sie die Luft an. Die Einrichtung sah genauso aus wie damals, als sie mit Sandra hier abgestiegen war: links das kleine Bad mit Dusche und WC, gegenüber die Garderobe. Dann der Raum mit dem breiten Polsterbett, von dem aus man zum Meer sehen konnte, gegenüber ein Schreibtisch mit Sessel.

Sie hatte sich nicht mehr an die Zimmernummer erinnern können, daher hatte sie lediglich einen Raum mit Meerblick gebucht. Er lag im dritten Stock, Nummer 347. Es roch nach Putzmitteln und dem entfernten Hauch eines Rasierwassers, vermutlich von den vorherigen Gästen.

Levke brachte das Beautycase ins Bad, legte anschließend ihren Rucksack und das Päckchen Teelichter, das sie von der Rezeption wieder mitgenommen hatte, auf der Kofferablage ab und schob die dünne Gardine vor der Balkontür zur Seite bis an den dickeren Stoff, der zum Abdunkeln des Raums diente. Sie wollte sich nach der Dusche aufs Bett legen und von dort aufs Meer schauen und dem Rauschen der Wellen lauschen.

Sie öffnete die Balkonschiebetür und trat für einen Moment nach draußen, sog die wärmende Frühlingsluft in sich ein, die so ganz anders roch als vor vierzehn Jahren. Im Sommer war es hier wesentlich stickiger.

Zurück im Zimmer, schlüpfte sie aus den verschwitzten Klamotten, ließ alles auf den Boden gleiten und ging nackt ins Bad. Sie vermied den Blick in den Spiegel, wollte nicht die hervorstehenden Rippen betrachten, nicht die Schlüsselbeine, die wie Ästchen wirkten. Sie duschte heiß und lange, bis der Spiegel anlief und nichts mehr im Bad zu sehen war als eine weiße Nebelwand.

## Er

Er hatte nicht damit gerechnet, dass sie zu zweit aufkreuzen würden. Zum Glück war er noch immer hinter dem Vorhang, weil er mit seinem Vorhaben warten wollte, bis es draußen dunkel war. Da konnte er nicht schon vorher von ihr entdeckt werden.

»Weißt du, Insa«, sagte Anna, die er nicht leiden konnte, seitdem er sie das erste Mal gesehen hatte, »ich find's scheiße, dass du dich einfach so mit diesem Flo absetzt. Wir sind doch gemeinsam hier! Meinst du, mir macht es Spaß, den ganzen Tag alleine abzuhängen?«

»Aber das tust du doch gar nicht, du hast doch schon so viele Leute getroffen. Außerdem war es genau das, was du wolltest: dass ich hier Spaß habe, mich amüsiere.«

»Du solltest den Typen aber nicht gleich heiraten. Muss ich nachher etwa wieder ohne dich in den Club?«

»Ich werde ihn fragen, ob er mitkommt, okay? Reg dich bitte nicht so auf. Außerdem könnten wir ja auch woanders hingehen. Flo und ich sind um acht in diesem Laden da vorn verabredet, wo sie auch Sportsendungen übertragen.«

»Meinst du das Deutsche Haus?«

Er hörte keine Antwort, vernahm nur, wie eine Schranktür geöffnet wurde.

»Was meinst du«, fragte Insa, »welches soll ich nachher anziehen? Das – oder das?«

»Es ist echt nicht zu glauben, wie ordentlich es in deinem Schrank aussieht. Misst du die Abstände mit Lineal?«, spottete ihre Busenfreundin.

»Das bringt mein Job nun mal so mit sich, irgendwann kannst du da nicht mehr aus deiner Haut.«

»Als ob das früher anders gewesen wäre. Nimm das Gelbe. Das steht dir echt super.«

»Meinst du?« Insas Stimme klang zweifelnd.

»Ja! Aber lass uns doch bitte erst noch mal zusammen raus gehen. Bin ja froh, dass ich dich mal für ein paar Stunden alleine hab. Da vorn am Strand ist ein cooler Laden, da haben sie so leckere Eisbecher.«

Die Stimmen entfernten sich. »Soll ich dich heute Abend dann auch wieder hier abholen oder treffen wir uns in diesem Schuppen?«, fragte Anna.

»Im Deutschen Haus am besten, du brauchst ja immer ein bisschen länger für dein Styling.«

Die restlichen Worte gingen im Gekicher der beiden unter, und die Tür fiel hinter ihnen ins Schloss.

Insa würde also noch ein weiteres Mal zurückkommen. Ansprechen konnte er sie dann vermutlich noch nicht, es würde noch nicht dunkel genug sein.

Er konnte nur hoffen, dass es danach nicht bis zum Morgen dauerte und dass sie auch wirklich allein zurückkehrte. Wenn nicht, musste er sich was überlegen.

## Levke

Nach der Dusche war Levke tatsächlich eingeschlafen. Sie hatte sich nackt aufs Bett gelegt und nach draußen zum Meer gestarrt, die sanfte Brise, die herüberwehte, streichelte ihren Körper. Früher hätte sie das erotisiert, sie hätte sich zu Max gedreht und mit ein paar gezielten Küssen erreicht, dass er sich ihr widmete. Obwohl sie ihre Tage hatte – Max hatte sich daran nie gestört, und sie verspürte dann immer noch mehr Lust als sonst. Inzwischen war die Vorstellung, Sex zu haben, so abwegig wie ein Trip zum Mond.

Das von draußen hereinfallende Tageslicht hatte einen

rötlichen Schimmer angenommen. Sie erinnerte sich daran, dass damals die ganze Nacht auf dem Balkon das Licht gebrannt hatte, ohne dass man es hätte ausschalten können. Ob das noch immer so war? Als sie auf ihrem Handy die Uhrzeit checkte, entdeckte sie eine Nachricht von Sandra. **Morgen, stimmt's? :(**

Levke schluckte und tippte die Antwort ein: ***Ja.***

Ihre Freundin war online. **Ich wünschte, ich könnte bei dir sein. Warum musstest du nur wegfahren? Und ausgerechnet dorthin?**

Levke antwortete nicht, schaltete stattdessen den Flugmodus ein. Sie konnte die bemüht aufmunternden Worte ihrer Freundin nicht ertragen, die sich darauf bezogen, dass das Trauerjahr morgen vorbei war und Levke dann endlich nach vorn blicken könnte. So etwas Ähnliches hatten auch ihre Eltern schon gesagt, genauso wie Magnus, ihr Bruder.

Alle meinten, sie solle nach vorn blicken. Dabei gab es für sie kein Vorn, und es würde auch nie eines geben. Sie wollte nicht mehr. Wenn sie heute Abend zurückkehrte, würde sie danach dieses Hotelzimmer nicht mehr verlassen. Sie hatte ihrer Familie und Sandra einen Abschiedsbrief geschrieben, in dem sie erwähnte, dass der gleiche Sarg, in dem auch Max beerdigt worden war, schon bezahlt war. Das mit der Überführung wurde vermutlich über die Botschaft geregelt, das hatte sie nicht im Vorhinein organisieren können.

Es war für alle besser, wenn Levke nicht mehr war. Dann konnten *sie* endlich nach vorn blicken.

Levke hob die Beine aus dem Bett und stieg in die frische Unterwäsche, die sie eingepackt hatte. Dann nahm sie den Beutel Teelichter und riss ihn auf, nahm ein Kerzchen nach dem anderen heraus und platzierte sie jeweils eine Handbreit auseinander auf den Bodenfliesen, sodass sie einen Halbkreis ums Bett bildeten. Später würde sie vielleicht nicht mehr in der Lage sein, das akkurat hinzubekommen.

Anschließend nahm sie das Kästchen aus dem Rucksack, stellte es auf den Schreibtisch – öffnen würde sie es jetzt noch nicht. Allein der Gedanke an den Inhalt machte ihr die Kehle so eng, dass sie aufschluchzte und sich zwang, an etwas anderes zu denken. An die Tablettenschachteln zum Beispiel, die sie ebenfalls den ganzen Tag mit sich herumgetragen hatte. Sie packte beide aus, drückte dann aus jeder Schachtel zehn Pillen aus den Streifen und zerquetschte sie mit der Gabel, die sie zusammen mit dem Messbecher aus dem Beautycase im Bad geholt hatte. Hatte sie etwas vergessen? Nein.

Um neun verließ sie das Hotel. Das Haar fiel ihr offen über die Schultern und den Rücken. Sie trug die Jeans mit dem ausgefransten Knie, dazu das T-Shirt mit der Aufschrift *ABI 2004*. Alles wie damals – sie hatte das Zeug nie weggeworfen, weil es Erinnerungsstücke an die Zeit waren, in der sie Max kennengelernt hatte. Nun hängte sie sich das dunkelblaue Sweatshirt von ihm über die Schultern, damit sie sich nicht ganz so schutzlos fühlte mit den nackten Armen. Später würde sie das gelbe Kleid tragen, das Max ihr hier in den Flitterwochen gekauft hatte. Mehr Wechselklamotten hatte sie nicht dabei.

Zum *Deutschen Haus* brauchte sie nur wenige Minuten. Das Lokal lag an einer Straßenecke; auf dem Bürgersteig davor verteilte eine Frau Getränkegutscheine. Die erste Sangria ging aufs Haus. Levke nahm den Zettel entgegen und murmelte einen Dank, erklomm die wenigen Stufen zum Eingang. Ihr Herz klopfte. Ob es die riesige Wand mit den Polaroids überhaupt noch gab? Max und sie waren keine Prominenten, möglicherweise war das Foto längst entfernt worden. Und selbst wenn nicht – es würde sicher eine Weile dauern, bis sie es fand.

Als sie eintrat und die vielen Leute wahrnahm, die hier in bester Feierlaune miteinander lachten und zu spanischen Klängen schunkelten, beschloss sie, die Sache so schnell wie möglich hinter sich zu bringen. Ihr Blick glitt über die Köpfe der Anwesenden durch den L-förmig geschnittenen Raum an der Bar vorbei bis in den hinteren Bereich, in dem inzwischen die gesamte Front mit Polaroids gepflastert war. Damals hatte es noch leere Zwischenräume zwischen den Bildern gegeben.

Hier war die Geschichte des Lokals verewigt: Gründungsparty, Jubiläen, Fasching, Weihnachten, Misswahlen, Geburten. Es gab viele Gelegenheiten, zu denen man Fotos aufnehmen konnte. Hunderte. Wie sollte sie da …

»Kennen wir uns nicht?«, riss eine Stimme Levke aus ihren Gedanken.

Sie wandte den Kopf. Vor ihr stand ein blondes Mädchen in einem grünen Baumwollkleid, das schulterlange Haar verspielt an den Schläfen entlang geflochten. Mia hatte das auch gern gemocht, aber Levke hatte es nicht richtig hinbekommen. Einfache Zöpfe hingegen schon. Sie sah dem Mädchen in die Augen und erkannte sie endlich.

»Du warst heute in Valldemossa. Mit deinem Freund.«

Das Mädchen wippte einmal freudig auf und ab und strahlte. »Stimmt genau. Du warst plötzlich weg, wir konnten dich gar nicht fragen, ob du gefunden hast, was du suchtest.« Sie hielt Levke die Hand hin, ihr Händedruck war weich. »Ich bin übrigens Insa.«

Bitte keinen Smalltalk. Sie wollte so schnell wie möglich hier weg.

»Levke«, erwiderte sie knapp und schielte zur Bilderwand,

dann betrachtete sie den Gutschein. Obwohl. Eine Sangria war ein guter Anfang. Sie hatte vor, sich zu betrinken. Dann klappte es nachher auch mit dem Tanzen.

»Bist du allein hier?«, fragte Insa und wich ihr nicht von der Seite, während Levke sich wortlos zur Bar vorarbeitete.

»Ja.« Zum Barkeeper sagte sie: »Eine Sangria bitte«, und wedelte mit dem Getränkegutschein in seine Richtung.

»Mein Freund kommt auch gleich«, sprach das Mädchen weiter und schob sich dicht neben sie. Dann sagte sie zum Barmann: »Für mich bitte ebenfalls eine Sangria.«

»Verbringt ihr hier euren ersten gemeinsamen Urlaub?«, erkundigte Levke sich höflich. Die Antwort interessierte sie nicht im Geringsten.

»Nein, wir haben uns erst hier kennengelernt.«

Levke sah sie überrascht an. »Hier auf Mallorca?«

Insa nickte. »Vor fünf Tagen. Genau in dieser Kneipe.«

Levke blinzelte. »Wie alt bist du?«.

»Neunzehn, wieso?« Auf einmal wirkte das Mädchen defensiv. Als wollte Levke ihr das Recht absprechen, sich in ihrem Alter zu verlieben. Dabei war sie selbst damals sogar ein Jahr jünger gewesen.

Levke schüttelte den Kopf. »Hat mich nur interessiert.«

»Er musste nach unserem Ausflug nach Valldemossa heute Morgen noch zu einem Match irgendwo auf der Insel«, erklärte Insa ungefragt. »Er spielt Fußball, und da das irgendeine höhere Liga ist, müssen sie sich mit ausländischen Vereinen messen.« Sie lächelte verlegen. »Vielleicht wird er mal Profifußballer.« Wieder wippte sie auf und ab. »Ist mir aber egal. Hauptsache, wir bleiben zusammen.«

Jeder normale Mensch hätte jetzt nachsichtig gelächelt und dem Mädchen zu seiner neuen Liebe gratuliert. Levke hingegen hätte ihr am liebsten geraten, die Beine in die Hand zu nehmen. Das arme Ding konnte nicht ahnen, welchen Schmerz das Leben möglicherweise noch für sie bereit hielt.

Eben stellte der Barkeeper ihre beiden Getränke auf den Tresen. »Die Gutscheine bitte, die Damen«, bat er.

Levke hielt ihm ihren hin, Insa kramte in dem silbernen Handtäschchen, das sie auch morgens dabeigehabt hatte. »Ich wollte eigentlich auf Flo damit warten. Aber da er immer noch nicht da ist …«

Hoffentlich kommt der Junge wirklich bald, dachte Levke. Dieses Gespräch strengte sie an.

Als das Mädchen dem Barmann ihren Gutschein übergab, blitzte der Ring an ihrem Finger wieder auf, der Levke schon am Morgen in Valldemossa aufgefallen war.

»Ist der von deinem Freund?«

Insa zog die Hand vom Tresen und biss sich auf die Unterlippe. »Nein, der … den wollte ich wegen Flo längst ablegen. Aber er ist halt so hübsch.«

Levke nickte. Und hübsch teuer.

Sie prosteten sich mit ihren Gläsern zu. »Auf einen schönen Urlaub«, sagte Insa.

»Ja«, antwortete Levke und trank das süße, kalte Getränk in mehreren großen Schlucken aus, schlürfte die Apfel- und Orangenstückchen auch noch heraus und kaute darauf herum. »Kann ich noch eine haben?«, fragte sie den Mann hinter dem Tresen.

Dieser hob eine Augenbraue. »Nur die erste geht aufs Haus.«

»Schon klar.«

Unter Insas Blicken kippte Levke auch die zweite Sangria hinunter und setzte anschließend das Glas ab. Das Zeug war so unendlich süß, ein Bier wäre eigentlich besser gewesen, aber das zog nicht so rein.

Mal sehen, wann die Wirkung des Alkohols einsetzte. Es war lange her, dass sie etwas getrunken hatte. Immer war da die Befürchtung, dass – wenn sie einmal damit anfing – sie nicht mehr aufhören würde. Dabei war sie mehr der Tabletten-Typ. Die waren ihr täglich Brot: Antidepressiva, Beruhigungsmittel, Schlafmittel. Heute kam zum Schlafmittel ein Medikament gegen hohen Blutdruck dazu, das sie bei ihrem letzten Besuch aus der Hausapotheke ihrer Eltern stibitzt hatte. Sie selbst hatte seit jeher einen niedrigen Blutdruck. Sie würde also zuerst einschlafen, und anschließend würde ihr Kreislauf zusammenbrechen.

»Alles okay bei dir?«, fragte Insa und sah sie zweifelnd an.

»Natürlich«, entgegnete Levke und reckte den Hals nach der Fotowand. Am besten, sie brachte die Sache hinter sich, damit sie hier wieder verschwinden konnte. Die anderen Orte waren erträglich gewesen; warum sie hier auf einmal den Eindruck hatte, als würden sich die Wände auf sie zu bewegen, wusste sie auch nicht.

In diesem Moment trat ein Mädchen mit lockigen, roten Haaren und wasserblauen Augen zu ihnen. Sie roch nach frischem Zigarettenrauch. Das Mädchen musterte Levke irritiert und wandte sich dann Insa zu. »Hier bist du.« Ehe Insa etwas antworten konnte, fuhr sie mit Blick auf deren grünes Kleid fort: »Erst fragst du mich, welches du nehmen sollst, und dann entscheidest du dich doch für das andere.«

»Ja – und?« Insa verdrehte die Augen.

»Wo ist denn dein Babe?«, fragte ihre Freundin und sah sich suchend um. »Hat er dich versetzt?«

Insa sah das Mädchen an, als hätte diese etwas Unsinniges gesagt. »Warum sollte er das tun? Er wusste noch nicht genau, wann er von dem Spiel heute wieder zurück ist, außerdem muss er natürlich noch duschen und so weiter.«

»Und so weiter.« Die andere nickte wissend. Dann erklärte sie: »Ich mag hier aber nicht ewig auf ihn warten. Kannst du ihm nicht eine Nachricht schreiben, dass du schon mit in die Schwabenhalle gegangen bist?«

Insa schüttelte den Kopf und deutete auf Levke. »Lass mal, ich hab hier nette Gesellschaft. Ich warte hier. In dem Schuppen da drüben ist es nur wieder so laut.«

Sie beugte sich konspirativ zu Levke. »Anna ist einfach nicht romantisch. Dabei ist doch klar, dass das hier Flos und mein Lieblingslokal ist, wo wir uns hier kennengelernt haben.« Dann sagte sie laut: »Geh ruhig schon vor, Anna. Und schreib mir, falls ihr dann doch woanders hinwollt.«

Levke betrachtete Insa verstohlen. Besonders nett war es ja nicht, dass sie ihre Freundin so abblitzen ließ.

Anna sah Insa dementsprechend missmutig an. »Mein Gott, du bist echt so was von kompliziert. Dauernd willst du was anderes. Einmal hü, einmal hott.« Sie schüttelte den Kopf und ging.

»Seid ihr eine größere Gruppe?«, fragte Levke und gab dem Barmann ein Zeichen, dass sie noch eine Sangria wollte. Das Zeug war wie Limo. Sie merkte überhaupt nichts davon.

»Nein, nur wir zwei. Anna und ich kennen uns seit der achten Klasse. Allerdings sind wir total unterschiedlich. Sie will immer Party machen, abfeiern. Da finden sich hier ja genügend Leute. Ich unterhalte mich auch mal ganz gern.«

Levke hätte sie fragen können, weshalb sie dann zusammen im Urlaub waren. Aber bei ihr und Sandra war es damals nicht viel anders gewesen. Sandra war ebenfalls die Partymaus, die Levke unter Leute hatte bringen wollen. Sie hatte erst einen Freund gehabt, Leon, und mit diesem keine besonders erfüllende sexuelle Erfahrung gemacht, da er immer nur auf sein eigenes Vergnügen aus gewesen war. Um ehrlich zu sein, war diese Beziehung überhaupt keine positive Episode gewesen.

»Partys sind also nicht so dein Ding?«, nahm sie den Faden wieder auf.

Insa hob die Schultern und nippte an ihrer ersten Sangria. »Anna meint, für mein Alter sei ich total old school. Ich träume von einer Familie, weißt du? Also noch nicht jetzt, aber wenn ich mich in jemanden verliebe, dann muss ich mir das mit demjenigen vorstellen können, verstehst du? Für mich hätte die Beziehung sonst gar keinen Sinn.«

Levke verstand nur zu gut. Was ihre Sichtweise auf die Liebe betraf, könnte das Mädchen ihr Klon sein. Ob es noch andere Gemeinsamkeiten zwischen ihnen gab?

»Wo kommt Flo denn her?«, fragte sie. »Wohnt er bei dir in der Nähe?«

Insa verzog den Mund. »Ich wohne in Düsseldorf, er in Stuttgart.« Dann lächelte sie zuversichtlich. »Aber für uns ist das kein Problem. Wir werden eine Fernbeziehung führen. Wir schaffen das schon.«

Levke fragte sich, ob sie damals auch so naiv geklungen hatte, und nahm vom Barmann die dritte Sangria entgegen. »Mein Mann und ich haben nach unserem Kennenlernen drei Jahre lang eine Fernbeziehung geführt. Ich kam aus Hamburg, er aus München. Das war noch weiter als Düsseldorf-Stuttgart«, erklärte sie und hob ihr Glas. »Es kann also funktionieren.«

Verdammt, der Alkohol machte sich doch bemerkbar. Warum wurde sie so geschwätzig? Nun würde Insa nach Max fragen.

Doch Insa fragte nicht nach Max, jedenfalls nicht direkt. Stattdessen riss sie die Augen auf. »Echt?« Sie kräuselte die Nase. »Wart ihr auch zusammen in der Cala Santanya?«

»Wo?«

»Eine kleine Bucht im Südosten, eine Dreiviertelstunde von hier. Flo und ich waren gestern zusammen dort, da ist es total süß.« Insa beugte sich zu ihr und raunte: »Wir haben dort einen Maler kennengelernt, der uns auf der Leinwand verewigt hat, ohne dass wir es wussten! Dieser Typ malt richtige Fortsetzungsgeschichten, total abgefahren. Wir haben seine Galerie besucht, wo er uns fragte, ob wir nicht vor kurzem noch an der Strandbar gesessen hätten. Diese Gemälde sind total irre, sie sehen aus wie Fotografien. Ich weiß gar nicht, wie man das so schnell hinbekommt! Jedenfalls können wir die Bilder morgen Nachmittag abholen. Anfang nächster Woche müssen wir uns ja schon wieder trennen, da haben wir wenigstens diese tolle Erinnerung.«

»Ja, super«, antwortete Levke und nippte an ihrer Sangria, schielte wieder zur Fotowand. »Sag mal«, fragte sie und zeigte dorthin, »hättest du Lust, mit mir nach einem Schnappschuss von mir und meinem Mann aus dem Jahr 2004 Ausschau zu halten? Er muss dort irgendwo sein. Ich fände es toll, wenn ich es noch mal sehen könnte. Vier Augen finden mehr als zwei.«

»Wie jetzt? Von da, als ihr euch hier kennengelernt habt?«

Levke nickte.

»Wahnsinn. Das ist ja ewig her!«

Levke stellte ihr Glas ab. »Also? Hilfst du mir?«

Insa trank den letzten Schluck ihrer Sangria und schlug die Hände zusammen. »Klar. Wie sieht dein Mann denn aus?«

»Schwarze Haare, graue Augen. Ich glaube, er trug eine Baseballkappe.«

Insa schüttelte mal wieder den Kopf. »Echt nicht zu fassen, oder? Wie bei Flo und mir.« Sie hielt Levke am Arm. »Du bist jetzt mein gutes Omen, weißt du das? Wenn es bei dir und deinem Mann geklappt hat, dann wird es bei Flo und mir auch klappen.«

Ohne ihr eine Antwort zu geben, setzte Levke sich in Bewegung. Auf ihren Weg achtend, schlängelte sie sich zwischen den voll besetzten Tischen und herumstehenden Menschen hindurch; aus den Lautsprechern schallte »Despacito«. Levke hielt sich an einer Stuhllehne fest, als sie ins Wanken geriet, dann lief sie weiter; Insa war dicht hinter ihr.

An der Bilderwand angekommen, merkte Levke, wie aussichtslos ihr Vorhaben war. Diese Unmengen an Fotos. Und diese Massen an rotwangigen grinsenden Gesichtern. Blonde Frauen, dunkelhaarige Jungs mit Baseballkappe – davon gab es hunderte.

»Puh, das sind viele«, meinte auch Insa.

Ein junger Mann trat zu ihnen, sprach das Mädchen an, ob er ihr einen ausgeben dürfe, und Insa sagte: »Nein danke, ich warte auf meinen Freund.«

Glücklich zwinkerte sie Levke zu. Dann meinte sie mit Blick auf die Bilderwand: »Vielleicht sind die ja irgendwie geordnet. Nach Jahreszahlen oder so.«

Levke hob eine Augenbraue und fasste eines der Fotos näher ins Auge. Auf dem unteren weißen Rand waren das Aufnahmedatum und die Namen vermerkt.

**12.6.2007: Klara, Betty & Stucki.**

Ihr Blick glitt zum nächsten Foto, das ebenfalls aus 2007 stammte. Offenbar hatte man die Aufnahmen tatsächlich geordnet. »Du könntest recht haben«, murmelte sie und sagte es dann noch einmal lauter, weil Insa sie verständnislos ansah.

Klopfenden Herzens betrachtete sie die Bilder aus dem Jahr 2004. Ihr Blick schweifte zwischen Daten, Gesichtern und Namen, bis sie meinte, alles würde verschwimmen. Sie wischte sich über die tränenden Augen, und dann entdeckte sie sich und Max. Mein Gott, wie jung sie gewesen waren. Kindergesichter. Dabei hatten sie Sex gehabt, und was für einen – hier hatte zum ersten Mal ein Mann mit dem Gesicht zwischen ihren Schenkeln gelegen. Sie hatte geglaubt, sie hebe ab. Und wieso fiel ihr ausgerechnet das jetzt ein?

»Hast du es gefunden?« Insa sah sie mit schräg gelegtem Kopf an. »Seid ihr das? Du und dein Mann?« Sie lächelte und sagte wieder: »Wahnsinn.« Dann fasste sie Levke beim Arm. »Ist dir nicht gut?«

Levke antwortete nicht, sie pflückte mit spitzen Fingern das Foto von der Wand und stopfte es in ihre Gesäßtasche.

Insa zog einen Flunsch. »Och, echt jetzt? Warum nimmst du es weg? Das ist doch Lokalgeschichte.«

»Wenn dein Flo nachher kommt, macht ihr auch eins und du hängst es an die freie Stelle, was meinst du?«, fragte Levke.

»Aber dann ist es nicht mehr chronologisch.«

Was für ein korrektes Mädchen. Levke hob die Schultern. »Ist dann halt so.« Sie deutete zum Ausgang. »Ich geh dann mal. Dir und Flo noch eine tolle Zeit.«

Insa riss die Augen auf. »Du willst schon gehen? Ich dachte, wir warten gemeinsam.«

»Eher nicht. Und er wird bestimmt gleich kommen.«

Das Mädchen nickte ergeben. »Das hoffe ich. Wird langsam Zeit.« Sie nahm ihr Handy aus der Tasche und sah aufs Display. »Dass er mir aber auch nicht mal schreibt.«

»Vielleicht feiert er seinen Sieg«, mutmaßte Levke und kramte in ihrem Beutel nach ihrem Portemonnaie, drückte Insa einen Zwanziger in die Hand, das würde für ihre beiden Drinks reichen. Sie wollte raus hier.

Was auch immer Insa ihr protestierend antwortete, Levke bekam es nicht mehr mit. Sie öffnete die Ausgangstür mit Schwung und verließ das Lokal.

Flüchtig dachte sie daran, wie seltsam es sich anfühlte, dass das Mädchen womöglich die Letzte gewesen war, mit der sie in ihrem Leben sprach.

Seltsam, aber auch irgendwie beruhigend.

## Jordi

Sie saßen beim Abendessen im *Qué Cruz*, einem von Jordis Lieblingslokalen in Palma. Der Laden war eine moderne Mischung aus Bar und Restaurant mit einer großen Bücherwand, bunt zusammengewürfelten Tischen, Stühlen und Sofas. Bloßliegende Wände erinnerten an die antike Bäckerei, auf der es aufgebaut war.

Die Stimmung war entspannt, das Publikum gemischt. Jordi kam öfter hierher, beispielsweise auch zu Treffen mit Polizeireportern wie Rafael Fiol oder einem der vielen anderen Journalisten, die in Palma tätig waren. Der Vorteil hier war, dass das Lokal zwei verschiedene Eingänge hatte. So konnte man das Restaurant getrennt betreten und auch wieder verlassen. Noch war die Kneipe ein Geheimtipp – allerdings bereitete es Jordi insgeheim Sorge, dass das Essen so vorzüglich war, dass bald die halbe Stadt hier ein- und ausgehen würde.

Mateo und er aßen Lammkeule mit Pimientos de Padron und Knoblauchbrot. Es war ein Schauspiel, wie viel dieser heranwachsende Junge in sich hineinstopfte.

Jordi war mehr als zufrieden mit dem Tagesverlauf: Mateo und er schienen sich beim Klettern endlich etwas näher gekommen zu sein. Was vermutlich hauptsächlich daran gelegen hatte, dass Mateo anerkennend feststellen musste, wie durchtrainiert sein Vater war. Er hatte eine kompakte Figur, die möglicherweise wirkte, als sei er nicht besonders beweglich – allerdings war das Gegenteil der Fall: Jordi war wendig und flink, wenn es drauf ankam. Und er hatte Kraft. Er trainierte mehrmals pro Woche und war daher einer der fittesten Inspektoren der Mordkommission. Dass Mateo erst jetzt bemerkt hatte, wie gut in Form sein Vater war, lag wahrscheinlich daran, dass sein Sohn erst seit neuestem ein Gefühl für seinen eigenen Körper entwickelte. Dabei war Mateos Körperbau ganz anders als Jordis. Sein Sohn war schlaksig und schmalbrüstig wie sein Großvater mütterlicherseits. Nach ihrer Rückkehr vom Kletterpark und dem Eisessen am Hafen hatte Jordi ihm ein paar Übungen gezeigt, wie er seine Brust öffnen und die Muskeln trainieren konnte.

»Okay, dann erzähl mal«, sagte Mateo jetzt, nachdem sie sich bisher in aller Ausführlichkeit über seine Lieblingsserie *Juego de Tronos* unterhalten hatten. »Wie bist du zur Polizei gekommen? Also der wahre Grund. Den wolltest du mir doch erzählen. Nicht das übliche ›Für-Recht-und-Ordnung-sorgen-Gequatsche‹ bitte.«

»Tja, also«, begann Jordi und wischte sich die Mundwinkel an einer Serviette ab. »Das war so.«

Es fiel ihm nicht leicht, ehrlich zu Mateo zu sein. Denn das hieß, dass er ihm von Eva erzählen musste, und das hatte er noch nie getan. Überhaupt hatte er mit seinem Sohn noch nie über die Liebe – über Gefühle im allgemeinen – gesprochen. Und als er Eva kennenlernte, war er selbst ja erst sechzehn Jahre alt gewesen. Fast noch ein Kind. Das sagte er so nicht zu Mateo, aber er sah, dass er dessen Aufmerksamkeit bei sich hatte, als er sein damaliges Alter erwähnte.

»Deine große Liebe?« Sein Sohn legte den Kopf schräg. »Ich dachte, das war Mama.«

Jordi schüttelte verlegen den Kopf und erzählte weiter. Er

war in Pollença, im Norden der Insel, geboren und aufgewachsen, war dort zur Schule gegangen und hatte seit seiner Kindheit immer dieselben Leute gekannt. Eva war zu Beginn des letzten Jahres der Secundaria zu ihnen gestoßen, ihre Eltern kamen aus Barcelona, sie eröffneten in Pollença eine Bäckerei. Ihr Vater war Algerier, ihre Mutter Französin. Eva hatte die bronzefarbenen Haare ihrer Mutter und die tiefdunklen Augen ihres Vaters geerbt, dazu besaß sie eine fast zerbrechliche Figur. Jordi erinnerte sich daran, dass er wochenlang nichts weiter hatte tun können, als sie anzustarren. So wie mindestens neunzig Prozent der Jungs in seiner Klasse.

An dieser Stelle lachte Mateo. »Solche Mädchen kenne ich«, sagte er und lief rot an.

Jordi nickte. »Diese Chicas können dir die Sinne rauben, mein Sohn.«

Aber Eva war nicht nur bildhübsch gewesen. Sie war tiefgründig, interessierte sich für Kunst und Literatur, diskutierte leidenschaftlich über Politik und Einwanderungsgesetze, verfasste Artikel für die Schülerzeitung ihrer Schule, schrieb gute Noten – kurz: Sie war auch noch super-intelligent und damit für die meisten Jungs dann doch nicht mehr so interessant. Für Jordi hingegen schon. Sie trafen sich zum Diskutieren. Auch über Deutschland, wo seine Mutter herstammte. Sie hatte Jordis Vater in den Siebzigern während eines Mallorcaurlaubs kennengelernt und war dann geblieben. Von den Deutschen hatte Eva nicht die beste Meinung. Jordi tat alles, um sie vom Gegenteil zu überzeugen. Dabei konnte er sie unverhohlen anstarren und schließlich auch anfassen.

»Papa«, bat Mateo, »bitte erspar mir die Details.«

Jordi lachte. »Ist gut.«

»Und wie kam es dann dazu, dass du die Polizeilaufbahn einschlugst?«

»Ich habe ja erzählt, dass ihre Mutter Französin und ihr Vater Algerier war.« Nun, sie waren es noch immer. Die beiden lebten ja noch.

Mateo nickte.

»Sie waren aus Barcelona fortgegangen, weil es Ärger gegeben hatte. Ihr Vater war Teil eines Klans, es ging um Schutzgelder.«

Mateo verschränkte die Arme. »Super. Das ist ja jetzt wohl das volle Klischee, oder? Einer aus den Maghrebstaaten mit Verbindung zur Mafia.«

Jordi hob die Hände. »Ein Klischee, das in dem Fall leider stimmte. Das kam aber alles erst später raus.«

»Was ist passiert?«

Jordi schluckte. *Scheiße.* »Eva wurde entführt«, sagte er leise. »Und sie blieb vier Wochen lang verschwunden.«

## Levke

Seitdem die Sonne untergegangen war, hatte es abgekühlt. Nachdem Levke das *Deutsche Haus* verlassen hatte, war sie in Max' Sweater geschlüpft und dann in die Straße zum Strand eingebogen. Dabei hatte sie sich einige Male festhalten müssen, da sie inzwischen doch einen sitzen hatte. Die Sangria war tückisch – oder aber sie hatte sie einfach zu schnell getrunken. Auf jeden Fall wollte sie noch ein letztes Mal ans Meer und barfuß im Sand laufen.

Sie kletterte ungelenk über das kleine Mäuerchen, das die Promenade vom Strand trennte, und zog ihre Sneaker aus, spürte dem Gefühl der nackten Zehen im kalten Sand nach. Sie bekam eine Gänsehaut und schlang die Arme um sich, lief dann zum Wasser. Sie war nicht die einzige mit dieser

Idee. Grüppchen und Pärchen saßen miteinander auf Decken oder Jacken, hielten sich eng umschlungen und starrten ins Nichts, küssten sich oder unterhielten sich lautstark.

Levke ging bis zur Wasserlinie. Der Klang der sich überschlagenden Wellen, die sich am Strand brachen, hatte etwas Beruhigendes, fast Meditatives.

*Tschüss, Mittelmeer.*

Von Ferne vernahm Levke harte Bässe, die aus einer nahegelegenen Diskothek herüberschallten. »Na, altes Mädchen«, murmelte sie zu sich selbst, »du wolltest doch heute auch noch ein letztes Mal tanzen.«

Sie warf einen Blick über ihre Schulter hinweg und schrak zusammen, als ein Pärchen Hand in Hand an ihr vorbeilief. Er war schwarz, sie eine junge Blondine, sie sahen aufgeregt aus, fast ängstlich. Levke schaute wieder zur Diskothek. Der Anblick der ausgelassenen, heiteren Menschen vor dem Eingang schreckte sie ab. Ein Joint machte zwischen den Jungs und Mädchen die Runde. Vielleicht sollte sie …?

Sie sah ein letztes Mal aufs dunkle Meer, nahm seine Schwärze und Unergründlichkeit in sich auf und wandte sich endlich ab. Dann lief sie zurück und kletterte über das Mäuerchen, befreite ihre Füße vom Sand und schlüpfte in ihre Schuhe, schlenderte – soweit es ihr Alkoholpegel zuließ – zu den jungen Leuten und sprach einen Kerl an, der kaum wie siebzehn aussah: »Habt ihr noch was übrig? Ich würde euch einen Joint abkaufen.«

Er betrachtete sie amüsiert, seine Augen versuchten, sie zu fixieren. Offenbar hatte er mehr als nur geraucht.

»Du kannst mal ziehen«, sagte er schließlich und sprach einen seiner Kumpels an: »Ey, Alter, lass die Kleine hier mal einen Zug nehmen, die hat es offenbar nötig.«

Alle lachten. Die Mädchen starrten sie unverhohlen an

und tuschelten miteinander. Eine von ihnen fasste Levkes Haare anerkennend ins Auge. Vielleicht sollte sie diesen Kindern das Hotel und ihre Zimmernummer nennen, dann konnten sie sich die Wolle nachher abholen.

Der angesprochene Junge überreichte Levke den Joint, und sie nahm einen Zug, inhalierte und hielt die Luft an. So hatte sie es mal gelernt: den Rauch in der Lunge halten und ganz langsam wieder ausatmen. Und noch einmal. In ihrem Hals kitzelte es. *Mist.* Sie blies die Wangen auf und bekam schließlich doch den befürchteten Hustenanfall.

Die Umstehenden stießen sich an und warfen sich Blicke zu; Levke gab den Joint zurück, murmelte einen Dank und stieg die Stufen zur Diskothek hinab. An der Kasse zahlte sie fünf Euro, und jemand drückte ihr einen Stempel auf die Hand.

Levkes Blick schweifte ins Innere. Mädchen tanzten mit erhobenen Armen und ließen ihre bauchfreien Hüften im Takt der harten Bässe kreisen, Jungs schlugen mit dem Kopf vor und zurück, manche mit geschlossenen Augen. Die meisten hier schienen zugedröhnt bis obenhin. Und auch Levke spürte die Wirkung des Marihuanas. Anders als beim Alkohol, der sie eher lähmte, fühlte sie sich nun federleicht. Es kam ihr vor, als würde sie über die Tanzfläche schweben.

Heiß war es hier drin. Levke schlüpfte aus Max' Sweater und band ihn sich um die Hüfte, schloss die Augen und kreiste mit dem Kopf, der Beat hämmerte in ihrem Körper.

Als jemand ihr von hinten die Hände auf die Hüften legte, schrak Levke zusammen. Irgendeiner versuchte, mit ihr im Takt zu gehen. Sie streifte die Hände ab und wandte sich um, sah in die blauen Augen eines Typen mit weißblonden Haaren. Sie schätzte ihn auf höchstens zwanzig. Er beugte sich zu ihrem Ohr. »Hey«, raunte er, »alleine hier?«

Levke nickte und schlang umnebelt die Arme um seinen Hals, ihr Shirt rutschte nach oben, er legte die Hände auf ihren nackten Bauch und strich dann mit den Fingern an ihrem Rücken hinauf. Sie schmiegte sich an ihn, sog den Geruch des jungen Mannes in sich ein. Alkohol, Zigaretten, Schweiß. Und noch eine andere Note. Sex.

Levke wand sich aus seiner Umarmung, murmelte »Sorry« und taumelte zwischen den Tanzenden hindurch Richtung Ausgang, stolperte die Treppe hinauf, wurde von den johlenden Rufen der Jugendlichen empfangen, die dort noch immer den Joint kreisen ließen. Sie wandte sich ab und überquerte die Straße zur Promenade, blieb diesmal auf dem Asphalt und lief, so schnell sie es fertigbrachte, zurück zum Hotel, das nicht weit entfernt liegen konnte.

Sie wusste nicht, wie lange sie gelaufen war, bis sie in der Ferne Blaulicht aufleuchten sah. Ein Polizeiwagen stoppte auf der Promenade. Polizeibeamte in blauen Uniformen mit waffenbesetzten Hüftgürteln und grellgelben Warnwesten mit der Aufschrift *Policía Local* beobachteten eine Gruppe Männer, die sich am Strand versammelten. Sah Levke richtig? Ein Afrikaner hielt eine Bierflasche in der Hand, ein Weißer mit strohblondem Haar ein Messer. Die Polizisten griffen nach ihren Schlagstöcken.

»Jesses«, murmelte Levke und blieb stehen. Erst jetzt sah sie sich um. Sie sollte schon längst an ihrem Hotel angekommen sein.

War es denn die Möglichkeit? Sie war in die falsche Richtung gelaufen. Brauchte sie jetzt auch zum Gehen ein Navi?

Sie machte auf dem Absatz kehrt und lief wieder los. Sie wollte von all dem nichts mehr hören und fühlen. Sie wollte Ruhe! Für immer! Die Trauer um ihre Familie würde niemals vergehen. Das Vermissen, das sie übermannte, wenn sie an ihre Mädchen dachte, daran, wie Zoe und Mia schon morgens plappernd aufgewacht waren und Levke mit ihren Fragen über das Leben bombardierten – es war körperlich schmerzhaft. Sie bekam kaum mehr Luft.

Mit Max war es anders, das Gefühl war ein entsetzliches Sehnen. Sie konnte den Unterschied kaum erklären, aber bei ihren Kindern wünschte sie sich, dass sie diese beschützen könnte, für alle Zeit. Und von Max wollte sie beschützt werden. Ohne ihn fühlte sie sich nicht komplett! Als fehle ein Teil von ihr. Und sie wusste, dass das alles niemals vergehen würde. Kein Trauerjahrzehnt könnte ihr darüber hinweghelfen.

Sandra und Nadja behaupteten immer, dass sie sie verstehen könnten – immerhin hatte wenigstens Nadja selbst zwei Kinder – aber das konnte niemand. Nur jemand, der es selbst erlebt hatte. Und das wünschte sie keinem. Nicht einmal Leon, der sie so sehr verletzt hatte, bevor sie Max kennenlernte, und den sie so sehr verachtet hatte, wie man nur einen Menschen verachten konnte. Aber er lebte noch. Und Max nicht. Leon hatte die Dreistigkeit besessen, ihr eine Trauerkarte zu schreiben.

Ab morgen, wenn all das ein Jahr her war, würde jeder von ihr erwarten, dass es endlich aufwärtsging. Doch für sie ging es nirgendwo mehr hin.

## Rafael

»Noch einen?« Rafaels Freund Felipe hielt die Flasche über das Schnapsglas hinter dem Tresen der Rezeption gesenkt, doch er schüttelte den Kopf und deutete auf seinen Motorradhelm. »Der eine reicht mir. Ich muss noch fahren.«

Er konnte die Hotels nicht mehr zählen, die er heute am Balneario abgeklappert hatte, um seine Bekannten unter den Hotelangestellten daran zu erinnern, dass er ihr Mann war, wenn es um Schlägereien, Drogenhandel und sexuelle Belästigung ging. Ein Anruf, und er war zur Stelle, achtete darauf, dass das Hotel oder die Bar oder auch die Diskothek, um die es sich handelte, in seinem Bericht nicht in Misskredit gebracht wurde. Eine Hand wusch die andere.

Jedenfalls waren sich alle in einem einig: Die nächsten Tage wurde es voll am Balneario und es war so sicher wie das berühmte Amen in der Kirche, dass früher oder später die Fetzen flogen. Das brachte der Frühling so mit sich: Die Hormone kochten hoch. Alles normal.

Eigentlich hätte er heute Abend auch anderes tun können, er bekam ohnehin das Wichtigste über seinen Kanal bei der Polizei mit, aber es war ebenso bedeutend, Simón, seinen Brötchengeber, zufriedenzustellen.

Einer Eingebung folgend, hatte er ihm bei ihrem letzten Gespräch noch vorgeschlagen, eine Reihe zu starten, in der sie ihren Lesern verschiedene Einheiten des Cuerpo Policía Nacional vorstellten. Zunächst einen Kollegen von der Basis, einen Subinspektor, einen Inspektor, dann einen Chefinspektor und einen Kommissar. Die Kommissare waren nicht draußen unterwegs, sie waren die Strippenzieher, ihnen wurde berichtet, sie berichteten dem Staatsanwalt, sie hatten das letzte Wort. Ihm gegenüber hielten sie sich allerdings bedeckt. Rafael bekam seine Informationen von allen anderen.

Er hatte mittags schon seinen Kontaktmann Jordi Barceló angesimst, ob er ihn mal interviewen könnte, aber der hatte noch nicht geantwortet – was nicht ungewöhnlich war. Jordi war ein strukturiertes Arbeitstier, das sich ungern ablenken ließ. Rafael kannte keinen korrekteren Kollegen im ganzen

Polizeiapparat. Ja, ein Porträt über den Chefinspektor wäre eine feine Sache. Er könnte sich zusätzlich im Milieu ein bisschen umhören, da fiel bestimmt dem einen oder anderen eine Anekdote über Jordi ein. Vielleicht war er ja auch irgendwann mal nicht ganz korrekt gewesen – allerdings würde er so etwas nicht in so einem Porträt bringen. Aber davon zu wissen, wäre schön.

»Und – was machen eigentlich die Frauen in deinem Leben?«, unterbrach Felipe seine Gedanken. Er zwinkerte Rafael vielsagend zu.

Sofort fühlte dieser sich ertappt. Dabei konnte Felipe unmöglich Bescheid wissen. »Wie meinst du das?«, fragte er.

»Na ja, ich erinnere mich, dass deine Mutter dir wegen einer Novia im Nacken hängt. Sie will dich endlich verheiratet sehen.« Felipe hob die Hand und zeigte den Ringfinger, den seit ein paar Monaten ein Ehering zierte. Rafael kannte Felipes Frau nicht, aber er wusste um seinen Frauengeschmack. Der unterschied sich eklatant von seinem.

Er hob die Schultern. »Am liebsten würde ich ihr irgendeine Tussi präsentieren, damit sie endlich Ruhe gibt. Dass ich nicht heiraten werde, habe ich ihr schon gesagt, das ist nichts für mich – abgesehen davon kann ich mir nicht vorstellen, mit jemandem zusammenzuleben. Was würde das denn heißen, Felipe? Ich müsste immer aufräumen und solche Sachen, dabei liebe ich mein gepflegtes Chaos.«

Seine beiden Nachbarinnen, ein offenbar lesbisches Pärchen, das ab und zu Pakete für ihn entgegennahm, hatten beim Anblick seiner Wohnung einmal den Begriff »Saustall« verwendet, allerdings war es nur halb so wild. Er räumte nicht gern auf, aber es war sauber. Er putzte alle zwei Wochen. Für einen Singlemann war das häufig. Bei seinem Blind-Date morgen ging es um etwas anderes. Um ein erstes

Kennenlernen, um die Chemie, vielleicht auch um Sex. Aber nicht ums Zusammenziehen.

»Du vergisst«, wandte Felipe auf seine letzten Worte hin ein, »dass sich jemand des Chaos‘ annimmt, wenn du verheiratet bist – du musst dann überhaupt nicht mehr aufräumen.«

Rafael schnaubte belustigt. »Hast du deswegen geheiratet? Damit dir eine Frau die Hemden bügelt? Dafür gibt es auch Dienstleister.«

Ehe Felipe etwas entgegnen konnte, wurden sie von einem jungen Mädchen in grünem Kleid abgelenkt, das eben durch die Schiebetür die Lobby betrat und fast zu Fall kam, weil sie im Lauf auf ihr Handy schaute und dabei eine kleine Falte in einem der Teppiche übersah. Sie fing sich gerade noch mit zwei schnellen Schritten ab und hielt sich dann an einer der Marmorsäulen fest, die die Halle in verschiedene Abschnitte einteilten.

Das Mädchen sah verheult aus. Ihre Augen und Nase waren rot geschwollen, eben zog sie den Rotz hoch und wischte sich eine blonde Haarsträhne aus der Stirn.

»Was glotzt ihr denn so blöd?«, fragte sie auf Deutsch und lief Richtung Fahrstuhl, drückte hektisch den Knopf, damit dieser sich in Bewegung setzte.

»Hat sich wohl mit ihrer Freundin zerstritten«, raunte Felipe vielsagend. »Die sind noch Kinder, reisen zu zweit, nehmen aber getrennte Zimmer und kriegen sich dann in die Haare. Und wer zahlt das Ganze? Mama und Papa in Deutschland.« Er verdrehte die Augen.

»Aber sie ist nicht prominent, oder?«, fragte Rafael und sah ihr hinterher. Wenn sich ein so junges Mädchen ein Einzelzimmer in diesem Hotel leisten konnte … »Vielleicht hat sie ja im letzten Dschungelcamp mitgemacht?« Darauf fuhren so viele Deutsche ab, es war unfassbar. Tatsächlich waren bereits mehrere dieser ›Stars‹ am Balneario abgestiegen. Alicia hatte schon erfolgreiche Reportagen über sie gebracht, die sofort die Klickzahlen steigen ließen.

»Nicht, dass ich wüsste«, entgegnete Felipe und gähnte. »Ist gestern spät geworden«, sagte er entschuldigend.

Rafael klopfte auf den Tresen und sagte: »Ich trete dann auch mal den Heimweg an. Morgen bin ich …« Fast wäre ihm seine Verabredung rausgerutscht, aber die behielt er lieber für sich.

»Ja?« Felipe sah ihn fragend an.

»… bereit für ein bisschen Action – ich hoffe, es passiert etwas, worüber ich berichten kann.« Rafael zwinkerte und zeigte zu den Waschräumen. »Ich erleichtere mich noch mal kurz, wenn ich darf?«

Felipe nickte und gähnte wieder. »Falls ich eingeschlafen sein sollte, wenn du zurückkommst, weck mich bitte.«

## Levke

Als das *Tres Pinos* in Sicht kam, stützte Levke die Hände auf den Knien ab und schnappte nach Luft. Jetzt war sie an diesem letzten Tag ihres Lebens so viel gelaufen, als habe sie die Adern noch mal so richtig mit Blut durchspülen wollen.

Levke betrachtete die seitliche Front des Hotels, auf der auch ihr Zimmer lag: Wie damals waren alle Balkone hell erleuchtet, bis auf zwei, bei denen möglicherweise die Beleuchtung defekt war. Vielleicht hatte sie Glück und es war ihrer? Sie wünschte es sich, weil sie dann vom Bett aus einen viel besseren Blick aufs Meer haben würde.

Sie betrat durch die Schiebetür das Hotel und grüßte den

Rezeptionisten mit einem Nicken, ging weiter zum Fahrstuhl und drückte den Knopf mit dem Pfeil nach oben. Der Aufzug setzte sich mit einem Brummen in Bewegung. Als sie einstieg, betrachtete sie ihr blasses, ernstes Gesicht im Spiegel und wandte sich ab.

An der Tür zu ihrem Zimmer steckte sie die Karte in den Schlitz, das grüne Licht leuchtete auf, und sie drückte die Klinke. Es ging los.

Die Teelichter standen um das Bett herum aufgereiht, wie sie sie hinterlassen hatte. Das Tablettenpulver ruhte wie Kokain in dem Messbecher.

Im Bad schlüpfte sie aus ihren Klamotten und stieg in das vorbereitete sonnengelbe Strandkleid, das Max ihr geschenkt hatte. Sie betrachtete sich im Spiegel, stellte sich vor, wie er sie damals berührt hatte. Würden sie sich wiedersehen? Leider glaubte sie nicht an ein Leben nach dem Tod. Viel eher hielt sie daran fest, dass sie bald gar nichts mehr spüren würde.

Sie nahm ihre Bürste aus dem Kulturbeutel und kämmte sich das Haar, bis es ihr wie ein Fächer über die Schultern fiel. Dann band sie es mit geübten Griffen im Genick zusammen und flocht einen dicken Zopf, den sie am anderen Ende ebenfalls mit einem Gummi zusammenband.

Sie fischte die Haarschneideschere aus dem Beautycase, schnitt den Zopf direkt im Nacken vor dem Gummiband ab. Zumindest versuchte sie es – es brauchte mehrere quälende Anläufe, weil ihr Haar so dick war und sich kaum schneiden ließ; aber schließlich hielt Levke den Zopf in Händen.

Er sah aus wie ein zu kurz geratenes Seil. Sie strich mit dem Finger darüber, betrachtete die verschiedenfarbigen Strähnen, die vom hellen Blond bis fast ins Braune reichten. Dabei hatte sie es nie gefärbt.

Levke hob den Kopf und sah in den Spiegel. Ihr seitliches Haar war nach vorn gefallen und verwehrte ihr die Sicht. Sie klemmte es hinter die Ohren und drehte sich zu ihrem Profil. Was für ein übel geschnittener Pagenschnitt. Als hätte ein Kind Hand angelegt.

Sie wandte sich ab und ging mit dem Zopf ins Schlafzimmer, legte ihn auf die unberührte Seite des Bettes. Sie nahm den Messbecher mit der Tablettenmasse und füllte ihn mit dem Inhalt ihrer Flasche aus dem Rucksack. Anschließend rührte sie mit der Gabel um – an der Oberfläche schwammen Bröckchen, die sich nicht auflösten. *Egal.*

Sie stellte den Messbecher auf den Nachttisch zurück und trat zu dem Holzkästchen auf dem Schreibtisch. Die Bestatterin hatte es ihr am Tag nach der Beerdigung ihres Mannes und ihrer beiden Mädchen übergeben. Levke hatte zwar den Auftrag dazu erteilt, aber sie hatte nie einen Blick hineingeworfen, weil sie wusste, dass sie den Anblick des Inhalts nicht würde ertragen können.

Doch nun wollte sie es tun. Vorsichtig hob sie den Deckel.

Die Schachtel war mit Samt ausgeschlagen. Die beiden weißblonden Zöpfe ihrer Töchter lagen mit Nadeln festgesteckt beieinander. Levke zog die Befestigungen heraus, nahm die Zöpfchen in die Hand und glättete sie zärtlich. Ihre Finger zitterten. Bestimmt war es nicht einfach gewesen, sie von all dem Blut zu säubern.

Levke schluckte. War es normal, dass sie nichts empfand? Oder lag es am Alkohol und am Haschisch, dass sie sich fühlte, als stünde sie neben sich? Sie betrachtete das Haar ihrer Kinder, dann platzierte sie die Zöpfe links und rechts von ihrem. Von Max hatte es keine Haare mehr gegeben.

Levke ging zurück ins Bad und fischte das Polaroid von sich und Max aus der Hosentasche ihrer Jeans, trat kurz darauf mit einem Päckchen Streichhölzer auf den hell erleuchteten Balkon und zündete das Foto im Aschenbecher an, bis nur noch schwarzes Pulver übrig war.

Jetzt ging sie wieder ins Bad und holte Max‘ Sweater, drapierte ihn so auf das Bett, dass sie die Zöpfchen ihrer Mädchen in seine Arme legen konnte und ihren eigenen auf Höhe der Brust, genau dorthin, wo sein Herz gewesen wäre. Jetzt fehlte nur noch der Abschiedsbrief.

Sie hoffte, dass er nicht zu sachlich klang, enthielt er doch so viele organisatorische Dinge wie die Kontovollmacht und die Nummer ihrer Versicherungsagentin. Sie wusste selbst, dass ihr Vorgehen untypisch für jemanden war, der nicht mehr leben wollte.

Den meisten war es vor lauter Verzweiflung egal, wie es denen ging, die sie zurückließen. Und auch sie glaubte, dass ihr Tod für alle eine Erlösung sein würde. Aber da sie selbst wusste, wie wichtig es für sie gewesen wäre, sich verabschieden zu können, hatte sie den Brief aufgesetzt. Von dem ganzen Papierkram, auf den niemand vorbereitet war und für den man in der Trauer keinen Kopf hatte, ganz zu schweigen.

Sie legte den Brief auf den Nachttisch neben den Drink mit den Tabletten, trat einen Schritt zurück und betrachtete ihr Arrangement auf dem Bett: Sie, Zoe, Mia und Max. Er hatte immer auf sie alle achtgegeben. So auch an jenem Tag vor genau einem Jahr, als er mit den Mädchen im Auto unterwegs war und der Verkehr auf der A3 ins Stocken geriet. Max war mit ihren beiden Kindern am Flughafen gewesen, sie liebten es, Flugzeugen bei Start und Landung zuzuschauen.

Sie, die zu Hause geblieben war, hatte sich keine Sorgen gemacht, als es länger dauerte als erwartet, hatte geglaubt, dass die Mädchen Max überredet haben könnten, auf den Spielplatz am Terminal 2 zu gehen – dort gab es ein Raumschiff, in dem man herumklettern konnte.

Erst als sie ihren Mann über den Messenger fragte, wo sie denn blieben und er nicht antwortete, war sie unruhig geworden. Sie hatte nach Staumeldungen geschaut und war auf den auf der A 3 gestoßen. Auf der Spur, die zur A661 führte, hatte es einen schweren Unfall gegeben. Ein LKW war auf das Stauende aufgefahren. Fünf Tote.

Fünf, hatte sie gedacht, nicht drei. Aber den Mann im Auto vor Max hatte es genauso erwischt wie den LKW-Fahrer. Andere Verkehrsteilnehmer hatten ihre beiden Kinder aus dem brennenden Auto gezogen und am Straßenrand vor den Flammen in Sicherheit gebracht, wo sie ihren Verletzungen erlagen. Max war verbrannt. Diese unendliche Sinnlosigkeit. Auf gerader Strecke. War der Mann eingeschlafen? Oder nur einen Moment unaufmerksam gewesen?

Niemand hatte ihr diese Fragen beantworten können. Er war jedenfalls gesund gewesen, und am Handy hatte er auch nicht gespielt. Es gab keine Erklärung.

Fremde Leute hatten ihr Blumen geschickt. Vielleicht die Angehörigen des Fahrers – sie wusste es nicht.

Levke zog die Nase hoch und wischte sie mit dem Handrücken ab.

Jetzt waren die Kerzen dran. Es dauerte eine Weile, bis alle brannten und das Zimmer in ein flackerndes Licht tauchten.

Wenn nur dieses verfluchte Balkonlicht nicht wäre. Sicherheitshalber testete sie noch einmal alle Lichtschalter – doch die Lampe auf dem Balkon leuchtete unerbittlich weiter. Sollte sie die Gardine schließen? Nein. Sie wollte vom Bett aus zum Meer sehen, während das Leben aus ihr wich. Max und sie hatten das damals auch getan: So lange zum Wasser und in den Himmel gesehen, bis sie gemeinsam einschliefen.

Sie trat hinaus, lauschte ein letztes Mal dem Rauschen von Wellen und Wind, nahm noch einmal den salzigen Geruch wahr, spürte den Luftzug auf ihrer Haut. Dann ging sie zurück und setzte sich aufs Bett, nahm den Messbecher und trank Schluck um Schluck der bitteren Flüssigkeit.

Levke rülpste angeekelt und schloss die Augen. Sie tat es wirklich. Wie ein Roboter. So war sie schon immer gewesen: Was sie sich einmal vorgenommen hatte, zog sie durch. Und dann machte das Leben trotzdem, was es wollte. Nein, heute nicht, heute tat sie, was sie wollte.

Halb sitzend lehnte sie sich zurück in die Kissen. Von hier aus sah sie nur die Spitzen der Palmen. Der Rest war dunkler Himmel.

Ihr Magen gluckerte. Wieder musste sie aufstoßen, und eine Welle der Übelkeit stieg in ihr auf. Wenn sie sich jetzt bewegte, würde sie sich übergeben müssen. Also lieber still liegen bleiben.

Wann wohl die Wirkung einsetzte? Irgendwie hatte sie gehofft, dass es schnell ging. Sie zwang sich, die wiegenden Köpfe der Palmen anzusehen. Wie sie wackelten. Winkten sie ihr zu? Sie blinzelte schläfrig.

Ein kurzer, spitzer Schrei einer weiblichen Stimme ganz aus der Nähe schreckte sie auf, und sie riss die Augen auf. Etwas fiel an ihrem Balkon vorbei. Grüner Stoff. Helle Haut. Blondes Haar.

Levke gab einen erstickten Laut von sich. Hatte sie richtig gesehen?

*Bleib liegen. Es ist gleich vorbei.*

Aber da war etwas!

Levke wollte sich aufrichten, doch ihr Körper weigerte

sich, auszuführen, was sie mit ihm vorhatte: auf den Balkon gehen. Runterschauen.

*Bleib liegen.*

Nein! Sie musste wissen, ob sie richtig gesehen hatte. Das konnte doch nicht …

Sie schälte sich in einer Weise aus dem Bett, als müsste sie jedes Molekül ihres Körpers einzeln dazu auffordern, sich auf den Weg zu begeben.

Als sie am Balkongeländer ankam, hielt sie sich erschöpft daran fest. Gott, ihr war so unendlich übel. Und schwindelig. Für einen Moment wurde ihr schwarz vor Augen. Gegen ihren Willen kam es ihr hoch, und sie spie einen Schwall milchigen Breis, vermengt mit den Fruchtstückchen ihrer Sangrias, auf die Balkonfliesen. Und noch einmal. Levke hustete halb erstickt und wischte sich über den Mund, sackte auf dem Boden zusammen.

So eine Scheiße. Das hatte sie jetzt davon! All die sorgsam geschluckten Tabletten, all der Alkohol! Weg. Sie atmete schwer und griff sich an die brennende Kehle.

Zitternd richtete sie sich auf und hielt sich am Geländer fest. Schon wieder wankte sie. Endlich schaute sie hinunter.

Aus Levkes Mund fuhr ein Schrei. Sie lag auf dem Bürgersteig. Das Mädchen. Insa. Jemand beugte sich über ihren Körper. Ein Mann. Fummelte an ihr herum. Neben der leblosen Gestalt und dem Mann lag ein Motorradhelm. Hatte sie den getragen?

*Quatsch.*

Eben richtete er sich auf – was tat er da? Machte er Fotos? Tatsache.

Levke wollte einen Protest rufen – das machte man einfach nicht! – und erfahren, ob Insa noch lebte, doch es kam nur ein Röcheln aus ihrer brennenden Kehle. Sie konnte sich kaum mehr auf den Beinen halten. Ihr war kalt. Oder heiß?

Wieder übergab sie sich und lehnte, als es vorbei war, schwer atmend die Stirn gegen das kühle Balkongeländer, hörte eine Sirene herannahen.

Sie musste da runter. Nachsehen, was mit Insa war.

Levke wankte ins Zimmer zurück und trank den kleinen Rest Wasser aus der Flasche, die sie mittags gekauft hatte. Sie setzte sich aufs Bett und hoffte, dass der Schwindel endlich verschwand, dass ihre zitternden Beine sie trugen. Sie wusste nicht, wie lange sie so saß, aber irgendwann taumelte sie ins Bad und steckte sich noch einmal den Finger in den Hals. Damit nichts mehr drinblieb.

Das Sterben musste warten.

## Jordi

Jordi nahm die Abfahrt nach El Arenal, dann war er schneller am Balneario 1. Selma hatte mit ihrer Vermutung, dass es heute noch Ärger geben könnte, recht behalten. Einige Kollegen waren schon vor Ort, aber von denen hatte keiner ausreichend Erfahrung damit, was zu tun war, wenn die Situation eskalierte. Wenn es um Frauen ging, um Ehre oder Eifersucht, dann wurde es noch emotionaler als bei Fußballergebnissen. Und wenn dann noch Schwarz gegen Weiß … es war zum Kotzen. Der Rassismus war allgegenwärtig.

Keiner von diesen Oranjes würde sich so ins Zeug legen, wenn eine ihrer Chicas sich mit einem Spanier eingelassen hätte. Vermutlich hätten sie den mit offenen Armen in ihre Sauftruppe aufgenommen. Aber bei einem Afrikaner, da hörte der Spaß auf.

Nieves hatte ihm immer vorgeworfen, er sei selbst ein

Rassist, wenn er so etwas behauptete. Vor allem, weil er meist auf Seiten der Schwarzen war, weil diese Kerle verzweifelte, verlorene Seelen waren. Konnte man denen die Hoffnung auf ein besseres Leben und auf ein wenig Liebe verdenken? Danach strebte doch jeder Mensch!

Das hatte er auch Mateo versucht zu erklären, als der ihn am Ende ihres Gesprächs im *Qué Cruz* fragte, weshalb er sich ausgerechnet in seine Mutter verliebt habe. Man sollte meinen, dass jedes Kind die Mama unangefochten liebte, allerdings hatte er bei Mateo den Eindruck, dass er Nieves noch kritischer gegenüberstand als seinem Vater. Und der hatte ihn am Ende dieses Tages doch noch alleine lassen müssen. Das war ärgerlich – gleichzeitig war Jordi dankbar dafür, dass sie beim Abendessen ein so gutes Gespräch geführt hatten wie … ja, wie noch nie. Sein Sohn schien erwachsen zu werden.

Daher hatte er es auch entgegen der Absprache mit Nieves gewagt, ihn für ein paar Stunden allein zu Hause vor dem Fernseher sitzen zu lassen. Mateo war wirklich gereift, es würde bestimmt nichts passieren. Und auch, wenn Nieves diese Vorstellung nicht gefiel – vielleicht, weil man sich dadurch unweigerlich älter fühlte –, Jordi gab es ein gutes Gefühl. Wenn man mit vierzig schon so einen großen Sohn hatte, hatte das auch was Gutes.

Andere in seinem Alter fingen mit dem Kinderkriegen erst an – siehe Kollege Antonio, dessen Baby noch immer nicht da war. Er, Jordi, würde sich in den nächsten Jahren wieder mehr auf sich konzentrieren können, vielleicht eine Frau kennenlernen. Und sich auf die Arbeit stürzen natürlich. Für die lebte er. Was ehrlich gesagt einer guten Beziehung ziemlich im Wege stand.

Ihm fiel Rafael Fiol ein, der Polizeireporter beim *Magazín Mallorquín*. Dieser hatte ihn mittags angetextet, dass er gern ein exklusives Porträt über Jordi bringen würde, in dessen Rahmen er ihm auch »ein paar persönliche Fragen« stellen wollte, und Jordi hatte dankend abgelehnt. Allerdings bezweifelte er, dass Rafael so schnell lockerlassen würde. War dem denn nicht klar, wie wichtig es war, von der Bevölkerung als Polizist wahrgenommen zu werden und nicht als jemand mit (Ex-)Frau und Kind? Nun ja, ganz zu schweigen von den anderen kleineren Geheimnissen, die Jordi so hegte. Wenn er allein an seinen Fehltritt mit Selma dachte – eine Katastrophe, wenn das herauskäme.

Er fuhr die Carrer de Joaquim Verdaguer hinunter und parkte im Halteverbot, joggte dann weiter zum Meer und schnaubte genervt angesichts der Menge von Menschen, die sich da auf der Promenade und dem Strand aufhielten, um nur ja von der Schlägerei nichts zu verpassen, die dort in vollem Gange war.

Lautstark forderte er die Menge auf, zu gehen und die Polizei in Ruhe ihre Arbeit erledigen zu lassen. Um sich die nötige Aufmerksamkeit zu verschaffen, brauchte er keine Uniform. Es genügte allein das Pistolenhalfter, das er am Oberkörper trug.

Jemand fuhr ihn auf Englisch an, ob hier etwa Versammlungsverbot herrsche.

Jordi überging den Kommentar und schob den jungen Kerl beiseite, seine uniformierten und in Warnwesten gekleideten Kollegen taten dasselbe an den Seiten der Gruppe.

»Oder möchte hier irgendjemand im Mannschaftswagen Platz nehmen?«, rief Jordi. Da gingen sie endlich.

Am Strand lag ein blutender Schwarzer, Rettungskräfte nahmen die Erstversorgung der Schnittwunden an den Armen und Beinen vor. Offenbar eine Messerattacke, vielleicht aber auch von einer Glasscherbe.

Ein blondes Mädchen saß an der Seite, um sie herum eine Gruppe anderer Chicas und junger Kerle, alle ernüchtert. Die Kollegen von der Basis nahmen die Personalien auf, eben hörte Jordi die Sirene eines weiteren Krankenwagens.

In diesem Moment kam über Funk eine Nachricht.

Er hielt inne und lauschte.

Eine Tote vor dem *Tres Pinos*. Vom Balkon gesprungen. Die Tatortgruppe war bereits aus Palma unterwegs.

Jordi Barceló machte auf dem Absatz kehrt und lief zurück zum Auto.

## Levke

Als Levke den Fahrstuhl auf ihrem Stockwerk betrat und in ihr Spiegelbild schaute, erschrak sie. Sie sah aus wie ein Junkie. Das stumpf abgeschnittene Haar baumelte wie eine Perücke um ihr Gesicht. Die Augen dunkel unterlaufen von der Anstrengung, die das Übergeben sie gekostet hatte. Auf ihrer Oberlippe sammelten sich Schweißperlen. Würde sie gleich kollabieren? Zitternd wischte sie sich mit dem Arm übers Gesicht.

Als sie aus dem Fahrstuhl in die Lobby trat, hielten sich dort schon die ersten Schaulustigen auf. Sie starrten auf das Blaulicht, das von draußen immer wieder wellenartig hereinblitzte und den hellen Marmor kurzzeitig in bläulichen Schein tauchte.

Durch die Scheibe der Schiebetür entdeckte Levke einen Polizeiwagen, dahinter einen Krankenwagen, dabei Beamte und Notfallmediziner. Mit einem grellen Plastikband sperrte man einen Teil der Straße und den Hoteleingang ab.

Ein Uniformierter nahm Fotos von Insa auf. An der Rezeption unterhielten sich Beamte mit dem Personal, man ließ sich am Computer etwas zeigen. Wie schnell all diese Leute waren. Für sie war das hier Routine.

Um Kraft zu schöpfen, hielt Levke sich an einem Pfeiler fest und setzte dann mechanisch einen Fuß vor den anderen. Auf dem Weg nach draußen stellte sich ihr ein Polizist in blauer Uniform in den Weg. »Hier ist abgesperrt«, sagte er auf Spanisch. »Bitte bleiben Sie, wo Sie sind. Wir werden gleich mit den Befragungen beginnen, falls Sie etwas gesehen haben.«

»Ich kenne das Mädchen«, flüsterte sie und wollte sich an ihm vorbeischieben.

»Sind Sie die Freundin?«, fragte er.

Sie runzelte die Stirn. Er meinte vermutlich Anna.

Levke nickte zögernd, und tatsächlich ließ er sie vorbei, sagte etwas zu einem stämmigen, glatzköpfigen Mann mit Bart vor der Tür, der sie aus stechend grünen Augen musterte.

»Waren Sie dabei, als es passiert ist?«, fragte er sie auf Deutsch. »Die Mitarbeiter der Rezeption sagten, Sie beide seien zu zweit?«

In diesem Moment verschwamm Levke die Sicht, und ihr sackten die Knie ein.

»Ojo!«, sagte der Mann und hielt sie mit einem Handgriff am Arm. »Fallen Sie nicht.«

Levke wandte den Kopf zu Insa. Das Mädchen lag mit abgewinkelten Armen und Beinen auf dem Pflaster, um ihren Kopf bildete sich auf dem Asphalt ein leuchtend roter Ring. Levke fasste sich an die Kehle und schnappte nach Luft. War Insa tot? So viel Blut … und sie bewegte sich nicht.

Der Mann neben ihr gab einem Sanitäter ein Zeichen, doch Levke schüttelte ihn ab, hauchte: »Es geht schon.«

Dabei war ihr jetzt entsetzlich kalt. Hätte sie nur an Max' Pullover gedacht.

Sie entdeckte den Mann, der sich vorhin über Insa gebeugt hatte und jetzt auf Insa starrte, als wollte er sich ihren Anblick für alle Zeiten einprägen. War sie ihm vor die Füße gefallen, als er gerade auf seinem Motorrad vorbeifuhr? Über seinem Arm trug er den Helm, der vorhin neben Insa gelegen hatte. Nun schaute er zu Levke und sah sie prüfend an.

»Hat dieser Mann gesehen, wie sie runterfiel?«, flüsterte sie, doch sie hörte ihre Stimme nicht einmal selbst, wie sollte sonst jemand sie hören? Es musste so gewesen sein. Wahrscheinlich hatte er versucht, erste Hilfe zu leisten. Aber warum hatte er sie fotografiert? Das war einfach widerlich.

Ein Arzt beugte sich jetzt über den Körper des Mädchens und überprüfte den Puls an der Halsschlagader, legte ein Stethoskop an und schüttelte dann den Kopf.

Jemand rief in einer unverständlichen Sprache etwas von oben. Levke hörte das Wort »accident« heraus.

Unfall.

Auf den umliegenden Balkonen standen Menschen, sie erkannte ihre Silhouetten. Von wo hatte der Mann gerufen?

Der Beamte in Zivil antwortete dem Rufenden in einem Redeschwall, den Levke abermals nicht verstand. Die beiden unterhielten sich vermutlich auf Katalanisch. Sie sah noch einmal nach oben. Das Mädchen hatte also im selben Hotel wie sie gewohnt. Wo lag Insas Zimmer? Direkt über ihrem eigenen? Oder weiter oben? Sie konnte sich an der Hauswand nicht orientieren. All diese erhellten Balkone, nur zwei dunkle.

In diesem Moment meldete sich der Motorradfahrer zu Wort. Im Gegensatz zu den anderen sprach er Spanisch. Sagte, dass er »la Chica« vor zwanzig Minuten ins Hotel habe kommen sehen. Sie sei in Tränen aufgelöst gewesen. Er glaube da eher an »Suicidio« als an einen Unfall.

Levke runzelte die Stirn. Also war er nicht auf dem Motorrad vorbeigekommen, sondern vermutlich gerade aus dem Hotel getreten, als Insa herunterfiel. Wie schrecklich. Sie sah den Mann nachdenklich an. Warum sollte Insa geweint haben? Vielleicht war Flo nicht gekommen. Aber Selbstmord? Wieso sollte Insa sich wegen ihres neuen Freundes umbringen? Ihre Gedanken fuhren Karussell. Wieder wurde ihr schwindelig.

Sie tippte dem Mann, der noch immer neben ihr stand, schwach auf den Arm. »Ich brauche doch Hilfe«, flüsterte sie. »Etwas für den Blutdruck.« Sie wankte.

Der Mann gab einem Sanitäter ein Zeichen, der sie mit zu einem der beiden Rettungswagen nahm. Er maß ihren Puls und sah sie besorgt an. »Was ist denn mit Ihnen los?«, fragte er. »Haben Sie etwas genommen?«

Sie nickte und bewegte ihre flache Hand nach unten. »Damit der Druck niedrig wird. Geben Sie mir etwas«, hauchte sie und zeigte mit dem Finger an die Decke, »ich …«

Ihr musste für einen Augenblick schwarz vor Augen geworden sein, denn im nächsten Moment war der grünäugige, bärtige Mann neben ihr im Rettungswagen, in ihrem Arm steckte eine Kanüle. Aus einem Tropf perlte eine klare Flüssigkeit in einen Schlauch, der in die Nadel in ihrem Arm führte.

Der Zivilbeamte betrachtete sie unverhohlen: ihre bloßen Füße, das sonnengelbe Kleid, ihre hervortretenden Schlüsselbeine, das verhunzte Haar. Dazu ihre vom Erbrechen gebeutelte Haltung und ihr erschöpftes Gesicht. Er musste sie für eine Irre halten.

»Ihr Name?«, fragte er.

»Levke Sönkamp.« Sie musste ihm beide Worte buchstabieren.

Er runzelte die Stirn. »Ist das ein deutscher Name?« Er sprach fast akzentfrei Deutsch.

»Ja. Kommt aber selten vor.« Wie oft hatte sie ihren Vornamen erklären müssen, als sie zu Max nach Bayern und später mit ihm nach Frankfurt gezogen war. Der Name stammte aus dem Friesischen – Leavje hieß lieben, die Endung -ke war eine Verniedlichung. Im Grunde hieß ihr Name so viel wie ›Liebchen‹.

Der Polizist erkundigte sich weiter: »Sind Sie wirklich die Freundin der Toten?«

Tot. Das Mädchen war tatsächlich tot. Levke schluchzte auf und legte die Hände vors Gesicht.

*Du musst dich zusammenreißen.*

»Ich habe sie morgens kennengelernt«, berichtigte sie und wischte sich die Augen. »Und heute Abend habe ich sie im Deutschen Haus zufällig wiedergetroffen. Sie war frisch verliebt!«

Der Mann hob fragend die Augenbrauen.

»In einen Jungen, den sie hier kennengelernt hat. Auf den hat sie heute Abend gewartet – also … sie hat sich auf keinen Fall das Leben genommen. Niemals!«

Eben tauchte der Motorradfahrer vor dem Rettungswagen auf. Er sah Levke mit wachen Augen an. Für einen Spanier war er ungewöhnlich groß und schlank, das Haar in einer lockeren Kurzhaarfrisur verwuschelt. Er erinnerte sie an John Travolta in *Grease*. Was hielt er da in der Hand? Ein Notizbuch. Und einen Stift. War er ebenfalls von der Polizei?

Offenbar nicht, denn der Zivilbeamte schickte ihn mit einem spanischen Redeschwall fort. Er wolle zuerst mit ihr sprechen und würde ihn später anrufen. Der Motorradfahrer trollte sich. Die beiden schienen sich zu kennen.

Levke setzte sich vorsichtig auf und schielte aus der offenen Tür des Rettungswagens zu Insas Körper. Jemand hatte eine Decke über sie gelegt. Wer verständigte die Eltern? Sie durfte gar nicht daran denken.

Der Arzt neben Insa notierte etwas. Schrieb er, dass es Suizid gewesen war?

Vor dem Wagen sprach einer der uniformierten Beamten in ein Mikrofon, das am Kragen seiner Jacke befestigt war. Sie verstand nur Zahlen. Ein Code?

»Hola?« Der Mann in Zivil tippte sie an. »Ich rede mit Ihnen.«

Sie riss die Augen auf. »Ja?«

»Ich habe noch eine Frage. Sie erwähnten, das Mädchen sei frisch verliebt gewesen. Kennen Sie den Namen ihres Freundes? Ist er auch Gast in diesem Hotel?« Er deutete hinaus zur hell erleuchteten Fassade.

»Nein, er ist mit einer Gruppe Fußballer unterwegs. Ich weiß nicht, wie er heißt. Oder zumindest … sie nannte ihn Flo.«

»Flo? Drei Buchstaben?«

Sie nickte. »Das ist vermutlich eine Abkürzung für Florian.«

»Nachname?«

»Den kenne ich nicht.«

»Und wo er jetzt ist, wissen Sie nicht?«

»Nein. Ist Anna nicht da?«

»Sie kennen auch die Freundin des Mädchens?«

»Ich habe sie nur kurz gesehen, als ich mit Insa im Deutschen Haus war. Anna wollte lieber tanzen gehen.«

»Wissen Sie, wohin?«

Sie sah ihn sprachlos an, suchte nach dem Namen der Disco. Anna hatte ihn genannt. Aber er fiel ihr nicht ein. Sie schüttelte zögernd den Kopf.

»Wissen Sie noch, wann es ungefähr war?«

»Keine Ahnung. Ich bin jedenfalls so gegen zehn Uhr gegangen. Insa wollte weiter auf ihren Freund warten.«

Aus einem Walkie-Talkie tönte eine knarzende Nachricht, die Levke nicht verstand. Der Mann kratzte sich am Bart und winkte dann einen uniformierten Beamten herbei: »Mein Kollege wird Ihre Personalien aufnehmen. Sie kommen bitte morgen früh um zehn zur Jefatura der Policía Nacional in Palma und fragen dort nach mir.« Er übergab ihr eine Karte und sah sie eindrücklich an. »Bitte nüchtern. Wir nehmen dann ihre Aussage zu Protokoll. Leider haben wir hier gerade mehrere Baustellen.«

Er nickte dem Beamten zu, der mit jemandem über Mikro gesprochen hatte, und sagte: »Vámonos.« Zum Abschied hob er die Hand.

Levke sah auf die Karte. Inspector-jefe de Homicidios. Jordi Barceló. Eine Telefonnummer. Sie nannte dem Beamten ihre Personalien, der sie mit seinen Aufzeichnungen verglich. Vermutlich hatte er von der Rezeption gehört, wer sich in den umliegenden Zimmern befand, als es passierte.

Wieder betrachtete sie die Karte des Inspektors. Mordkommission. Die kam vermutlich auch bei Selbstmord. Aber das konnte nicht sein!

In diesem Moment fuhr ein Leichenwagen vor. Levke sah zwei Männern dabei zu, wie sie eine hellgraue, mannsgroße Plastikschale mit Deckel herantrugen und neben dem abgedeckten Körper absetzten. Die Männer lüfteten die Abdeckung und fassten Insas Leichnam an Schultern und Füßen, hoben sie in die offene Schale. Die Arme des Mädchens rutschten für einen Augenblick herunter, bis einer der Träger sie neben dem Körper platzierte. Anschließend schlossen sie den Deckel.

Moment mal. Irgendetwas daran hatte Levke irritiert. Aber was? Sie kniff die Augen zusammen und rieb sich die Schläfen, fuhr sich dann mit beiden Händen ins ungewohnt kurze Haar.

Ihr fiel Anna ein. Jemand musste ihr sagen, was geschehen war. Wenn einem ein Beamter solche Nachrichten überbrachte, war das das Schlimmste. Sie selbst hatte es zwar schon vorher geahnt, als Max nicht erreichbar war und nicht nach Hause kam. Aber als die Polizei klingelte, brach sie beim Anblick der Beamten an der Wohnungstür zusammen. Wären damals nur ihre Eltern oder noch lieber Sandra an ihrer Seite gewesen. Oder wenigstens Menschen, die sie kannte. Nicht diese Wildfremden.

Levke sah auf die Kanüle in ihrem Arm und auf den fast leeren Tropfbeutel an dem Metallgestell neben ihr. Dann schielte sie zu dem Sanitäter, der ihr den Rücken zuwandte und telefonierte.

Sie nahm ein Zellstofftuch aus einen Spender an der Seite und presste es auf die Kanüle, zog sie langsam heraus. Gar nicht schwer. Trotzdem schwindelte ihr wieder.

Keine Minute später kletterte Levke ungesehen aus dem Krankenwagen.

## Jordi

Im Hotelflur vor dem Zimmer des toten Mädchens streifte Jordi sich den sterilen Anzug, die Fußmanschetten und Handschuhe über und betrat zusammen mit den Kolleginnen Luisa und Margarita von der Spurensicherung den Raum. Ein Polizeibeamter positionierte sich vor der Tür.

Jordi hatte bei seiner Ankunft vorm Hotel die Aufgaben verteilt, jeder wusste, was er zu tun hatte. Jemand kümmerte sich auch um die Auswertung der Überwachungskameras der Umgebung und des Hotels – wenn es dort welche gab. In der Zwischenzeit waren alle anwesenden Hotelgäste aus dem Stockwerk und die unmittelbar unter und über dem Zimmer des Mädchens Wohnenden danach befragt worden, ob ihnen irgendetwas Ungewöhnliches aufgefallen war, ob sie etwas gehört oder gesehen hatten. Außerdem hatte man geprüft, wer Zutritt zum Zimmer des Mädchens hatte – das waren neben den Reinigungskräften auch andere Bedienstete des Hotels.

Am interessantesten war derzeit die Aussage dieser berauschten Frau im Rettungswagen, und dann galt ihre Konzentration dem Auffinden von Anna und Flo. Dazu brauchten sie Fotos der beiden.

Jordi sah sich im Flur des Zimmers um. Zwei Riemchensandalen standen feinsäuberlich nebeneinander im Flur. An der Garderobe hingen ein dünnes Jäckchen, eine silbern beschichtete Handtasche und eine Strandtasche.

Jordi öffnete das Täschchen und zog eine Geldbörse hervor. Darin fanden sich dreißig Euro sowie Personalausweis und Führerschein des Mädchens. Die Angaben stimmten mit denen der Rezeption überein. Er übergab die Gegenstände an Luisa, die sie eintütete und das Bad betrat, er selbst wandte sich mit Margarita dem Zimmer zu.

Über der Rückenlehne des Stuhls vor dem Schreibtisch hing ein Gürtel. Der Sekretär war makellos aufgeräumt. Kein Abschiedsbrief zu sehen. Auch nicht in den Schubladen, dem Nachttisch oder dem Papierkorb. Das Bett in der Zimmermitte sah aus, als hätte jemand für einen Moment darauf Platz genommen – man sah eine minimale Einbuchtung auf der ansonsten glatten Überdecke, daneben lag ein Handy.

Jordi versuchte, es anzuschalten, doch er sah gleich, dass das Ding in den Werkszustand versetzt worden war. Er wurde vom System willkommen geheißen und sollte mit der Einrichtung beginnen.

Es war nicht unüblich, dass Menschen, die sich das Leben nahmen, auch ihre virtuellen Hinterlassenschaften löschten. Früher hatten die Leute Tagebücher verbrannt, heute ging das schneller. Allerdings hatten auch Mörder ein Interesse daran, dass nichts über ihre letzten Kontakte zum Opfer zu lesen war. Jordi steckte das Gerät in einen Plastikbeutel.

Luisa rief aus dem Bad: »Hier hat sich jemand vor kurzem die Hände gewaschen, vielleicht auch das Gesicht, es gibt Wasserflecken am Waschbecken, Seife und Handtuch sind benutzt. Sonst nichts zu sehen.«

Ein ordentliches Mädchen, dachte Jordi. Stellte ihre Schuhe in Reih und Glied, hängte Jäckchen und Handtasche an die Garderobe, wusch sich die Hände, setzte sich mal kurz aufs Bett, um ihr Handy in den Werkszustand zu versetzen – und sprang dann vom Balkon? Jordi sah sich skeptisch um und trat neben Margarita, die eben den Kleiderschrank öffnete.

»Anda«, sagte sie. »Das ist ja wie in einem Laden.«

Jordi verzog den Mund. Allerdings. Farblich geordnete Tops und Kleider, alles auf Bügeln – wer betrieb solchen Aufwand?

Er wandte sich wieder ab, umrundete das Bett und fasste, um keine Spuren zu verwischen, die Balkontür an der obersten Kante, schob sie beiseite und betrat den schmalen Austritt mit der niedrigen Brüstung.

Man hatte einen erstklassigen Blick auf die Promenade und das Meer. Außerdem konnte man von hier aus problemlos auf die benachbarten, hell erleuchteten Balkone gelangen – und umgekehrt diesen erreichen. Wenn man schwindelfrei war. Lediglich ein niedriger Sichtschutz aus Milchglas verwehrte den Blick zu den Nachbarn – auf der rechten Seite lag das Zimmer von Anna, das hatte der Belegungsplan des Hotels ergeben.

Wenn es einen Täter gab, wäre es leicht für ihn gewesen, zu entkommen. Oder hier hineinzugelangen. Luisa und Margarita würden hier und auf den beiden benachbarten Balkonen ebenfalls die Spuren sichern müssen.

Luisa kam mit einer Handvoll Tütchen zu ihm nach draußen und legte sie auf das Balkontischchen neben den makellos sauberen Aschenbecher. »Mehr ist da nicht zu holen. Ein paar Fussel, ein paar Haare. Die könnten von jedem stammen, der hier in den letzten … sagen wir … sechs Wochen abgestiegen ist. Die Putzfrauen haben hier maximal fünf Minuten pro Badezimmer, glaubst du, die erwischen alle Haare von Vormietern? Davon träumst du.« Sie zeigte durch die Scheibe der Balkontür aufs Bett. »Und auf dieser Spielwiese wirst du dich vor lauter DNA nicht retten können. Das wird ein Spaß.«

Jordi zuckte mit den Schultern. »Ich weiß.«

»Denkst du nicht, dass es Selbstmord sein könnte? Du hast uns doch auf dem Weg hier herauf erzählt, dass Rafael gesagt hat, er hätte gesehen, wie sie weinend ins Hotel kam.«

Margarita, die eben unter dem Bett ein paar Haare hervorgeklaubt hatte, sagte: »Vielleicht hat sie ja in einem Club was genommen, das ihr die Sinne vernebelt hat. Sie wäre nicht die Erste. Dieses gepanschte Zeug da draußen – da weißt du nie. Und dann ab auf den Balkon …« Sie breitete die Arme aus und sang: »I believe I can fly …«

Luisa warf ihr einen gespielt anerkennenden Blick zu. »Ich wusste gar nicht, dass du so gut singen kannst, meine Liebe.«

Margarita lachte. »Sag das mal meinem Mann.«

Jordi wandte sich zur Zimmertür. »Ich bin dann hier durch, die Ergebnisse eurer Untersuchung hätte ich gern morgen so bald wie möglich auf dem Tisch. Ich mache mich mal auf die Suche nach den Freunden des Mädchens.«

Als er nach draußen auf die Straße trat, betrachtete er die restlichen Gaffer hinter der Absperrung, die ihre Hälse nach dem Tatort reckten. Die Menschen geilten sich am Entsetzen anderer auf, froh darüber, dass es sie nicht erwischt hatte. Dieses Verhalten widerte ihn an.

Als Rafael ihn ansprach, blieb er stehen und hörte sich noch einmal an, was dieser beobachtet hatte: dass das Mädchen weinte und in der Halle fast gefallen sei, weil sie auf ihr Handy geschaut habe. Er bat Rafael, seine Aussage bei einem Kollegen zu Protokoll zu geben und duckte sich dann unter der Absperrung hindurch, um zu seinem Wagen zu laufen.

Ein paar von der Tatort-Gruppe waren bereits im *Deutschen Haus* und befragten dort die Angestellten, wann das Mädchen gegangen war. Anhand der Funkzellen am Playa de Palma konnten sie vielleicht ein Bewegungsprofil des Mädchens erstellen und herausfinden, ob es andere Geräte gab, die zu diesem Bewegungsmuster passten.

Im Lauf tippte er eine Nachricht an Mateo, dass er womöglich die ganze Nacht fort sein würde – bei einem möglichen Mord ging niemand schlafen. Normalerweise war er ein routinierter Polizist, allerdings ging es ihm nah, wenn Kinder involviert waren. Wie sollten die Eltern das verkraften? Wenn man sich nicht verabschieden konnte, war das für die Hinterbliebenen das Schlimmste.

Die Zentrale würde das Konsulat informieren, die Sache nahm ihren Gang: Über die Personalien der Urlauberin fand man die zuständige Polizeidienststelle in Deutschland. Im Falle des jungen Mädchens war davon auszugehen, dass sie noch zu Hause wohnte – und schon war jemand unterwegs zu einem hübschen Einfamilienhaus, um die Hiobsbotschaft zu überbringen.

Jordis Gedanken wanderten zu dem Gespräch mit Mateo beim Abendessen, als er ihm von seiner ersten Liebe erzählt hatte.

Die vier Wochen, in denen Eva verschwunden war, waren die schrecklichsten seines Lebens. Er war der Letzte gewesen, mit dem Eva zusammen war. Sie hatten abends in seinem Zimmer miteinander geschlafen, er hatte sie nach Hause gebracht, sie musste immer um Punkt halb elf zurück sein. Aber er wartete nicht, bis sie im Haus ihrer Eltern war, sondern setzte sie mit seinem Moped an der Einbuchtung zu ihrer Straße ab. Sie hatten sich innig geküsst, und er hatte diesen köstlichen Geruch nach Sex in sich aufgesaugt, den ihr Körper verströmte. Er sah ihr nur kurz nach, wie sie mit diesem ihr eigenen, aufrechten Gang die Stufen in die Gasse nahm, wo die Bäckerei ihrer Eltern lag.

Er war nach Hause gefahren, hatte sich ins Bett gelegt und von ihr geträumt. Wahrscheinlich hatte er sich sogar noch einen runtergeholt, weil er einfach nicht genug von ihr bekommen konnte.

Kurz nach elf rief Evas Vater an, wütend darüber, dass seine Tochter noch nicht zu Hause war.

Eva war also verschwunden, und die Suche begann. Jordi war Mateo gegenüber nicht ins Detail gegangen, aber es drehte sich nicht nur um Lösegeld, sondern darum, dass Evas Vater das Geschäft aufgeben und für jemand anderen arbeiten sollte. Zumindest so viel hatte er herausgefunden.

Evas Vater, sein Name war Abdel Benbahi, tat alles, um seine Tochter zu retten – zumindest sah es danach aus. Und sie kam zurück. Man setzte sie an einer Tankstelle am Ortseingang von Pollença ab. Man hatte ihr das Haar abgeschnitten und offenbar wenig zu essen gegeben. Oder sie hatte keinen Appetit – das mochte auch sein.

Sie sprach nicht, auch nicht mit ihm. Sie kam in eine Klinik, man versuchte mit allen Mitteln, sie aufzupäppeln, stellte fest, dass sie in allen Körperöffnungen vergewaltigt worden war – das hatte er aber erst Jahre später erfahren, als er in den archivierten Akten las. Eva hatte ihm nie erzählt, was man ihr angetan hatte. Sie hatte einfach gar nicht mehr gesprochen. Und schließlich hatte sie sich das Leben genommen. Sie hatte sich bei laufendem Motor in der Garage eingeschlossen.

Diese Bekannte des deutschen Mädchens, das sich vom Balkon gestürzt hatte, erinnerte ihn an Eva. Ihr Anblick war wie ein Schock. Dieselbe Frisur. Das Unterernährte. Und der Blick aus ihren dunklen Augen, die aussahen, als hätten sie den Tod gesehen. Als wäre es eigentlich sie gewesen, die vom Balkon gesprungen war, nur dass sie überlebt hatte.

Er schüttelte den Gedanken ab und stieg in seinen Wagen.

## Levke

Erschöpft betrat Levke ihr Zimmer. Zu allem Überfluss hatte sie ihre Schlüsselkarte hier vergessen und musste sich an der Rezeption Ersatz besorgen, außerdem hatte sie sich an der Hotelbar noch drei Flaschen Wasser und ein Päckchen Erdnüsse mitgenommen.

Die Teelichter brannten noch. Zum Auspusten fehlte ihr der Atem, stattdessen legte sie ihren und die Zöpfe ihrer Kinder in das Kästchen vom Bestatter und verbarg es im Kleiderschrank, zog die Tür zu. Dann setzte sie sich aufs Bett, starrte auf ihre nackten, staubigen Füße. Sie konnte nicht sofort wieder davonstürmen, um Anna zu suchen, sondern musste erst einmal verarbeiten, was geschehen war. Um in Ruhe zu überlegen, was als Nächstes zu tun war, brauchte sie einen klaren Kopf.

Auf jeden Fall hatte die Infusion – was auch immer darin gewesen war – ihr geholfen. Sie fühlte sich wacklig, aber nicht mehr so, als würde sie gleich umkippen. Sie öffnete die Packung Erdnüsse und nahm eine in den Mund, knabberte darauf herum. Der salzige und fettige Geschmack schien auf ihrer Zunge zu explodieren. Sie nahm noch eine, trank dann einen Schluck Wasser.

Ihre Gedanken waren nicht greifbar. Sobald einer auftauchte, flog er auch schon wieder fort. Wie eine Fledermaus, die man im Dunkeln vorbeiflitzen sah.

Warum war sie noch mal aus dem Rettungswagen ausgestiegen? Sie hätte gut daran getan, sich im Krankenhaus behandeln zu lassen.

*Du wolltest zu Anna. Ihr sagen, was passiert ist.*

Levke richtete sich auf. Oh Gott, wenn das Mädchen nichts ahnend hierher zurückkehrte, und … Wie hatte denn nur der Laden geheißen, in den sie wollte? Das war doch auch ein deutscher Name gewesen. In diesem Moment fiel es ihr wieder ein: *Schwabenhalle.*

Levke schlüpfte in ihre Sneakers und zog Max‘ Sweater

über, verließ – diesmal mit Karte – das Zimmer. In ihrem Rucksack hielt sie das Wasser verstaut, davon sollte sie wohl besser hin und wieder einen Schluck nehmen.

Als sie aus dem Hotel trat, waren der Rettungswagen und der Leichenwagen fort. Auf der Straße standen Grüppchen von Leuten, die sich mit verschränkten Armen und ernsten Gesichtern über das Erlebte unterhielten.

Auf ihrem Weg zur Promenade geriet sie nach wenigen Metern aus der Puste. So ging das nicht. In diesem Tempo kam sie erst im Morgengrauen an. Schwer atmend setzte sie sich auf einen Mauervorsprung und legte das Gesicht in die Hände. Ein Auto hielt neben ihr.

»Na, zu viel getankt?«, fragte jemand auf Deutsch. Der Stimme nach ein junger Kerl. Als Levke den Kopf hob, sah er sie erschrocken an. »Brauchst du Hilfe?«

Sie nickte. »Kannst du mich zur Schwabenhalle fahren? Dort ist eine Freundin von mir.«

Der junge Mann zog einen Flunsch. Vermutlich hatte er festgestellt, dass sie doch nicht in sein Beuteschema passte. Dennoch öffnete er die Beifahrertür, und Levke stieg ein. Sie schaffte es nicht, den Gurt festzuschnallen. Er half ihr.

Dann deutete er auf ihr Haar: »Ist dir was passiert?«

»Was meinst du?«

»Na ja, ich weiß nicht … sieht irgendwie komisch aus.«

»Das war ich selbst«, antwortete sie. »Ich wollte mir gerade das Leben nehmen, als ein Mädchen an meinem Balkon vorbeiflog. Da musste ich es verschieben.«

»Ach du Scheiße«, murmelte er.

Schneller als erlaubt fuhr er an der Promenade entlang, während sie sich in die Hose machte vor Lachen. Es kam einfach über sie, nachdem sie diese seltsamen Worte gesprochen hatte. Glücklicherweise war sie erst auf Toilette gewesen, aber ein bisschen was ging daneben. Das brachte sie nur noch mehr zum Lachen.

Ihr Fahrer schielte zu ihr herüber und lachte unsicher mit, hielt schließlich am Straßenrand gegenüber der *Schwabenhalle*. Er löste ihren Gurt und beugte sich über sie, öffnete die Beifahrertür und sagte: »Am besten, du gehst bald ins Bett, hm? Morgen früh sieht die Welt schon wieder ganz anders aus.«

Levke stieg aus und schlug leise die Tür zu, ließ sich auf den Bordstein sinken. Wie konnte es sein, dass Insa nun weg war? So ein lebensfrohes Mädchen. Und dann kamen die Tränen, als hätte jemand eine Schleuse geöffnet. Sie saß am Straßenrand und weinte so hemmungslos wie zuletzt bei der Beerdigung ihrer Familie. Als die drei Särge ins Grab hinabglitten, war ihr bewusst geworden, dass sie niemals wiederkommen würden.

Hatte Max den LKW im Rückspiegel heranrasen sehen? Ihre Kleinen? Seitdem sie tot waren, stellte Levke sich das immer wieder vor. Diese letzten Sekunden.

»Wo seid ihr?«, schrie sie mit rauer Stimme in die kühle Nachtluft, bemerkte erst jetzt, dass ein Trupp Jugendlicher sie beobachtete. Ihre Gesichter drückten Befremden aus. Sie musste sich zusammenreißen.

»Ich suche Anna!«, rief Levke zu ihnen hinüber. »Kennt ihr sie?« Dass sie das Mädchen im *Deutschen Haus* gesehen hatte, kam ihr wie Jahre her vor. Sie war inzwischen fast gestorben, und eine andere war tot.

Die Jugendlichen starrten sie weiter an, bis sie zu begreifen schienen, dass sie mit ihnen sprach.

»Annas gibt es viele«, antwortete ein Junge schließlich und deutete hinter sich zur Disco. »Da drin sind bestimmt zehn von der Sorte!«

Levke winkte ihn mit der Hand zu sich. Er folgte ihrer Geste nur zögernd. Trat auf die Straße, als bestünde diese aus dünnem Eis oder als wäre Levke die Märchenhexe, die Hänsels Fingerdicke prüfen wollte.

Als er bei ihr war, sagte Levke: »Bitte lass Anna ausrufen. Ihre Freundin Insa ist tot.«

Der Junge hob eine Augenbraue. »Alter. Du bist ja total irre.«

Levke verzog flehend das Gesicht. »Es ist wahr! Insa ist tot! Hol Anna!«

Er starrte sie an, vielleicht glaubte er ihr endlich. Dennoch tippte er sich an die Stirn, wandte sich ab und kehrte zurück zu seinen Freunden. Sie beratschlagten sich, bis der Junge schließlich mit einem anderen in der Diskothek verschwand. Die übrigen schielten weiter zu Levke und tuschelten. Zwei zückten ihre Handys, vielleicht wollten sie ihre Worte überprüfen. Ob die Sache bereits online war? Insas Name veröffentlicht? Sicher nicht.

Sie sah zum Eingang der Diskothek, doch schon wieder verschwamm ihre Sicht.

Sie musste kurz auf dem Bürgersteig eingenickt sein, als eine Hand an ihrer Schulter sie wachrüttelte.

»Ey, du?«, fragte eine weibliche Stimme. »Bist du die von vorhin im Deutschen Haus? Was hast du mit deinen Haaren gemacht? Hey! Wach doch auf! Du hast nach mir gesucht. Wegen Insa. Was ist mit ihr?«

Levke stützte sich auf die Arme und brachte sich schwerfällig in eine sitzende Position. Ihre Kehle war staubtrocken. Sie öffnete ihren Rucksack und zog eines der Wasserfläschchen heraus, trank in gierigen Schlucken.

»Mein Gott«, schnaubte Anna und steckte sich eine

Zigarette in den Mund, fischte ein Feuerzeug aus ihrer Hosentasche und zündete sie an, »was hast du denn eingeworfen?«

Sie nahm einen tiefen Zug aus ihrem Glimmstängel und pustete den Rauch aus.

»Setz dich doch zu mir«, bat Levke und zeigte neben sich.

»Mann«, entgegnete Anna und ließ sich neben sie auf den Bordstein sinken. »Ich hab gerade so schön abgedanct. Ich hoffe, es ist was Wichtiges. Ist Insa mit ihrem Schätzchen abgereist, oder was ist los? Inzwischen wäre mir das aber auch schon egal.« Sie schnippte Asche auf den Boden.

Levke schluckte. »Insa ist tot«, hauchte sie. »Vom Balkon gefallen.«

Annas Augen weiteten sich, dazu öffnete sich ihr Mund. Dann runzelte sie die Stirn. »Du verarschst mich.«

Levke schüttelte den Kopf. »Es ist wahr.« Schon wieder kamen ihr die Tränen.

Anna hielt sich die Hände vor den Mund und starrte auf den Asphalt, während die Zigarette zwischen ihren Fingern sich selber rauchte. Die Augen des Mädchens füllten sich mit Tränen. Sie ließ ihre Kippe fallen und legte den Kopf in die Hände, sodass ihre roten Locken das Gesicht verbargen. Levke hörte sie leise schluchzen.

Als sie Levke wieder den Kopf zuwandte, flüsterte sie: »Wie ist das passiert? Warst du dabei? Und … wo ist Flo?«

Levke rieb sich mit Daumen und Zeigefinger die Augenwinkel. »Also«, begann sie – und dann berichtete sie Anna, was sie gehört hatte. Dass es ein Unfall gewesen sein konnte, oder auch Selbstmord.

Anna hörte ihr mit stummen Tränen zu. Schließlich rief sie: »Aber das ist doch Bullshit! Beides!«

»Wie meinst du das?«, fragte Levke. »Ich war doch dabei. Sie kam von da oben runter.«

»Insa hatte echt fiese Höhenangst, die wäre niemals so dicht an ein Balkongeländer getreten, erst recht nicht freiwillig gesprungen, so stoned könnte sie nie im Leben sein. Und Selbstmord – bitte.« Anna fuchtelte mit den Händen. »Jetzt nur mal angenommen, das, was dieser Motorradfahrer beobachtet hat, stimmt – selbst wenn sie geweint hätte, nimmt Insa sich doch nicht gleich das Leben! Das glaube ich einfach nicht!« Ihre Stimme klang schrill. Sie kramte aus ihrer Hosentasche ihr Handy hervor. »Hier«, sagte sie und gab mit zitternden Fingern ihren Code ein, »Insa hat mir um elf geschrieben, dass Flo es nicht mehr schafft, und dass sie jetzt zurück auf ihr Zimmer geht.«

Levke las die Nachricht. »Ist sie aber nicht, sie kam erst gegen halb eins ins Hotel, habe ich gehört. Habt ihr kein gemeinsames Zimmer?«

Anna schüttelte den Kopf und kämpfte wieder mit den Tränen. »Insa ist so ordentlich und ich so chaotisch, wir haben getrennte Zimmer genommen. Dafür aber direkt nebeneinander.«

Leise dachte Levke bei sich, dass sie sich das früher nicht hätte leisten können. Aber das spielte jetzt keine Rolle.

»Und was heißt das – wenn es kein Suizid und kein Unfall war?«, fragte sie.

Anna hob die Hände. »Keine Ahnung!«

»Ja, aber … meinst du, dass sie jemand runtergestoßen hat? Dann müsste die Polizei doch Kampfspuren gefunden haben. Und da waren ja offenbar keine, sonst hätte ein Beamter von oben nicht gleich behauptet, dass es ein Unfall war.« Sie sah Anna eindringlich an. »Fällt dir irgendwer ein, der ihr etwas antun würde?«

Anna sprang auf und raufte sich die lockigen Haare. »Ich habe keinen blassen Dunst, verstehst du! Scheiße, was mach ich denn jetzt nur? Jemand muss doch Insas Eltern informieren! Soll ich das etwa tun? Ich meine …« Sie setzte sich wieder auf den Boden. »Wir sind doch hierher gekommen, um Spaß zu haben.« Sie schluchzte. »Und jetzt das.«

Levke legte ihr die Hand auf den Rücken und streichelte sanft darüber. Das hatte Sandra bei ihr auch immer getan. Und tatsächlich hatte es sie stets etwas beruhigt.

Aus den Augenwinkeln nahm sie wahr, dass ein Wagen neben ihnen hielt. Sie hob den Kopf. Jemand stieg aus und kam um das Fahrzeug herum. Der Inspektor. Wie war noch sein Name gewesen? Jordi Barceló. Zu seinem Körperbau fiel ihr das Wort massiv ein. Er war kräftig, ohne ein Gramm Fett. Der Mann war Respekt einflößend.

Er sah sie stirnrunzelnd an und zeigte auf Anna. »Ist sie die Freundin des Mädchens?«

Levke nickte.

»Das ist der Herr von der Polizei«, erklärte sie Anna. »Er war auch …« Sollte sie ›am Tatort‹ sagen?

»Was machen Sie hier?«, unterbrach der Inspektor ihre Gedanken. »Als ich Sie zuletzt sah, bekamen Sie kaum ein klares Wort heraus und hingen am Tropf. Ich wollte Sie gern morgen auf dem Präsidium sprechen – dass Sie nun hier mit einer wichtigen Zeugin reden, behindert unsere Ermittlungen. Angeblich wussten Sie doch gar nicht, wo sie ist?«

»Ich wusste es auch nicht, aber dann fiel es mir wieder ein«, erklärte Levke. »Ich wollte nur Anna …« Zu mehr kam sie nicht.

»Bitte gehen Sie zurück zum Hotel und sprechen Sie mit niemandem, bis Sie morgen bei mir waren. Haben Sie mich verstanden?«, verlangte er streng.

Levke verzog den Mund. »Ist ja gut«, murmelte sie und

rappelte sich vom Boden auf. Dann zeigte sie auf Anna. »Wer kümmert sich jetzt um sie?«

Der Inspektor sah sie warnend an und forderte sie damit wortlos auf, endlich zu gehen.

Levke warf ihm einen ungläubigen Blick zu, dann flüsterte sie Anna zu: »Meine Zimmernummer ist die 347. Wenn etwas ist – komm einfach vorbei.«

Insas Freundin sah sie dankbar an und stand ebenfalls auf.

Levke machte sich mit verschränkten Armen auf den Rückweg, sah ein letztes Mal über ihre Schulter und beobachtete, wie der Inspektor Anna in sein Auto bat.

*Ostersamstag*

## Levke

Levke wurde von zwitschernden Spatzen geweckt und öffnete die Augen. Sie entdeckte gleich vier. Die Vögel hüpften mit aufgeplustertem Gefieder und schräg gelegten Köpfchen auf ihrem Balkongeländer hin und her, als erwarteten sie frische Brotkrumen. Die Kerlchen hatten keine Ahnung, was hier gestern geschehen war.

Als sie von ihrer Suche nach Anna gestern Nacht ins Zimmer zurückkehrte, waren die Teelichter erloschen, es roch nach Wachs und vom Balkon her nach Erbrochenem, daher hatte sie die Tür geschlossen, zu kraftlos, die Fliesen dort noch zu säubern. Sie hatte sich aus ihrem Rucksack eine der Wasserflaschen genommen und etwas getrunken, dann hatte sie sich unter der Bettdecke zusammengerollt und war sofort in einen tiefen Schlaf gesunken.

Nun starrte sie an den Spatzen vorbei nach draußen zum Meer. Vor zwölf Stunden hatte sie noch ihren Tod geplant.

Sie hatte nicht damit gerechnet, den heutigen Tag zu erleben. Die Überraschung darüber, dass ihr Plan misslungen war, breitete sich in ihrem Körper aus wie eine Welle. Wut? Enttäuschung? Seltsamerweise nicht.

Levke griff nach ihrem Handy, das noch immer im Flugmodus auf ihrem Nachttisch lag, und schaltete es an. Dass das Haar auf ihren Wangen kitzelte und ihr Kopf sich so leicht anfühlte, war ungewohnt.

Fünf neue Nachrichten erschienen auf dem Display. Sandra, Nadja, ihr Bruder Magnus, ihre Eltern und Johann.

Man erkundigte sich, wie es ihr ginge und wünschte ihr Kraft für diesen Tag. Brachte zum Ausdruck, dass man gern an ihrer Seite wäre. Dass man an sie dachte. Und sie umarmte. Der Text war fast derselbe wie bei einem Geburtstag. Man musste nur ein paar Worte austauschen, die Sekt- und Blumenbildchen weglassen, und schon passte es.

Levke klickte die Nachrichten fort und sah auf die Uhr. Halb neun. Um zehn war sie im Präsidium vorgeladen.

Sie beobachtete noch einen Moment die Spatzen, dann schob sie die Beine aus dem Bett und kam zum Sitzen. Ihr Magen knurrte. Also zum Frühstück. Zu ihrer Übernachtung gehörte eines dazu.

Sie säuberte mit Klopapier und etwas Mineralwasser die Balkonfliesen, entsorgte die Überreste in der Toilette und ließ die abgebrannten Teelichter im Papierkorb verschwinden. Dann duschte sie rasch und schlüpfte in Jeans und ABI 2004 T-Shirt vom Vortag. Sie band ihr feuchtes Haar zu einem ultrakurzen Zöpfchen im Nacken zusammen und begab sich auf den Weg nach unten.

In der überfüllten Lobby führten blau uniformierte Polizeibeamte Befragungen unter den Hotelgästen durch. Wer etwas gesehen oder gehört hatte, sollte sich melden. Einer sprach Levke an, doch sie erklärte ihm, dass sie bereits vorgeladen war. Ihren Namen fand er sogar auf seiner Liste. Er nickte und wünschte ihr ein angenehmes Frühstück.

Levke ging zur Rezeption, an der eine Traube Reisender mit Gepäck herumstand. Da Anna sich in der Nacht nicht mehr bei ihr gemeldet hatte und sie gleich loswollte, hinterließ Levke beim Rezeptionisten ihre Telefonnummer für das Mädchen. Vielleicht brauchte sie Hilfe oder einfach nur Beistand.

Im Frühstückssaal zapfte sie sich ein mit Zitronen und Minze versetztes Wasser und knabberte an einem Toast mit Butter und Salz. Wie üblich hörte sie nach der Hälfte auf, doch dann entschied sie, doch die ganze Scheibe zu essen. Ein bisschen Energie würde sie heute vermutlich wieder brauchen. Ihre gestrige Fahrt und die anschließenden Ereignisse hatten sie viel Kraft gekostet. Und bis auf das Bocadillo hatte sie nichts gegessen.

Sie sah auf die Uhr. Schon fast neun. Sie hatte vergessen, an der Rezeption zu fragen, ob sie eine Nacht verlängern könnte. Oder mehrere.

Wie lange diese Sache mit Insa sich wohl hinziehen würde? Sie musste einfach wissen, was mit dem Mädchen geschehen war. Vielleicht erfuhr sie ja etwas auf dem Präsidium. Am besten, sie machte sich gleich auf den Weg, das mit dem Zimmer konnte sie auch später noch klären, wenn die vielen Menschen an der Rezeption weg waren.

Sie würde lediglich ihr Beautycase in der Gepäckaufbewahrung einschließen und ihren Rucksack mitnehmen. Sie hatte keine Lust auf einen weiteren Anschiss von diesem Inspektor, weil sie zu spät war. Im Gegenteil, sie hoffte ja, etwas über Insas Todesumstände zu erfahren. Sie würde den Bus nehmen müssen – zu dumm, dass sie den Mietwagenschlüssel gestern bei ihrer Rückkehr an der Rezeption abgegeben hatte.

Levke wischte sich die Mundwinkel an der Serviette ab und schob ihren Stuhl zurück. Wie lange war es her, dass sie einen Tag vor sich hatte, von dem sie nicht wusste, wie er ausging?

Die Front des siebenstöckigen, sandfarbenen Gebäudes, an dem in mehreren Metern Höhe Kameras installiert waren, hatte die Aufschrift *Jefatura Superiror de Policía de Baleares*. Am Eingang folgte die Bezeichnung *Cuerpo Nacional de Policía* – das alles wirkte einschüchternd auf Levke. Dazu trugen auch Dutzende von Polizeiautos und Mannschaftswagen bei, die seitlich des Komplexes abgestellt waren.

Das Präsidium lag an einer Straßenecke nicht weit von der Bushaltestelle nahe dem Passeig de Mallorca, die man ihr an der Rezeption genannt hatte. Die Busse fuhren im Viertelstundentakt von Playa de Palma ins Zentrum, drehten dort eine Runde und nahmen dann wieder den Rückweg auf.

Levke stieg die Stufen zum Eingang des Polizeigebäudes hinauf, als der Anblick eines Mannes sie in ihrem Lauf stoppte. Er hielt einen Motorradhelm unter dem Arm. Es war der Mann von gestern Nacht. Als er sah, dass sie zögerte, weiterzugehen, kam er auf sie zu.

»Warten Sie auf mich?«, fragte Levke auf Spanisch und deutete mit dem Kinn auf den Eingang zum Polizeigebäude. »Ich habe einen Termin.« War er etwa doch von der Polizei?

»Ich weiß. Ich wollte Sie nur fragen, ob Sie gestern vielleicht irgendetwas gesehen haben. Wie es dazu kam, dass das Mädchen vom Balkon stürzte. Sie wirkten so betroffen. Also – mehr als im üblichen Maß.«

»Ich habe schon etwas gesehen. Zum Beispiel, dass Sie Fotos von ihr geschossen haben«, antwortete Levke.

Er überging ihre Bemerkung. »Saßen Sie draußen, als es passiert ist?«

Levke schürzte die Lippen. »Nein. Ich lag im Bett und sah Richtung Meer, als sie kopfüber an meinem Balkon vorbeiflog. Und Sie, was haben Sie dort unten gemacht? Von der Polizei sind Sie doch nicht?«

»Kopfüber? Sind Sie sicher?«

Sie schnaubte. Warum stand sie hier mit diesem Typen herum und verquatschte sich? Inzwischen dämmerte ihr, wer er war. Von einer Zeitung vermutlich. Mit einer wegwerfenden Handbewegung ließ sie ihn stehen und lief zum Eingang. Dort klingelte sie und erklärte, dass sie eine citatión oficial von Jordi Barceló habe. Jemand von der Anmeldung ließ sie ein, eine uniformierte Beamtin saß hinter einer Glasscheibe, überprüfte ihre Papiere und bat sie, kurz zu warten, bis man sie abholte.

Ein Beamter, der einen Umschlag in Händen hielt, nahm sie in Empfang und führte sie zu einem Fahrstuhl; sie fuhren in den dritten Stock, dort durchquerten sie einen langen Flur. An einer Tür mit der Aufschrift *Jefe Sección Homicidios* blieben sie stehen.

Ihr Begleiter klopfte, jemand rief: »Entra!«

Jordi Barceló saß an seinem Schreibtisch und tippte etwas in den Computer ein.

Der Beamte übergab ihm den Umschlag, dann verließ er das Büro, und der Inspektor zeigte auf einen Stuhl vor seinem Tisch. »Setzen Sie sich.«

Neugierig musterte er den Aufdruck auf Levkes T-Shirt, dann lächelte er ihr zu. »Sie sehen besser aus«, bemerkte er.

Errötete sie etwa? »Gestern war ich etwas fertig.«

»Gefeiert?«

»So ähnlich.«

»Wir sitzen hier zwar nicht wegen Drogen zusammen, ich muss Ihnen aber sagen, dass sie dafür hier im Arrest landen können. Mögen Sie einen Kaffee?«

Levke sah ihn ausdruckslos an. »Ich habe kein Drogenproblem, und nein danke.«

Er hob die Schultern und griff nach einem Aufnahmegerät, erklärte ihr, dass er das Gespräch aufzeichnen würde, um es später noch einmal abhören zu können.

Levke nickte.

Dann sagte er: »Als Zeugin sind Sie verpflichtet, die Wahrheit zu sagen und alles preiszugeben, was zur Aufklärung dieses Falles beitragen könnte. Mit der Zurückhaltung von Informationen machen Sie sich gegebenenfalls strafbar.«

Levke rutschte auf ihrem Stuhl hin und her. »Ich habe nicht vor, Ihnen Informationen vorzuenthalten.«

Er stemmte die Ellbogen auf die Schreibtischplatte und legte sein Kinn auf den Händen ab. »Gestern haben Sie mir nicht gesagt, dass Anna in der Schwabenhalle war, als ich Sie danach fragte.«

»Ich sagte Ihnen doch schon, ich hatte es vergessen.« Sie sah ihn eindringlich an. »Wirklich.«

Er nickte. »Sie sprechen übrigens gut Spanisch, ich habe Sie gestern gehört, als Sie mit meinem Kollegen redeten. Woher?«

Sie zögerte. Machte er jetzt auf Smalltalk, um ihr Vertrauen zu gewinnen? »Die Sprache gefällt mir. Hat Spaß gemacht, sie zu lernen. Ihr Deutsch ist allerdings perfekt.«

Er hob die Schultern. »Meine Mutter ist Deutsche, und ich habe mal ein Semester in Berlin studiert. Also. Erzählen Sie.«

»Was denn genau?«

»Woher kennen Sie Insa Kullmer?«

»Das habe ich Ihnen doch gestern schon gesagt, wir hatten uns morgens kennengelernt und abends zufällig wiedergetroffen.«

»War dieser Junge dabei?« Er sah auf seine Aufzeichnungen. »Flo?«

»Nur morgens.«

Er sah sie interessiert an. »Sie haben ihn also gesehen? Wo?«

»In Valldemossa, auf einem Ausflug.«

»Waren die beiden dort allein?«

»Ja. Und – wie gesagt – schwer verliebt. Haben Sie ihn noch nicht gesprochen?«

»Wir suchen ihn noch.«

Komisch. Bestimmt hatten die beiden doch zu später Stunde noch miteinander gechattet. »Hat er sich noch nicht auf Insas Handy gemeldet?«, fragte sie.

»Darüber kann ich keine Auskunft geben. Jedenfalls haben wir ihn noch nicht gefunden.«

»Hm. Ich glaube, er hat mit mallorquinischen Jugendmannschaften mehrere Spiele auf der Insel zu absolvieren.«

»Wie sieht der Junge aus?«

»War Insas Handy nicht in ihrem Zimmer?«, fragte sie. »Das müsste doch voller Fotos von den beiden sein. Ich habe sogar selbst eins von ihnen gemacht, Insa hatte mich darum in Valldemossa gebeten.«

»Hören Sie, ich kann verstehen, dass Sie einige Fragen haben, allerdings bin ich derjenige, der sie stellt, nicht Sie. Sagen Sie mir bitte einfach nur, wie er aussieht. Irgendwelche besonderen Merkmale?«

»Er ist groß und dunkelhaarig«, gab sie Auskunft. »Dunkle Augen, würde ich sagen. Ein Fußballer wie gesagt. Er trug ein gelbes T-Shirt mit dem Zeichen einer Stuttgarter Mannschaft. Und eine rote Baseballkappe.«

»Stuttgart.« Der Inspektor gab ihre Angaben in seinen Computer ein, dann fuhr er fort: »Sie sagten gestern, es könne kein Selbstmord sein. Insas Freundin ist der Meinung, ein Unfall sei ausgeschlossen. Haben Sie im Gespräch mit dem Mädchen etwas aufgeschnappt, wodurch hervorgehen könnte, dass sie sich von irgendwem bedroht fühlte?«

Levke knibbelte an ihren Fingernägeln. »Im Gegenteil. Sie schien total happy und sich auf die Zukunft zu freuen.«

Er wechselte das Thema. »Wir haben uns die Zimmerbelegungen angesehen. Ihr Zimmer liegt genau unter dem der Verunglückten. Haben Sie etwas gehört oder gesehen? Einen Kampf? Schläge, Geräusche, Stimmen?«

Levke überlegte. War da etwas? Sie war so verdammt mit sich selbst beschäftigt gewesen. Wahrscheinlich hätte über ihr viel passieren können, und sie hätte es nicht gehört. Aber das wollte sie nicht preisgeben. Also sagte sie schweren Herzens: »Nein. Ich habe das Mädchen nur an meinem Balkon vorbeifallen sehen.«

»Einfach so?«

Sie nickte, und ihr fiel etwas ein. »Sind die Eltern informiert worden?«

»Selbstverständlich. Bitte erzählen Sie etwas genauer, wie das ablief.«

Gott, dieses Pokerface. Sie schluckte. »Okay, also, ich lag auf dem Bett und hab nach draußen in Richtung Meer geschaut, und da kam sie plötzlich runter. Ich habe so einen spitzen, erschreckten Schrei gehört, und sie fiel mit dem Kopf zuerst.«

Er sah sie prüfend an. »Ein Schrei? Und kopfüber? Ganz sicher?«

Eigentlich war sie sich nicht ganz sicher. Es war alles so schnell gegangen. Bis sie begriffen hatte, was geschah – dann noch die ganzen Tabletten. Dass sie bemerkt hatte, dass das Kleid grün war, war schon ein Wunder. Inzwischen erschien ihr alles wie ein Albtraum. Sie senkte den Blick. »Nein, ganz sicher bin ich nicht.«

Wieder ein forschender Blick. »Fällt Ihnen sonst noch irgendetwas ein, das wichtig sein könnte?«

Levke überlegte. Als Insas Leiche in den Kasten gehoben worden war, da war etwas gewesen, das sie verwirrt hatte. Aber so wenig, wie ihr gestern der Name der Disco eingefallen war, als er sie danach fragte, wollte ihr einfallen, was da nicht gestimmt hatte. Sie hob die Schultern und sagte: »Nein, tut mir leid.«

»Gut«, sagte er und schaltete das Aufnahmegerät aus.

»Sie denken also auch, dass sie jemand gestoßen haben könnte?«, erkundigte sich Levke trotz seiner vorherigen Rüge.

Er lächelte unverbindlich. »Frau Sönkamp, selbstverständlich sammeln wir so viele Informationen wie möglich, um uns ein umfassendes Bild von Insa Kullmers Umfeld machen zu können. Wir sprechen mit allen Zeugen, so wie mit Ihnen. Seien Sie ganz unbesorgt, dass wir hier sorgfältig unsere Arbeit erledigen. An Sie habe ich die Bitte, sich von anderen Zeugen dieses Falls fernzuhalten, da Sie erstens nicht persönlich betroffen sind und dies zweitens eine Einflussnahme wäre, die unsere Ermittlungen erschweren könnte.«

Als Levke aus dem Polizeigebäude trat, sah sie zu dem wolkenlosen Himmel hinauf. Was sollte sie aus dieser Unterhaltung schließen? War Insas Handy verschwunden? Es ärgerte sie, dass der Inspektor ihr kaum Informationen über den Stand der Ermittlungen gegeben hatte, außer, dass sie Flo noch nicht gefunden hatten. Sicher, für den Inspektor war sie nur irgendeine Deutsche, die zufällig in der Gegend war, als Insa Kullmer vom Balkon fiel. Aber für sie war die Sache hier mehr.

Für den Tod von Levkes Familie konnte keiner zur Rechenschaft gezogen werden. Niemanden traf Schuld. War das hier etwa genauso? Sie wollte das nicht glauben.

## Jordi

Nachdenklich sah Jordi der Deutschen hinterher, als sie sein Büro verließ. Levke. Schon gestern hatte er festgestellt, dass sie ihn an Eva erinnerte. Nicht nur, dass sie sich äußerlich ähnelten – auch Eva war spindeldürr gewesen nach der Entführung, und man hatte ihr die Haare abgeschnitten –, auch diese Art, innerlich zerbrochen zu wirken, war die gleiche.

Heute allerdings hatte die Deutsche einen anderen Eindruck gemacht. Lebendiger. Vermutlich hatte sie abends tatsächlich etwas eingeworfen, aber dem nachzugehen war nicht seine Aufgabe. Viel wichtiger war die Frage, ob sie ihm irgendetwas verschwieg. Diese feinen Schwingungen bei der Vernehmung von Zeugen waren genau der Grund, weshalb er sich für eine Laufbahn bei der Mordkommission entschieden hatte. Und nicht bei der Abteilung Organisierte Kriminalität, auch wenn Mateo ihn gestern Abend gefragt hatte, ob diese Arbeit nicht besser zu ihm gepasst hätte.

Natürlich wäre das bei allem, was mit Eva geschehen war, naheliegend gewesen. Doch Jordi hatte es lieber mit alltäglichen Menschen und deren persönlichen Abgründen zu tun als mit Drogenkartellen.

Was war mit dieser Deutschen los? Verbarg sie etwas vor ihm, und wenn ja, weshalb? Könnte der Tod des Mädchens etwas mit dieser Levke zu tun haben, waren Drogen im Spiel? Für tatverdächtig hielt er die Frau allerdings nicht. In der Verfassung, in der sie gestern Abend gewesen war, hätte sie niemals das Mädchen über die Brüstung heben können. Außerdem war sie auf einem der Fotos zu sehen, die Rafael am Tatort gemacht und ihm bereits geschickt hatte. Dort stand sie auf ihrem Balkon.

Wäre sie so schnell von oben nach unten gelangt, wenn sie zwischendurch auch noch das Handy in den Werkszustand versetzt hätte? Unwahrscheinlich. Überhaupt hätte sie sich als Täterin sicher nicht sofort gezeigt. Sonst sah man auf den Fotos leider nicht viel. Keinen davonlaufenden Verdächtigen oder so. Was natürlich schön gewesen wäre. Die Überprüfungen der Überwachungskameras der Umgebung hatten bisher auch nichts gebracht, es waren am Balneario einfach wahnsinnig viele Leute unterwegs gewesen. Das Hotel selbst verfügte über keinerlei Kameras. Das war ein Jammer.

Jordi kratzte sich am Bart. Levke Sönkamp hatte also – wahrscheinlich – einen Schrei gehört. Jemand, der sich selbst willentlich in den Tod stürzte, schrie nicht. Aber wer mochte das Mädchen über die Brüstung gehoben haben? Ohne Kampfgeräusche oder Spuren? Der Junge?

Jordi griff zum Telefon und bat Juan, einen der anderen Inspektoren aus der Tatort-Gruppe, um ein Update. Sie hatten bereits ein Bewegungsprofil von Insa angefertigt. Juan hatte recherchiert, dass Insa offenbar gegen elf Uhr das *Deutsche Haus* verlassen hatte, allerdings hatte die Befragung der dortigen Angestellten nicht ergeben, ob sie allein oder in

Begleitung gegangen war. Jedenfalls führte sie ihr Weg zum Strand, wo sich ihr Handy an einer Funkzelle eingeloggt hatte. Dort blieb sie, bis sie schließlich ins Hotel zurückkehrte.

»Jetzt suche ich eine deutsche Fußballmannschaft«, erklärte Jordi Juan am Telefon. »Jugendliga. Die müssen hier verschiedene Spiele auf der Insel haben. Und sie kommen aus Stuttgart. Bitte frag die Kollegen am Balneario, ob ihnen das etwas sagt. Sie tragen gelbe Trikots. Kannst du in Erfahrung bringen, wo die sich aufhalten? Es geht da um diesen Jungen, Florian, den Freund des Mädchens.«

Nach einem kurzen Abschiedsgruß legte er auf, und Jordi strich sich mit den Händen über den Schädel, widmete sich endlich dem Briefumschlag aus dem Labor mit dem Obduktionsbericht. Außerdem erwartete er gleich noch Anna, Insas Freundin. Und dann wäre da noch der Anruf bei Nieves, den er schon den ganzen Morgen vor sich herschob. Er musste ihr ja noch beichten, dass er und Mateo gar nicht in die Berge gefahren waren. Ihr darüber hinaus auch noch verklickern, dass Mateo mindestens heute, vielleicht aber auch morgen, doch auf sich allein gestellt war. Und was wäre daran eigentlich so schlimm? Ihr Sohn war vierzehn Jahre alt! Es war davon auszugehen, dass er sich so einen Fehler wie letzten Herbst nicht noch einmal leistete.

Klar, manchmal hatte Mateo Flausen im Kopf, aber hatte das nicht jeder Vierzehnjährige? Heute Morgen hatte Jordi sogar mit ihm vereinbaren können, dass er sich um die Einkäufe kümmern und sie abends gemeinsam etwas kochen würden. Conejo hatte Mateo sich gewünscht, und mein Gott, gab es eben Kaninchen, irgendwie bekam Jordi das schon hin. Hoffentlich. Bei dem bevorstehenden Gespräch mit Nieves hingegen war er sich nicht so sicher. Wenn er sie anrief und ihr sagte, was Sache war, brach sie vielleicht sogar ihren Kurzurlaub ab und sammelte Mateo einfach ein. Zuzutrauen war es ihr.

Die Frage seines Sohnes, weshalb Jordi mit jemandem wie seiner Mutter zusammengekommen war, ließ sich jedenfalls leicht beantworten: Sie hatte nichts, aber auch gar nichts mit Eva gemeinsam.

## Levke

Seitdem Levke aus der Jefatura der Policía Nacional gekommen war, lief sie durch die Straßen Palmas. Das Navi dirigierte sie in Richtung Zentrum. Die Frage, wo Flo stecken mochte, ließ sie dabei einfach nicht los. Dann fiel ihr etwas ein. Hatte Insa nicht heute Nachmittag mit ihm in eine Bucht gewollt, um irgendwelche Bilder abzuholen? Vielleicht wartete er dort auf sie? Zu dumm, dass sie daran nicht schon vorhin bei dem Inspektor gedacht hatte. Jetzt umso mehr.

Natürlich konnte sie mit ihrer Vermutung völlig falsch liegen, aber abwegig war es nicht. Insas Handy war fort – davon zumindest ließ sich nach den kryptischen Äußerungen des Inspektors ausgehen. In diesem Fall würde Flo gemerkt haben, dass seine Freundin sich nicht mehr meldete, und er würde vermutlich denken, dass sie sauer war. Sicher musste er trotzdem bei seiner Mannschaft bleiben, die sich sonst wo aufhielt, und seine Spiele absolvieren. Aber heute Nachmittag hatte er vielleicht frei und fuhr in diese Bucht, um dort auf Insa zu warten?

Levke wollte dem Jungen so gern ähnlich wie Anna ersparen, dass die Polizei die Todesnachricht überbrachte. Sicher, der Inspektor hatte ihr unmissverständlich mitgeteilt, dass sie die Ermittlungen nicht behindern solle. Das würde sie ja aber gar nicht tun. Wenn sie Flo dort traf, würde sie ihm den Tod seiner Freundin so schonend wie möglich beibringen und danach sofort den Inspektor anrufen. Dann konnte der ihm später so viele ermittlungstechnische Fragen stellen, wie er wollte.

Als Verdächtigen schloss Levke Insas Freund aus. Das war nur ein harmloser, bis über beide Ohren verliebter Junge. Aber wie hatte die Bucht nur geheißen, wo die beiden gemalt worden waren? Levkes Kopf war so leer wie gestern, als der Inspektor sie nach dem Namen der Disco gefragt hatte, in der Anna abgestiegen war.

Sie atmete tief durch. Die Luft roch nach Frühling. Das hatte sie schon so lange nicht wahrgenommen. Und noch etwas war neu: Sie verspürte Hunger. Vielleicht fiel ihr der Name der Bucht wieder ein, wenn sie etwas im Magen hatte. Sie war doch schon an einigen Bistros und Cafés vorbeigekommen, das nächste war sicher nicht weit. Und wenn sie unterwegs an einem Hotel vorbeikam, würde sie dort nach einem Zimmer fragen.

Als sie an ihrer Rezeption um den Schlüssel für die Gepäckaufbewahrung gebeten hatte, hatte sie von einem Fluglotsenstreik erfahren. Mit diesen Neuigkeiten musste sie die Hoffnung auf eine Zimmerverlängerung aufgeben. Die Abreisenden kamen nicht weg, ein paar erste Maschinen waren aber am Morgen noch durchgekommen. Und jetzt war Chaos angesagt. Levke musste sich also um eine Alternative kümmern.

Wie sich herausstellte, war sie jedoch nicht die einzige mit einem Zimmerproblem. Insgesamt steuerte sie vier Hotels an, wurde dort aber schon beim Eintreten mit einem bedauernden Gesichtsausdruck empfangen. Alles belegt.

»So ein Mist«, murmelte Levke vor sich hin, »und jetzt?«

Als sie die Plaça Major erreichte, setzte sie sich in ein Straßencafé und bestellte ein Pan Tostada con Tomate y aceite, dazu einen Café con leche. Als sie das dünn mit Tomate und Olivenöl bestrichene Brot aß, knackte das frisch geröstete Weißbrot bei jedem Bissen, und Levke hatte das Gefühl, noch nie so eine leckere Mahlzeit gegessen zu haben.

Sie griff nach ihrem Handy und googelte nach dem Fußballverein, dessen Emblem sie in Valldemossa auf Flos T-Shirt gesehen hatte. Der Stuttgarter Verein hatte eine eigene Homepage, und als sie nach »Termine« schaute, war dort auch die Mallorca-Reise der A-Jugend aufgelistet. Die Fahrt sollte am Dienstag enden.

Zögernd wechselte Levke zum Impressum und betrachtete die dort angegebene Handynummer des Trainers. Torsten Fehling. Ob sie ihn anrufen sollte? Bestimmt hatte die Polizei ihn schon kontaktiert, nachdem sie mit dem Inspektor gesprochen hatte. Sie wählte trotzdem die Nummer, doch es schaltete sich sofort die Mailbox an. Levke legte auf.

Dann rief sie im Internetbrowser die Karte von Mallorca auf. Insa hatte gesagt, die Bucht läge im Südosten der Insel. Dort gab es mehrere, doch als Levke den Namen Cala Santanya las, machte es Klick. Die war es.

Während sie die letzten Reste ihres Tostadas aß und den Milchkaffee austrank, schweifte ihr Blick über die Plaça Major. Unter den Menschen herrschte Urlaubsstimmung und Shoppinglaune. Einander unterhakende Frauen liefen plappernd und lachend mit Einkaufstaschen in den Armbeugen über den Platz, Kinder rannten herum. Ein Motorradfahrer stand auf der gegenüberliegenden Seite des Cafés und sah ihr direkt in die Augen.

Levke starrte ihn an, er grinste und hob die Hand. Sie sah ihm ungläubig entgegen.

»Sagen Sie mal, verfolgen Sie mich?«, fragte sie auf Spanisch, als er bei ihrem Tisch angekommen war.

Er zog sich einen Stuhl heran und setzte sich.

In diesem Augenblick klingelte ihr Handy. Eine fremde Nummer.

»Moment«, sagte sie, »da muss ich rangehen.« Eilig hielt sie das Gerät ans Ohr und meldete sich mit ihrem Namen.

»Torsten Fehling!«, schallte es ihr entgegen. »Sie haben angerufen?«

Levke räusperte sich. »Ja, ich … bin auf der Suche nach einem Ihrer Spieler – Flo, den Nachnamen kenne ich nicht. Sie sind doch momentan auf Mallorca, oder?«

»Sind Sie auch von der Polizei?«, fragte er und sprach weiter, ohne eine Antwort abzuwarten. »Ich habe Ihrem spanischen Kollegen schon gesagt, dass Flo – Florian Berger übrigens – sich gestern Abend um zehn unerlaubt abgesetzt hat. Er wollte zu diesem Mädchen, von dem ich gehört habe, dass es verunglückt ist. Schreckliche Sache.«

»Wissen Sie zufällig, wo Florian jetzt ist?«, fragte sie. »Hat er sich bei Ihnen gemeldet?«

»Nein, das habe ich ja schon gesagt. Nicht mal gelesen hat er meine tausend Nachrichten. Dabei habe ich doch für die Bande hier die Verantwortung!«

»Und Sie und der Rest der Mannschaft sind momentan wo?«

»Wir sind in der Nähe vom Kap Formentor. Eigentlich wollten wir gestern Abend nach Playa de Palma zurück, aber wir haben überraschend heute noch ein weiteres Spiel in Pollença, deshalb sind wir hier in einer Halle untergekommen.«

Was mochte es zu bedeuten haben, dass der Junge sich abgesetzt hatte? Um zehn erst. Aber er war nie in Playa de Palma angekommen. Oder bestand doch die Möglichkeit, dass

Flo Insa etwas angetan hatte und nun untergetaucht war? Levke konnte sich das einfach nicht vorstellen.

»Seine Mitspieler haben übrigens berichtet, er wollte heute früh wieder zurück sein«, erklärte Torsten Fehling. »Ist er aber nicht. Ich mache mir jetzt ehrlich gesagt Sorgen. Es ist ganz und gar untypisch, dass er sich nicht meldet. Ich hoffe, dass ihm nicht auch etwas passiert ist. Ich hatte mir so sehr gewünscht, dass dieser Anruf von Ihnen die erlösende Nachricht brächte.«

»Ich muss Ihnen gestehen, dass ich gar nicht von der Polizei bin, sondern eine Freundin des Mädchens. Ich greife nach jedem Strohhalm, um herauszufinden, was passiert ist.«

»Das wüsste ich wirklich auch gern!«

Sie verabredeten, einander zu informieren, sobald einer von ihnen über neue Erkenntnisse verfügte, und Levke legte nachdenklich auf.

Ihr Tischnachbar sah sie neugierig an. Hatte der Motorradfahrer etwas von dem Gesprächsinhalt mitbekommen?

»Wer sind Sie eigentlich?«, fragte sie testweise auf Deutsch. »Ein Journalist, oder?«

Der Mann sah sie entschuldigend an und reichte ihr die Hand: »Meine Name ist Rafael Fiol, hier in Palma sagt man normalerweise du. Ich bin Polizeireporter bei ein mallorquinisches Online-Magazin, Magazín Mallorquín. Da wir haben viele deutsche Leser, ich spreche auch ein bisschen Deutsch. Spanisch ist mir aber lieber. Bitte.«

Er zog eine Visitenkarte und einen Presseausweis aus der Brusttasche seiner Motorradjacke und reichte ihr beides. Den Ausweis gab sie ihm zurück, die Karte ließ sie in ihren Rucksack gleiten.

Levke tat ihm den Gefallen und sprach auf Spanisch weiter. »Und du warst gestern im Hotel, als das mit dem

Mädchen passiert ist? Das ist ja ein eigenartiger Zufall.«

Er nickte. »In der Tat. Ich habe einen Freund besucht, der im Tres Pinos an der Rezeption arbeitet. Als ich gehen wollte und das Mädchen mir vor die Füße fiel, bin ich natürlich zu Tode erschrocken, habe die Rettung angerufen und geschaut, ob sie noch lebt – aber sie war wohl sofort tot. Ist auf den Kopf gefallen.«

Levke spürte Übelkeit in sich aufsteigen. Hoffentlich hatte Insa davon nichts mehr gespürt. »Warum bist du mir nachgegangen?« fragte sie. »Ich weiß auch nicht mehr als du oder die Polizei.«

»Vielleicht doch«, widersprach Rafael Fiol. »Hat der Inspektor dir meine Bilder gezeigt?«

Sie sah ihn überrascht an. »Nein. Er hat mir nur ein paar Fragen gestellt.«

Rafael Fiol nickte. »Wenn ich es richtig verstanden habe, hast du möglicherweise zuletzt mit ihr gesprochen, sie vielleicht – außer ein paar Unbeteiligten – auch zuletzt gesehen. Ich würde dir daher gern die Fotos zeigen, die ich von ihr kurz nach dem Sturz aufgenommen habe. Vielleicht hat sie sich zum Beispiel vorher umgezogen, was Rückschlüsse darüber zuließe, mit wem sie außer dir in Kontakt war. Wäre das okay?«

Levke schüttelte den Kopf. »Sie hatte nichts anderes an. Und ich möchte mir keine Fotos einer Toten betrachten. Es reicht mir, dass ich sie da unten habe liegen sehen. Dieses Bild wird sich für alle Zeiten in mein Gedächtnis einbrennen.«

Rafael sah sie bedauernd an, und ihr kam ein Gedanke. Als man Insa in die Schale gehoben hatte und ihre Arme zur Seite wegrutschten – da war ihr etwas aufgefallen. Sie wusste noch immer nicht was.

»Doch«, sagte sie, »zeig mir die Fotos.«

Rafael kramte ein Tablet aus seiner Schultertasche, rief einen datierten Ordner auf und zeigte ihr eine Nahaufnahme von Insa. Ihr Kopf lag schräg auf dem Asphalt, sodass man nur ihr makelloses Profil sah. Wäre nicht die Lache Blut unter ihrem Schädel gewesen, hätte man meinen können, sie schlafe. Die Arme lagen abgewinkelt vom Körper, die Hände zeigten mit den Handflächen nach oben. Levke betrachtete die Hände, und dann fiel es ihr auf. Natürlich. Der Ring fehlte.

»Die Klamotten sind gleich, aber offenbar hat sie ihren Ring ausgezogen. Sie besaß so ein ziemlich teures Teil.« Sie hob die Schultern. »Sonst fällt mir allerdings nichts auf.«

Ihr Blick flog über die anderen Fotos, die Rafael von der Straße und der Hotelfassade aufgenommen hatte. Plötzlich entdeckte sie sich selbst. Sie hatte ihren blonden Scheitel gegen das Balkongeländer ihres Zimmers gelehnt und nach dem Erbrechen mit Schwindel gekämpft.

Sie schob das Tablet von sich fort. »Ich hab genug gesehen.«

»Ein teurer Ring also?«, hakte Rafael nach. »Könnte es ein Raubmord gewesen sein?«

Levke sah ihn mit großen Augen an. »Möglich ist alles. Aber sie könnte ihn auch genauso gut beim Händewaschen ausgezogen und im Bad liegen gelassen haben.«

»Habe ich es gestern falsch verstanden, dass du nicht an Selbstmord glaubst? Ich meine gehört zu haben, dass du das zu Jordi sagtest.«

»Das stimmt. Ich kann es mir einfach nicht vorstellen.«

»Wenn es aber Mord war, dann wäre dieser Ring, den du für teuer hältst, doch ein Motiv. Der Junge wusste von dem Ring. Vielleicht brauchte er Geld.«

Levke blies die Wangen auf. »Kann ich mir nicht vorstellen.« Sie hob die Schultern. »Ich könnte den Trainer anrufen und ihn fragen …«

»Ob er seinem Schützling einen Mord zutraut?«

Sie schüttelte den Kopf und griff nach ihrem Handy, drückte auf die Wahlwiederholung.

Der Trainer meldete sich prompt. »Torsten Fehling!«

»Levke Sönkamp nochmal. Mir ist noch etwas eingefallen. Sagen Sie, hatte Florian Geldprobleme?«

Der Mann zögerte. Dann sagte er: »Im Gegenteil. Der Junge hat ab Sommer ein Stipendium an der Sportuni, weil er so ein Überflieger ist. Und die Eltern nagen auch nicht am Hungertuch. Wurde das Mädchen ausgeraubt? Dann ist Flo nicht Ihr Mann. Der Junge ist ein herzensguter Kerl. Sehr sozial.«

»Immerhin hat er Ihre Mannschaft im Stich gelassen.«

»Ja, aber weil er so ein Romantiker ist. Nicht aus Habgier.« Der Mann knallte den Hörer auf.

Levke legte den Apparat beiseite und hob die Schultern. Sie wusste nicht genau, wieso, aber ihr Bedürfnis, diesem Romantiker zur Seite zu stehen, war übermächtig.

Rafael, der nichts von ihren Gedanken ahnte, meinte: »Ich hab von jemandem aus der Tatort-Gruppe die Info bekommen, dass das Handy der Toten in den Werkszustand zurückversetzt war.«

Als Levke die Augen aufriss, um einzuwenden, dass das doch ein eindeutiges Zeichen für einen Täter war, hob er beschwichtigend die Hand.

»Moment. Das ist durchaus nicht unüblich bei Selbstmördern. Sie möchten alle Spuren in die Vergangenheit löschen. Sich selbst auslöschen – auch die digitalen Hinterlassenschaften. Und das Mädchen hatte ihre Freundin Anna bei Facebook als ›Nachlassverwalterin‹ bestellt mit dem Auftrag, nach ihrem Tod auch alles zu löschen.«

Levke schluckte. Mit ihrer Spurenverwischung hier auf Mallorca war sie gar nicht so einzigartig gewesen, wie sie gedacht hatte. »Aber es könnte auch ein anderer getan haben. Jemand, der *seine* Spuren in Insas Leben auslöschen wollte«, wandte sie ein.

»Natürlich, die Möglichkeit besteht.« Er zögerte und sagte dann: »Ich könnte sicher in Erfahrung bringen, ob ein Ring gefunden wurde. Und wenn er fehlt, haben wir tatsächlich ein Motiv.«

»Würde der Inspektor dir das einfach so sagen?«

»Kommt auf seine Stimmung an. Aber solange ich keine vertraulichen Informationen in einem Artikel preisgebe, ist er oft großzügig.« Er sah sie nachdenklich an. »Darf ich dir noch eine persönliche Frage stellen?«

»Welche?«

»Warum willst du aus dem Tres Pinos raus und suchst ein anderes Hotel? Willst du weg wegen der Erinnerungen?«

»Woher weißt du, dass ich ein Hotel suche?«

Er blickte sie peinlich berührt an. »Ich bin dir von der Jefatura hierher gefolgt, daher …«

Sie schüttelte amüsiert den Kopf und gestand: »Ich hatte nur für eine Nacht gebucht.«

»Warum das?«

Händeringend suchte sie nach einer Erklärung und wählte die, die sie gestern auch dem Rezeptionisten genannt hatte. »Das Tres Pinos war nur mein erster Stopp. Ich bin gern unabhängig, wollte mir erst mal ein paar Plätze anschauen und mich dann entscheiden, wo ich bleibe. Jetzt allerdings würde ich gern erst diese Sache hier aufgeklärt wissen – das Mädchen liegt mir am Herzen, obwohl ich sie nur kurz kannte.«

»Das verstehe ich sehr gut.« Plötzlich strahlte er. »Ich könnte dir vielleicht ein Zimmer bei meiner Mutter beschaffen.« Er zeigte in eine Seitenstraße. »Sie wohnt im Centro historico, sehr zentral – du könntest wahrscheinlich so lange bleiben, wie du magst.«

»Du wohnst aber nicht mehr bei ihr, oder?«, fragte Levke. Sie hatte gehört, dass die spanischen Junggesellen viel zu lange bei ihren Eltern lebten.

Er lachte. »Nein. Ich wohnte hier schon, bevor sie hierher zog. Wir kommen aus Granada, und nach dem Studium bekam ich hier diesen Job. Als mein Vater gestorben ist, kam meine Mutter nach und zog in eine eigene Wohnung.« Er verdrehte die Augen. »Gracias a Dios!«

Levke winkte dem Kellner. Sie musste jetzt los zu dieser Bucht. Vielleicht war Flo ja wirklich dort. »Falls ich bis heute Abend nichts anderes gefunden habe, würde ich auf dein Angebot gern zurückkommen«, sagte sie.

Rafael nickte. »So machen wir es. Du hast meine Karte.« Dann wedelte er mit der Hand in Richtung ihres Rucksacks. »Ich schreibe dir ihre Nummer auch gleich auf, das ist besser. Du rufst sie an, wenn du willst. Ich sage ihr Bescheid.«

Levke kramte die Karte aus ihrem Rucksack, und er vermerkte Namen, Adresse und Telefonnummer seiner Mutter.

Nachdem sie die Visitenkarte mit einem Dank wieder verstaut hatte, sah er sie nachdenklich an. »Und bis dahin? Was machst du?«

Sie zögerte. Ob sie Rafael davon erzählen sollte, dass sie in die Cala Santanya wollte, um Flo dort zu suchen?

»Ich warte ab, ob Flos Trainer sich nochmal bei mir meldet. Außerdem muss ich noch mal ins Hotel, dort habe ich noch ein Gepäckstück, das kann dort nicht ewig bleiben.« Sie hob die Schultern. »Vielleicht gehe ich auch an den Strand«, sie zeigte gen Himmel, »das Wetter ist ja wunderschön.« Sie sah ihm an, dass er ihr nicht glaubte.

Er schürzte nur belustigt die Lippen und erhob sich. »Ich muss jetzt mal in die Redaktion«, sagte er. »Also – wenn du etwas hörst, wäre ich dir dankbar, wenn du dich bei mir meldest.«

»Gern«, antwortete sie. »Und falls dieser Jordi etwas von dem Ring erwähnen sollte …!?«

»Du müsstest mir deine Nummer geben.«

Sie kritzelte ihre Mobilnummer auf eine Serviette aus dem Spender und gab sie ihm.

Er nahm das dünne Papier entgegen und nickte ihr und dem Kellner zu, der eben mit der Rechnung neben ihrem Tisch auftauchte. »Also dann – bis später vielleicht.«

## Jordi

Jordi wollte gerade den Umschlag mit dem Obduktionsbericht öffnen, als die Tür zu seinem Büro aufging. Gonzo.

Sein Chef sah Jordi bedauernd an. »Tut mir echt leid, wer hätte denn ahnen können, dass es so drunter und drüber geht?«

»Ich habe es geahnt, aber genutzt hat mir das auch nichts.«

Gonzo zog sich den Stuhl heran und ließ sich darauf fallen. »Antonios Töchterchen ist übrigens geboren. Allerdings war die Geburt nicht ganz einfach, und er würde seiner Frau mit der Kleinen gern noch zur Seite stehen.«

Jordi nickte ergeben. »Geht klar. Ich bin sowieso nicht davon ausgegangen, dass er dieses Wochenende noch mal wiederkommt.«

»Und – was habt ihr bisher?«, ging Gonzo zum Tagesgeschäft über. »Unfall, Selbstmord oder ein Tötungsdelikt?«

Jordi öffnete endlich den Umschlag und zog den Obduktionsbericht heraus. »Tod durch Schädelbruch und Quetschungen der Organe«, las er. »Mehrere Prellungen.«

Er sah Gonzo zerknirscht an. »Wenn ich aus zehn Metern Höhe runterfalle, habe ich auch Prellungen.« Er las weiter und ließ die Schultern sinken. »Leichte Hämatome an den Knöcheln, eine Schramme am Steiß. Nur wenig Alkohol im Blut. Keine Drogen, nicht mal geraucht hat sie.«

»Also hat sie jemand runtergeworfen«, stellte Gonzo fest.

Jordi las weiter: »Am Ringfinger der rechten Hand waren Abdrücke eines Rings.« Er betrachtete das dazugehörige Foto. Ja, eindeutig ein Abdruck.

»Habt ihr einen im Zimmer gefunden?«

Jordi ging die Liste der Gegenstände durch, die sie – einschließlich des Tresorinhalts, der leer gewesen war – sichergestellt hatten. Ein Ring war nicht darunter. »Fehlanzeige.«

»Was hat die Auswertung des Handys ergeben?«

»Darauf warte ich noch. Es war ja in den Werkszustand zurückgesetzt.«

»Der Täter hat sauber gearbeitet«, sagte Gonzo. »Gibt es Verdächtige?«

»Bisher nur der neue Freund, der sein gestriges abendliches Treffen mit dem Mädchen abgesagt hat. Sollte er das als Vorwand benutzt und ihr aufgelauert haben? Wegen eines Rings etwa? Solche Mädchen tragen doch nur billigen Modeschmuck.«

»Oder er hatte einen ideellen Wert«, hielt Gonzo dagegen. »Habt ihr mit dem Jungen gesprochen?«

Jordi erklärte ihm die Sachlage und endete mit den Worten: »Juan ist dran.«

Es war ein Jammer, dass Insas Freundin Anna gestern komplett zusammengeklappt war, nachdem er sie ins Auto geladen hatte. Es war nicht mehr viel aus ihr herauszuholen gewesen. Er musste sogar noch einen Arzt rufen, damit ihr jemand ein Beruhigungsmittel verabreichte. Lediglich ihre Personalien hatte er aufnehmen können, und sie hatte ihm die Nachricht ihrer Freundin gezeigt, dass deren Freund Flo sie versetzt hatte. Wo der Junge jetzt steckte, wusste der Teufel.

»Falls du wegen dieses Rings einen Durchsuchungsbeschluss für das Zimmer der Freundin oder das des Jungen brauchst, sag Bescheid. Oder wenn du mehr Leute benötigst …«

Jordi schnaubte. »Du hast Leute?«

Gonzo zwinkerte ihm zu und erhob sich wieder. »Nimm dir, wen du brauchst. Treib den Jungen auf.«

»Gleich kommt die Freundin des Mädchens, vielleicht erfahre ich von ihr etwas mehr über ihn, und wir haben ihn bald hier. Sonst fällt mir momentan niemand ein. Ach, und warte mal. Die Eltern wurden inzwischen verständigt, stell dir vor, sie urlauben gerade auf Menorca. Mal sehen, wie schnell sie hier sind.« Vor diesem Zusammentreffen graute ihm jetzt schon.

»Immerhin können sie mit dem Boot kommen – dass der Flughafen dicht ist, hast du mitbekommen?«

Jordi winkte ab. »Alle Jahre wieder, ich weiß. Mal sehen, wie lange sie diesmal streiken.«

Gonzo drückte die Klinke und schlängelte sich aus der Tür. »Für die Geschichte am Balneario 1 hab ich Ernesto abkommandiert. Du brauchst heute deine Aufmerksamkeit für die Ermittlungen in diesem Fall.«

Jordi hielt ihn mit einer Handbewegung auf. »Ja, aber sag: Wie ist da der Stand der Dinge? Wer hat versucht, wen umzubringen? Oder war es nur Geplänkel? Ich habe mir die Aussagen der einzelnen gar nicht mehr durchgelesen, war spät gestern.«

»Die Zeugenaussagen stimmen überein, dass der eine Holländer aus der Clique des Mädchens, das sich mit einem Schwarzen eingelassen hat, gezielt auf einen anderen losgegangen ist, um ihm, wie er gerufen haben soll, ›den Schwanz abzuschneiden‹.«

»Warum auf einen anderen?«

Gonzo verzog den Mund. »Ich zitiere: ›Die sehen doch alle gleich aus.‹«

Jordi schüttelte den Kopf und hob die Hand zum Gruß, als sein Vorgesetzter das Zimmer verließ und wählte die Nummer der Technik. »Wie weit seid ihr?«, fragte er ohne Umschweife.

»Nur Geduld«, lautete die Antwort. »Du weißt, dass so ein Datenabgleich ein bisschen Zeit in Anspruch nimmt …«

»Ich brauche bald Informationen über ihre letzten Kontakte. Da könnte was Entscheidendes dabei sein.«

»Müsste ich nicht dauernd telefonieren, ginge es schneller.«

Jordi legte auf und wählte Mateos Mobilnummer, doch sein Sohn ging nicht ran. Entweder er schlief noch, oder er war schon unterwegs, einkaufen. Scheiße, schon wurde er unruhig. Aber wenn er jetzt Nieves anrief, brach die ihren Trip mit ihrer Schwester ab. Und wenn dann gar nichts war …? Er musste sich auf Mateos Versprechen verlassen. Ohne Vertrauen ging gar nichts.

Noch einmal nahm Jordi den Obduktionsbericht zur Hand und las die einzelnen Punkte durch. Der fehlende Ring war wirklich seltsam. Er könnte eine Spur sein. Als es klopfte, hob er den Kopf. »Entra!«

Es war die Rothaarige, Martín führte sie herein und ging wieder. Sie sah blass aus, ihre Augen waren verquollen.

»Hola«, grüßte sie schüchtern, und er bot ihr einen Stuhl

an. Sie roch nach Zigarettenrauch. Zum Glück hatte er diesen Scheiß vor fünf Jahren aufgegeben.

»Danke, dass du gekommen bist«, sagte er auf Deutsch und griff zum Aufnahmegerät. Genaugenommen hätte er das Mädchen siezen müssen, das machten die Deutschen so, aber bei so einem jungen Ding kam ihm das Sie einfach nicht über die Lippen. Sie schien sich aber auch nicht daran zu stören. Er informierte Anna ausführlich über ihre Pflichten und drückte den Aufnahmeknopf. »Wir sind noch immer auf der Suche nach dem Jungen, Insas Freund«, begann er. »Ist dir noch etwas zu ihm eingefallen?«

Anna schüttelte den Kopf. »Nur das, was ich gestern erzählt habe. Er hat sich bisher nicht bei mir gemeldet – wie auch? Wir haben ja keine Nummern ausgetauscht.«

»Fällt dir sonst noch etwas ein? Jemand, der deine Freundin gestern Abend auf dem Zimmer besucht haben könnte?«

Ihre Augen weiteten sich. »Wie meinen Sie das?«

»Nun ja, wir gehen allem nach und prüfen, ob es neben Flo weitere Personen gab, mit denen sie seit eurer Ankunft und insbesondere gestern Nacht Kontakt hatte.«

Anna nagte an ihrer Unterlippe und sah auf ihre Hände. »Ihr Bruder hat sie vor ein paar Tagen besucht. Tobi.«

»Inwiefern besucht? Aus Deutschland?«

»Nein. Er ist mit Insas Eltern auf Menorca. Aber er kam her.« Plötzlich sah sie ihn flehend an. »Wissen die Kullmers Bescheid?«

»Inzwischen ja. Der Bruder also. Er hat sie besucht. Und dann ist er wieder zurück nach Menorca, nehme ich an. War da irgendetwas Besonderes?«

Anna schluckte hart. »Ich möchte hier niemandem etwas in die Schuhe schieben. Und Insa, die war manchmal echt paranoid. Jedenfalls hat sie gemeint, ihr Bruder wäre irgendwie falsch oder so, und sie wollte ihn ans Messer liefern.« Die letzten Worte flüsterte sie fast. »Zuerst dachte ich sogar, er wäre ganz nett, er hat an dem einen Abend auch mit mir getanzt.«

»Ans Messer liefern – was soll das heißen? Du darfst gern etwas präziser werden«, antwortete Jordi. Diese Chicas gaben in den Discos alles, aber wenn sie einem hier auf dem Präsidium gegenübersaßen, taten sie, als könnten sie kein Wässerchen trüben. »Was meinte sie damit?«

»Na, Insas Eltern sind so ultrastolz auf ihn, weil er vor zig Jahren so ein geiles Einser-Abi gemacht hat und weil er BWL studiert …«

»BWL?«

»Wirtschaft.«

»Vale. Womit wollte deine Freundin ihn ans Messer liefern?«

»Er hat seinen Vater beklaut. Um viel Kohle. Und Insa hat das irgendwie spitzgekriegt und hat Tobi gesagt, sie würde es ihrem Dad erzählen. Deshalb kam Tobi hierher, um mit ihr zu reden.«

»Er hat seinen Vater um eine große Summe bestohlen, und der hat nichts davon bemerkt?«

Anna sah ihn aus wasserblauen Augen an. »Der Tobi ist gerissen. Er wohnt nicht mehr daheim, er studiert ja in … Münster, glaube ich. Dort hat er auch eine Wohnung, die sein Vater über Beziehungen günstig besorgt hat und bezahlt. Allerdings hat Tobi das Appartement untervermietet, für das er eine saftige Miete kassiert, sodass er ein richtig gutes Geschäft macht. Er selbst wohnt inzwischen in einer WG.«

»Traust du dem Bruder deiner Freundin zu, sie deshalb umzubringen?«

»Zumindest hat er die Hosen voll.« Sie hob die Schultern. »Vielleicht hat er die Nerven verloren.«

Es würde sich leicht überprüfen lassen, wo dieser Tobi gestern gewesen war.

»Wir sind übrigens auf der Suche nach einen Ring, den deine Freundin getragen haben soll. Weißt du, was für ein Ring das war? War er wertvoll?« Vielleicht waren die Geldnöte des Bruders sehr groß. Geld war immer ein starkes Motiv.

»Der Ring ist weg?«

»Was ist das denn für ein Ring?«

Anna sah betreten auf ihre Hände. »Insa hatte mal was mit jemandem, der hat ihn ihr geschenkt. Da die Sache aber längst vorbei ist, könnte ich mir vorstellen, dass sie das Ding jetzt, wo sie Flo kennengelernt hat, einfach weggeworfen hat.«

»Weißt du Näheres über diesen Mann? Name, Adresse?«

Anna sah erschrocken aus. »Nö.«

»Und du selbst warst den ganzen Abend in der Schwabenhalle?«

Anna blickte ihn stirnrunzelnd an. »Nein, auch woanders.«

»Wo genau?«

»Ich habe Insa so um neun im Deutschen Haus getroffen und bin dann mit ein paar Leuten in verschiedenen Clubs gewesen, bis wir so gegen zehn in der Schwabenhalle gelandet sind. Dort war ich dann, bis Sie kamen.«

»Das können die Personen, mit denen du unterwegs warst, bezeugen?«

Anna blies die Wangen auf. »Also echt. Wieso fragen Sie das? Denken Sie, ich hab meine Freundin auf dem Gewissen?«

»Ich denke gar nichts, beantworte bitte einfach meine Frage.«

Sie schnaubte. »Ob das jemand bezeugen kann? Mindestens fünf Leute.«

Er bat sie, ihm eine Liste mit den Namen und den Hotels anzufertigen, in denen diese Leute zu finden waren. Er würde gleich jemanden losschicken.

Sein Apparat klingelte. Die Technik.

»Ich rufe gleich zurück«, sagte er und legte wieder auf.

Anna schob ihm den Zettel hin. »War's das?« Das Mädchen wirkte plötzlich fast wütend.

»Ja«, erwiderte er, »das war's. Aber bitte halte dich bereit, falls wir noch Fragen haben sollten.«

»Ich reise allerdings Dienstag ab«, wandte Anna ein.

»Im Moment reist niemand ab«, widersprach Jordi, »die Fluglotsen streiken.«

## Rafael

»Inspektor Barceló ist noch immer beschäftigt«, sagte Anabell von der Anmeldung der Jefatura zu Rafael. »Ich kann nichts für dich tun. Er hat mir extra aufgetragen, dass ich dir das sagen soll, wenn du kommst.«

Rafael trat von einem Fuß auf den anderen. Deshalb hatte Jordi also seinen letzten Anruf weggedrückt. »Ruf ihn bitte an und sag ihm, dass ich eine wichtige Information für ihn habe. Über die Sache im Tres Pinos.«

Anabell verdrehte die Augen und wählte eine Durchwahl. Sie sprach auf Katalanisch mit Jordi, das taten immer alle, aber Rafael lebte lang genug hier, dass er es verstand.

Anabell hielt den Hörer zu und sagte: »Solange du nicht mit ihm über ein Zeitungsporträt sprechen möchtest, sagt er, gibt er dir zwei Minuten.«

»Meinetwegen.«

Sie betätigte den Türöffner und informierte Jordi, dass Rafael auf dem Weg war.

Er würde Jordi sagen, dass er sich mit dieser merkwürdigen Deutschen getroffen hatte, deren Alter er absolut nicht einschätzen konnte. Irgendwas zwischen zwanzig und dreißig. Wie konnte man aussehen wie ein Junkie – okay, heute hatte sie zumindest besser gewirkt als gestern – und reden wie eine Akademikerin? So klar und bedacht. Ihr Spanisch war erstklassig.

Glücklicherweise hatte sie Vertrauen zu ihm gefasst, er war sich nicht sicher gewesen, ob ihm das gelingen könnte. Seine Flunkerei, dass er in die Redaktion musste, schien sie ihm abgenommen zu haben, dabei war er heute Morgen schon in aller Frühe dort gewesen und hatte einen Artikel über den mysteriösen Sturz der deutschen Chica von einem Balkon am Ballermann unter der Headline ›Mädchen fällt Reporter vor die Füße‹ abgesetzt.

Eigentlich war ihm diese Art von Berichterstattung zuwider, aber um den Journalismus zu betreiben, wie er es gern hätte, arbeitete er beim falschen Magazin. Er hatte sich mittlerweile nach dem Augen-zu-und-durch-Prinzip angewöhnt, die richtigen Schlüsselworte zu wählen und ansprechende Fotos einzustellen, damit der Beitrag eine Menge Kommentare und Likes erhielt – das war alles, was Simón von ihm erwartete. Bilder von Leichen waren aber selbstverständlich tabu.

Dank der Headline war der Artikel vom Morgen regelrecht explodiert. Felipe hatte ihm berichtet, dass schon eine Menge Blumen auf dem Bürgersteig abgelegt worden waren.

Dass Levke Sönkamp an den Strand gehen würde, nahm er ihr nicht ab – er konnte sich schon denken, dass sie sich am Balneario auf die Suche nach diesem Jungen begab.

Als die Fahrstuhltür aufging, rannte ihn ein rothaariges Mädchen fast um, die es offenbar sehr eilig hatte, nach draußen zu kommen. Rafael fuhr nach oben, eilte zu Jordis Büro und klopfte. Der mochte es nicht, wenn man einfach hereinplatzte.

»Entra!«

Rafael öffnete die Tür und hob die Hand.

»Hör zu«, sagte Jordi, »ich will kein Porträt über mich in der Presse lesen. Du bekommst deine Informationen, aber lass mich mit diesem Scheiß in Ruhe. Ich lege keinen Wert darauf, zum Promi zu mutieren.«

Darüber würden sie später noch einmal in Ruhe reden, jetzt war nicht der richtige Zeitpunkt. »Natürlich, kein Thema, war ja auch nur eine Idee«, sagte Rafael und setzte sich dem Inspektor gegenüber.

»Also – was hast du für mich?«, fragte der.

»Diese Lev-ke Sön-kamp«, er lachte, »mein Gott, bei dem Namen bricht man sich die Zunge … ich habe mit ihr gesprochen und ihr meine Bilder gezeigt. Dabei ist ihr etwas aufgefallen.«

Jordi Barceló ließ sich keinerlei Regung anmerken, das kannte Rafael schon. Er fragte lediglich: »Und was?«

»Dass das Mädchen bei ihrer Unterhaltung im Deutschen Haus einen Ring trug – als sie auf dem Bürgersteig aufschlug allerdings nicht. Habt ihr im Zimmer einen Ring gefunden? Denn falls nicht, wäre das doch ein Motiv, oder?« Man musste sich manchmal etwas drastischer ausdrücken, um die Aufmerksamkeit der Menschen zu erlangen. Das traf für Leser genauso zu wie für Mordinspektoren.

»Wir sind mitten in den Ermittlungen, Rafael, über einen Ring kann ich dir leider keine Auskunft geben, und ich möchte auch keinen in einem Artikel erwähnt wissen«, antwortete Jordi. »Aber danke, dass du die Information mit mir geteilt hast.«

Rafael nickte und stand auf. »Gern geschehen.« Er leckte sich über die Lippen und schickte schnell hinterher: »Ich könnte das Porträt auch allein durch Recherche erstellen. Würde mal am Balneario rumfragen, wie so eure Beziehungen sind. Du kennst doch einige Barbesitzer, die stehen im Gegensatz zu dir ganz gern in der Presse. Wenn die Touristen lesen, dass die gut mit der Polizei können, fühlen sie sich sicher.«

»Du lässt das schön bleiben. Du befragst niemanden über mich. Meine Beziehungen dorthin sind so gut, weil ich zurückhaltend bin und nicht wie ein Pfau auf mich aufmerksam mache. Habe ich mich klar ausgedrückt?« Jordi blitzte ihn unter seinen dunklen Augenbrauen an, als wollte er Gift verspritzen.

»Ist ja gut«, lenkte Rafael ein. »Beruhig dich.« Mit einem knappen katalanischen »Deu« war er aus der Tür.

Die Unterhaltung hatte tatsächlich nicht länger als zwei Minuten gedauert. Rafael nahm den Fahrstuhl nach unten, trat kurz darauf ins Sonnenlicht und lief zu seinem Motorrad, löste den Helm und setzte ihn auf. Jetzt in die Redaktion und den zweiten Online-Artikel verfassen, dann kam der noch in die News am Nachmittag. Die Headline hatte er schon im Kopf: ›Tödlicher Sturz einer Neunzehnjährigen aus dem vierten Stock – Polizei ermittelt in alle Richtungen.‹

Er hielt inne und nahm den Helm wieder vom Kopf, holte stattdessen das Handy aus seiner Gesäßtasche. Besser, er informierte seine Mutter darüber, dass er Levke das Zimmer angeboten hatte.

»Ein deutsches Mädchen, sagst du?« Seine Mutter klang zweifelnd. »Wie soll ich mich mit ihr verständigen?«

»Sie spricht sehr gut Spanisch, Mamá. Du wirst sie mögen. Sie ist sehr liebenswert und …«

Nun klang sie erfreut. »Dann ist es ja gut! Mir gefallen die deutschen Frauen, weißt du? Einige von ihnen sind sehr attraktiv. Außerdem ordentlich und gut zu ihren Kindern. Ja, sie kann gern hier wohnen. Du weißt, ich habe nicht viel Verwendung für den Raum, und wenn ich einer Freundin von dir einen Gefallen tun kann, dann …«

»Ich kenne sie wie gesagt noch nicht gut, Mamá, und ich weiß auch noch nicht, wie lang sie bleiben wird. Kann sein, dass es nur ein, zwei Nächte sind. Aber es wäre doch nett, wenn du heute Abend mit ihr essen könntest, wo ich schon nicht kann, meinst du nicht?«

»Sie ist herzlich willkommen, Rafa. Ich bin sehr gespannt auf deine Freundin. Du könntest doch auch bleiben, dann lernt ihr euch besser kennen.«

Manchmal hatte er das Gefühl, dass er und seine Mutter ununterbrochen aneinander vorbeiredeten. Heute war ihm das allerdings ganz recht. Sollte sie doch glauben, dass er an Levke Sönkamp interessiert war.

»Sie wird sich doch melden?«, vergewisserte sie sich.

»Ich denke schon.«

Nachdem er aufgelegt hatte, schwang er sich aufs Motorrad und startete den Motor. Hoffentlich meldete Levke sich wegen der Wohnung tatsächlich. Wenn sie sich bei seiner Mutter einmieten würde, hatte Mamá vielleicht endlich mal jemand anderen im Fokus. Das würde ihm besonders jetzt sehr zugutekommen.

## Levke

Levke nahm vom Stadtzentrum Palmas den Bus zurück an den Balneario und rief von unterwegs im *Tres Pinos* an, bat darum, ob man ihr noch einmal kurzfristig einen Mietwagen besorgen könnte. Zu ihrer Erleichterung war der Schlüssel ihres Wagens vom Vortag noch nicht abgeholt, daher bestand die Hoffnung, dass sie diesen noch mal nehmen durfte. Vermutlich hatten die neuen Mieter es vor dem Streik nicht mehr auf die Insel geschafft.

»Man muss auch mal Glück haben«, murmelte Levke und sah aus dem Busfenster. Eben fuhren sie am ursprünglich von den Mauren erbauten Königspalast Almudaina und an der Kathedrale Santa Maria vorbei, die links von ihr lagen, genau gegenüber dem Hafen. So viel Levke wusste, war »La Seu« die Bischofskirche des Bistums Mallorca. Der imposante gotische Bau so nah am Meer wirkte majestätisch, die Grünanlage davor mit einem angelegten Teich und wundervollen hohen Palmen umrandete den Bau wie der Rahmen eines Gemäldes. Die Sonne brach sich im Sandstein und brachte das Gemäuer zum Leuchten. Im Hafenwasser spiegelte sich der blaue Himmel, die topmodernen, weißen Segelyachten und Katamarane erweckten den Eindruck, als lägen hier Milliardenwerte, und bildeten einen eindrucksvollen Kontrast. Auf der vollbesetzten Terrasse eines nahen Fischrestaurants tummelte sich vermutlich alles von Rang und Namen.

Wie immer, wenn sie etwas Schönes entdeckte, dachte Levke an Max, Zoe und Mia. Aus diesem Grund hatte sie in den letzten Monaten kaum mehr das Haus verlassen. Bei allem, was ihr begegnete, dachte sie, dass sie ihrer Familie davon erzählen oder es ihnen zeigen wollte. Die Ausstellung letzten Winter im Kunstverein über Virtual Reality am Römer zum Beispiel. Was hätten sie dort zusammen für einen Spaß gehabt. Sie war nicht hingegangen, allein die Abbildungen in der Zeitung hatten genügt, um sie aus der Bahn zu werfen. Aber hier war es irgendwie anders. Während sie in diesem unbequemen Bussessel saß und an ihre drei Liebsten dachte, fühlte es sich an, als hätte sich endlich eine dünne Schicht Schorf auf die Wunde gelegt. Es tat weh – ja. Aber es war zum Aushalten. Als ob dieser schöne Anblick nur ihr gehören durfte.

Levke lehnte sich in ihrem Sitz zurück und hielt sich an der Lehne fest – der Fahrer pflegte einen rabiaten Fahrstil, fuhr bei Dunkelgelb über die Ampel. Ihr konnte es zwar nicht schnell genug gehen, sie wollte so rasch wie möglich zu dieser Bucht. Heil ankommen wollte sie allerdings schon. Dieser Gedanke überraschte sie. Gestern hatte sie noch sterben wollen.

Sie sah wieder nach draußen – der Bus fuhr eben auf die Ringautobahn. Die musste sie gleich in Richtung Cala Santanya nehmen. Ob sie Flo wirklich dort finden würde? Tatenlos am Strand herumliegen kam jedenfalls nicht in Frage. Zu dumm, dass sie sich Annas Nummer nicht notiert hatte, vielleicht wäre sie mitgekommen, aber Levke hatte in ihrem wirren Kopf einfach nicht daran gedacht.

Die Bushaltestelle war nicht weit vom *Tres Pinos*, und Levke lief, so schnell sie konnte. Passanten hatten vor dem Hotel Blumen und Kerzen an der Stelle abgelegt, an der Insa gelegen hatte. Dabei hatte sie doch keiner von denen gekannt.

Eine Viertelstunde später befand sich Levke im Mietwagen auf dem Weg nach Cala Santanya. Ihr Beautycase war im Kofferraum, auf dem Beifahrersitz lag eine Liste mit Nummern von Hotels, die man ihr an der Rezeption gegeben hatte und bei denen sie wegen eines Zimmers anfragen konnte. Allerdings hatte sie sich bereits umentschieden. Sie hatte Lust, bei einer »echten Spanierin« unterzukommen. Sie war neugierig darauf, wie die Mallorquiner lebten, und was wäre da besser, als bei Rafaels Mutter zu wohnen.

## Jordi

»Sag mal, wo hast du denn gesteckt?«, fuhr Jordi Mateo am Telefon an. »Ich versuche seit Stunden, dich zu erreichen!«

»Chill mal, Papa, ich hab gepennt, was denn sonst? Und jetzt erledige ich die Einkäufe, wie du gesagt hast.«

Jordi trommelte mit den Fingern auf die Tischplatte des Schreibtischs in seinem Büro. »Und wo bist du gerade?«

»Im Mercat Olivar.« Jordi hörte förmlich, wie Mateo die Augen verdrehte. Im Hintergrund war es für die Markthalle verdächtig leise. Verdammt, er war nun mal Kriminalbeamter, da achtete man auf so was! Aber sollte er ernsthaft seinen Sohn bitten, ihm ein Beweisfoto zu schicken? Damit wäre doch das gemeinsame Abendessen gelaufen.

»Die haben da einen Stand mit diesen scharfen Oliven, die ich so mag, du weißt schon, bring mir doch davon ein Päckchen mit, ja?«, wagte er eine List.

Mateo schnaubte. »Ist gut.«

»Vale, bis später also. Ich komme so gegen sechs, dann können wir zusammen kochen.«

»Ja, deu.«

Jordi legte auf. Mateo hatte mäßig begeistert geklungen. Oder glaubte er seinem Vater nicht, dass er die Zeit einhalten würde? Er nahm es sich ja selbst nicht ab. Die Arbeit stapelte sich.

Inzwischen wusste er, dass Insas Eltern mit der Fähre aus Menorca hierher unterwegs waren. Sie würden um zwölf in Alcúdia eintreffen und von dort ein Taxi nach Palma nehmen. Dann trafen sie voraussichtlich gegen dreizehn Uhr ein.

Die Mutter hatte bereits über die Kollegen ausrichten lassen, dass sie zuallererst ihre Tochter sehen wollte. Das wollten die Mütter immer. Ihre verstorbenen Kinder betrachten. Abschied nehmen. Er brauchte außerdem ihre Bestätigung, dass es sich bei der Toten zweifelsfrei um ihre Tochter handelte.

Jordi atmete tief durch. Die Obduktion des Leichnams war abgeschlossen, aber der Körper der Toten noch nicht wieder hergerichtet. Das brauchte einen Moment, und die Eltern würden warten müssen. Und danach würden sie eine Weile brauchen, bis sie verkrafteten, was sie gesehen hatten. Also würde er sich nicht vor fünfzehn Uhr mit den Eltern treffen können, ein Kollege übernahm den Besuch mit ihnen in der Rechtsmedizin.

Blieb ihm neben anderen Kleinigkeiten die Suche nach dem Jungen, der sich Flo nannte. Die Techniker hatten die Daten aus Insas Handy endlich ausgewertet und ihm auch das Gerät wiedergebracht, das zwar noch immer jungfräulich war, aber die Kollegen hatten es wieder soweit zum Laufen gebracht, dass es Nachrichten empfangen und man damit telefonieren konnte. Nach der Datenanalyse hatte Florian Berger sich, wie von Insas Freundin Anna angegeben, um elf bei ihr gemeldet und ihr mitgeteilt, dass er es nicht schaffen werde, zu kommen. Allerdings kehrte Insa erst gegen halb eins ins Hotel zurück. Dafür gab es Zeugen. Laut der Aussage von Levke Sönkamp hatte diese das *Deutsche Haus* gegen zehn verlassen. Was hatte Insa Kullmer also zwischen zehn und halb eins getan? Am Strand gelegen? Allein?

Jordi würde sich gleich selbst nochmal zu dem deutschen Lokal aufmachen und sich dort umhören. Vielleicht war es auch besser, wenn er die Eltern zur Befragung ins Hotel bestellte, dann konnten diese unter den Hinterlassenschaften ihrer Tochter nachschauen, ob außer dem Ring noch etwas fehlte. Vielleicht wussten sie ja auch, von wem er war. Außerdem durfte er nicht außer Acht lassen, dass selbst Eltern als Täter in Frage kamen. Die Befragung der Bediensteten und Zimmermädchen des Hotels hatte keine neuen Erkenntnisse gebracht. Niemand hatte etwas Verdächtiges beobachtet.

Jordi betrachtete noch einmal die Fotos, die die Rechtsmedizin ihm geschickt hatte. Diese Hämatome an den Knöcheln – angenommen, Insa hatte zwischendurch einen weiteren Liebhaber besucht und dort Praktiken angewandt, denen ihr junger Fußballer nichts abgewinnen konnte?

Dieser hatte am frühen Morgen eine weitere Nachricht an seine Freundin geschickt. Sein Akku habe zwischenzeitlich den Geist aufgegeben, und er habe, weil er es von Pollença nicht per Anhalter nach Palma geschafft hatte, in Manacor auf einer Liege übernachtet, die zu einem Café gehörte, in dem er morgens dann endlich sein Handy aufladen konnte. Sie solle »bitte-bitte« nicht traurig sein.

Das Ganze hatte der Junge mit Herzchen und Smileys garniert und dem Versprechen, dass sie beide sich heute einen ganz besonders schönen Nachmittag machen würden. Das konnte natürlich eine gerissene Finte sein, er wäre nicht der erste Täter, der mit so einer Masche versuchte, jeden Verdacht von sich abzulenken. Die Handyortung hatte allerdings ergeben, dass sich zumindest das Handy zur Tatzeit in Manacor aufhielt. Seit dieser ersten Nachricht hatte der Junge noch zwei weitere geschrieben, in denen er Insa fragte, weshalb sie ihm nicht antworte.

***Bitte komm um 15 Uhr ins Tres Pinos*** hatte Jordi eingetippt. Angenommen, der Junge hatte wirklich nichts mit dem Tod des Mädchens zu tun – er hasste es, Todesnachrichten am Telefon zu überbringen.

**Warum erst um 15 Uhr, wir wollten doch unseren Ausflug machen.**

***Tu, was ich sage.***

Danach war nichts mehr gekommen.

Wie aus dem Nichts fragte Jordi sich, was Levke Sönkamp wohl gerade machte.

## Levke

Levke öffnete das Fenster des FIAT 500 und ließ sich den Wind um die Ohren pusten, die kinnlangen Strähnen ihrer ›Frisur‹ lösten sich aus dem Haargummi und flatterten ihr ins Gesicht. Die Luft roch nach Sonne und süßen Blüten, deren Ursprung sie nicht ausmachen konnte.

Hier ließe es sich leben, dachte sie und sah aus dem Seitenfenster, betrachtete die rostigen Windräder der alten Mühlen, die wie verlassen auf den kargen Feldern verteilt waren.

Als sie von der Autobahn abfuhr, kam sie an blühenden Orangenplantagen vorbei und spürte langsam Beklommenheit in sich aufsteigen. Darüber, ob sie Flo dort antreffen würde, und wenn ja, wie er reagieren würde, wenn sie ihm erzählte, was geschehen war. Obwohl sie unbedingt diejenige sein wollte, die die Nachricht überbrachte, graute ihr davor.

Als ihr Handy klingelte, sah sie aufs Display. Sandra. Mist. Die hatte sie ja ganz vergessen. Am Morgen hatte ihre Freundin ihr doch schon in aller Frühe geschrieben, genauso wie ihre Familie. Sie nahm das Gespräch entgegen und klemmte sich das Gerät ans Ohr, fuhr mit schräg gelegtem Kopf weiter.

»Mein Gott, ich dachte schon, du hättest dir was angetan!«, rief Sandra durch den Hörer, als Levke sich mit einem »Ja?« meldete.

»Nein, ich lebe noch, aber das überrascht mich selbst«, antwortete Levke wahrheitsgemäß.

Ihre Freundin schwieg einige Sekunden, dann sagte sie: »Du hast schon so lange keinen Witz mehr gemacht oder auch nur gelächelt, dass ich zuerst dachte, du meinst das ernst. Ist es schön auf Mallorca? Tut dir die Reise gut?«

»Hm, ja, irgendwie … man könnte sagen … ja.«

»Wow, Levke, ehrlich, das freut mich so dermaßen. Ich …« Levke hörte, dass ihre Freundin mit den Tränen kämpfte.

»Komm schon, bitte nicht weinen. Das hast du nun wirklich lange genug getan.«

Sandra schniefte. »Du klingst so anders, weißt du. So als … wärst du wieder da.«

Levke blinzelte. Jetzt hatte sie selbst einen Kloß im Hals. »Ich bin wieder da«, flüsterte sie. »Das stimmt.« Der Tod eines anderen Mädchens hatte sie zurückgeholt. War das nicht verrückt?

»Weißt du schon, wie lange du bleibst?«, wollte Sandra wissen. »Sonst könnte ich versuchen, nach den Osterferien bei dir in Frankfurt vorbeizukommen und wir könnten was unternehmen. Sauna oder so.«

Wie sehr musste Sandra sie, ihre beste Freundin, vermisst haben. Zu so normalen Alltäglichkeiten wie in die Sauna zu gehen, war sie einfach nicht mehr in der Lage gewesen.

Levke folgte den Hinweisschildern nach Santanya und

sagte: »Ich weiß es noch nicht. Ich überlege, ob ich nicht eine Weile hierbleiben sollte.« Der Gedanke war neu – aber so, wie es gerade auf ihren Unterarmen kribbelte, war er genau richtig. Allein, wenn sie an die leere und mit Kartons vollgestellte Wohnung in Sachsenhausen dachte, packte sie das Grausen.

»Ehrlich?« Sandra lachte verblüfft. »Bleiben? Du meinst, länger als zwei Wochen?«

Wenn Levke gefragt worden war, wie lange sie bleiben würde, hatte sie außer »Mal sehen« keine konkrete Auskunft gegeben. Die Wahrheit hatte sie schlecht sagen können. In diesem Moment fiel ihr ein, dass vermutlich Jordi Barceló auch zu ihrem Selbstmord gerufen worden wäre.

»Du, Sandra, ich bin gerade im Auto unterwegs. Ich melde mich später bei dir, okay? Dann in aller Ruhe.«

»Gut, Süße, aber auch wirklich, ja? Ich möchte gern in allen Einzelheiten hören, was du bisher unternommen hast.«

Na ja, die eine Sache würde sie auf jeden Fall weglassen. Und wenn sie ihrer Freundin erzählen würde, dass sie auf Mörderjagd war, würde die sich doch wieder Sorgen um sie machen.

Sie verabschiedeten sich, und Levke legte ihr Handy weg, dehnte ihren verspannten Nacken. Sie durchfuhr zwei Ortschaften mit verwinkelten Gässchen ohne Bürgersteige. Was hier wohl im Sommer an Verkehr durchkam? In Deutschland hätte man schon längst eine Umgehungsstraße gefordert. Als sie an einem Café vorbeikam und sie auf der mit Kreide beschriebenen Tafel das Wort »Tapas« las, knurrte schon wieder ihr Magen. Vielleicht gab es an der Bucht ja auch etwas zu essen.

Noch vier Kilometer bis Santanya. Sie fuhr rechts ran und aktivierte ihr Navi, damit es sie zur »Cala« des Ortes lotsen konnte.

»Los geht's«, murmelte Levke und fuhr wieder an.

Die enge Bucht war bezaubernd. Kein Wunder, dass es Insa hier gefallen hatte. Hier war es so viel weniger touristisch als am Ballermann. Es gab eine kleine Promenade, die zu einem Hafen führte. Ansonsten war die Bucht links und rechts von Felsen eingefasst, auf denen Villen wie Tupfen auf einem Gemälde verteilt waren.

Sie parkte auf einem freien Platz an der Promenade und sah sich um. Es gab ein Strandrestaurant und in der Häuserzeile gegenüber eine Bar, davor wieder eine Tafel mit der Aufschrift »Tapas«, die ihr Herz höher schlagen ließ. Einen Hauseingang weiter lag eine Galerie – zumindest ließen die Staffeleien im Schaufenster darauf schließen.

Levke verschloss das Auto und überquerte die Straße; aus der Bar roch es nach Knoblauch und frischen Kräutern. Ihr wurde gar nicht übel von dem Geruch. Im Gegenteil.

Dennoch wandte sie sich zuerst zu dem Kunstladen, fand ihn allerdings verschlossen vor. Sie studierte die Öffnungszeiten und stellte fest, dass sie genau in der Mittagspause hier eingetroffen war. Flo kannte vermutlich diese Zeiten, deshalb hatten die Jugendlichen wohl auch vorgehabt, erst am Nachmittag hierher zu kommen.

Levke sah auf die Uhr. Sie musste mindestens anderthalb Stunden überbrücken. Gut, sie konnte tatsächlich etwas essen und vielleicht einen Spaziergang unternehmen.

Sie wandte den Kopf nach links zur Bar, aus der es noch immer so köstlich duftete, dann sah sie zu dem Strandrestaurant, wo schon etliche Leute saßen – vermutlich Touristen wie sie. Aber die Bar lockte sie mehr, obwohl man drinnen sitzen musste.

Der kleine Raum fasste etwa acht Tische, nur zwei davon waren besetzt. An der Bar saß ein Mann mit dem Rücken zu ihr, der sich mit dem Barista unterhielt. Offenbar Katalanen, sie verstand nichts. Die an den Tischen waren vermutlich Paare auf Osterurlaub. Eines aß selbst gemachte Chips und trank Sangria.

Levke dachte daran, wie sie selbst am Vorabend dieses süße Zeug hinuntergekippt hatte, mit dem Vorsatz, es möge dabei helfen, sich schneller ins Jenseits zu befördern. Vielleicht sollte sie jetzt mit einem Glas aufs Leben anstoßen? Aber nein, sie war mit dem Auto da, und außerdem drehte sich ihr bei der Erinnerung an den Alkohol gestern der Magen um.

Sie setzte sich auf einen freien Platz, von dem aus sie durch die offenstehende Tür nach draußen schauen konnte, und bestellte beim Barmann eine Cola. »Oder nein«, sagte sie auf Spanisch, »un agua sin gas.« Ihr Magen vertrug bestimmt noch keine Cola. Erst noch mal etwas essen. Als der Mann ihr das Wasser brachte, bestellte sie sich eine Portion Patatas bravas, das waren gekochte und in der Pfanne geschmorte Kartoffeln in einer pikanten Soße – darauf hatte sie Appetit.

Sie nippte am Wasser und betrachtete eine Frau, die eben das Lokal betrat und sich zu dem Mann an die Bar gesellte. Sie gaben sich einen Kuss, und er strich ihr über den sich wölbenden Bauch. Er flüsterte ihr etwas ins Ohr. Sie lachte.

Levke betrachtete die hübsche Dunkelhaarige in ihrem geblümten Kleid, die sie ein bisschen an einen Filmstar aus einem Fünfzigerjahrefilm erinnerte. Und stellte im selben Moment fest, dass einige Bilder an der Wand genau sie zeigten. Mit schwarz-weiß gestreiftem Sombrero und apfelgrünem Bikini. Auf einem anderen Bild trug sie einen pinkfarbenen Jogginganzug, der etwas zu klein wirkte, dazu Gummistiefel. Flankiert wurde sie von zwei britisch aussehenden Frauen.

Levke schüttelte unmerklich den Kopf. Dieses Bild erzählte irgendeine lustige Geschichte, sie wusste nur nicht, welche. Ein anderes Bild zeigte die Brünette mit einer Rothaarigen, die beide von zwei Seiten in ein Krabbenbrötchen bissen. Das Interessante an diesen Gemälden war, dass sie fast wie Fotos aussahen. Man musste schon ganz genau hinschauen, um zu erkennen, dass sie gemalt waren. Ob sie von dem Maler stammten, von dem Insa erzählt hatte?

Levke betrachtete wieder die Frau und den Mann an der Bar. Sie sprachen jetzt Spanisch mit dem Barmann. Die Frau hatte einen leichten deutschen Akzent.

Levke stand auf und trat zu den beiden, räusperte sich, bevor sie sprach. »Entschuldigen Sie?«, sagte sie auf Deutsch.

»Ja?«, fragte die Frau.

Levke deutete auf die Bilder. »Sie kennen doch sicher den Maler, oder?«

Der Mann lachte. Er hatte pechschwarzes, kurz geschnittenes Haar, das an der Stirn hoch gegelt war. »Ja, den kennen wir«, sagte er mit spanischem Akzent, »der Maler bin ich.« Er gab ihr die Hand. »Soy Miguel. Encantado.« Dann deutete er auf die Frau. »Und das ist Wiebke aus Oldenburg, meine Novia.«

»Aus Oldenburg?« Levke hob erstaunt die Augenbrauen. »Meine Großmutter stammt von da. Allerdings ist sie dann von dort nach Langeoog gegangen, weil sie meinen Großvater kennengelernt hat … Also schon sehr lange her.«

Sie sah versonnen in die Ferne. Max, sie und die Mädchen waren häufig dort gewesen, um ihren Großvater zu besuchen, der Witwer war und noch immer als Bahnhofsvorsteher der Insel arbeitete.

»Echt?«, fragte Wiebke und riss die Augen auf. »Die Welt ist so klein – meine beste Freundin lebt auf Langeoog.«

Sie verdrehten belustigt die Augen.

»Und Sie sind der Maler?«, wechselte Levke das Thema und wandte sich an ihren Freund. Einen Maler hätte sie sich ganz anders vorgestellt. Verstohlen betrachtete sie seine Hände. Ein paar kleine Farbspritzer am Handgelenk waren zu sehen.

»Du«, entgegnete Miguel. »Hier duzt man sich.«

»Möchtest du eines der Bilder kaufen?«, schaltete sich die Frau ein. »In der Galerie nebenan gibt's noch viel mehr. Mein Verlobter nimmt aber auch Auftragsarbeiten entgegen, wenn du lange genug hier bist. Oder wir verschicken die Bilder ins Ausland.«

»Verstehe«, sagte Levke und wandte sich an Miguel. »Ich habe schon davon gehört. Um genau zu sein, erst gestern. Ein junges Mädchen erzählte mir, dass du sie und ihren Freund hier gemalt hättest, und dass die beiden die Bilder heute abholen wollten.«

»Stimmt genau«, sagte er. »Heute Nachmittag.«

»Der Junge war also noch nicht hier?«, versicherte sich Levke.

Ihr Gegenüber hob die Schultern. »Ich denke nicht. Pilar – das ist meine Galeristin – hätte es mir gesagt. Die beiden waren so verliebt, muy monos.«

Süß waren sie also gewesen. Das fand sie ja auch.

»Kennst du die beiden näher?«, fragte seine schwangere Freundin.

Levke verzog den Mund. »Ich weiß gar nicht, wie ich Ihnen … euch … das beibringen soll, aber … das Mädchen ist tot.«

Die beiden sahen sie mit offenen Mündern an.

Er fand zuerst seine Sprache wieder. »Was ist passiert?«

»Sie ist vom Balkon ihres Hotels gefallen oder gesprungen. Genaueres wird noch untersucht.«

»Und er war dabei?«, fragte der Maler mit vor Entsetzen aufgerissenen Augen.

Levke schüttelte den Kopf. »Er ist seitdem verschwunden. Ich dachte, vielleicht wäre er hier.«

Wieder offene Münder. »Nein«, sagte Miguel. »Ich habe ihn nicht gesehen.«

»Sind die Bilder, die du von den beiden gemalt hast, fertig?«, fragte Levke. »Ich würde sie gern mal sehen. Insa hat so davon geschwärmt.«

»Bist du von der Polizei?«, fragte die Frau. Jegliche Farbe war aus ihrem Gesicht gewichen.

»Nein. Ich habe die beiden gestern zufällig kennengelernt. Das Mädchen hat mir das mit den Bildern erzählt, daher dachte ich, vielleicht ist der Junge hier.« Fragend sah sie die Frau an, die der Maler ihr als Wiebke vorgestellt hatte. »Und du hast auch mit den beiden gesprochen?«

»Nein, ich arbeite in Palma an der deutschen Schule. Miguel hat mir nur davon erzählt.«

»Komm«, sagte Miguel, »wenn du willst, ich zeige dir die Bilder. Du kannst sie haben. Vielleicht für Familie von Mädchen.« Er sah sie bekümmert an. »Was für schreckliche Sache. So was normalerweise passiert hier nicht.«

»Es ist ja in Palma passiert. Am Balneario.«

Der Maler schnalzte mit der Zunge und schüttelte den Kopf. Dann zog er einen Schlüssel aus der Hosentasche und ging zum Ausgang der Bar, winkte Levke und Wiebke hinter sich her.

In diesem Moment wurde Levkes Essen aus der Küche nach draußen gereicht. Der Maler rief seinem Barmann etwas auf Katalanisch zu und sagte zu Levke: »Kannst du gleich essen, vale? Zuerst schauen wir uns an Bilder. Mir ist nämlich etwas aufgefallen bei Malen. Vielleicht ist wichtig.«

## Florian

Florian Berger saß in einem Regionalzug von Manacor Richtung Palma und starrte auf sein Handy. In welchem fucking Albtraum war er eigentlich hier gelandet? Seit dieses Scheißding wieder lief, hatte er zunächst den ganzen Morgen erfolglos versucht, Insa zurückzurufen, aber sie hatte anscheinend ihr Telefon einfach abgeschaltet.

War sie so wütend darüber, dass er nicht rangegangen war, als sie ihn ab Mitternacht im Dreiminutentakt anrief? Das hatte er ja erst heute früh gesehen. Dieser beschissene Akku gab hier andauernd nach einem halben Tag den Geist auf, weil es einfach nirgendwo WLAN gab – was konnte er denn bitte dafür? Es tat ihm ja selbst total leid, dass er es gestern Abend nicht mehr geschafft hatte, zu ihr zu kommen – er hätte echt gedacht, dass ihn jemand beim Trampen mitnehmen würde. Sah er etwa aus wie ein Triebtäter, oder warum hatte niemand angehalten?

Deshalb war ihm nichts anderes übrig geblieben als zwei Stunden an der Landstraße entlangzulaufen, bis sich endlich mal einer bequemte, ihn bis nach Manacor mitzunehmen. Und da saß er dann fest. War jetzt auch nicht so toll gewesen, zu wissen, dass sie allein im *Deutschen Haus* rumstand und auf ihn wartete.

Flo sah missmutig aus dem Fenster in die blühende Landschaft. Seine Girocard war gesperrt, das setzte dem Ganzen noch die Krone auf. Er hatte dreimal hintereinander die falsche Geheimnummer eingegeben. Dreimal! Er hatte einen totalen Blackout und die Nummer einfach vergessen. Mit zehn Euro in der Tasche kam man natürlich nicht weit. Jetzt nahm er den Zug von Manacor und hoffte, dass ihn keiner kontrollierte.

Und dann Torsten wieder. Hatte anscheinend noch gestern mitgekriegt, dass Flo keinen Bock hatte, in dieser schrecklichen Halle zu übernachten. Was bildete der sich eigentlich ein, ihn zurück zu zitieren? Der war doch nicht sein Vater. Jedenfalls hatte er ihn dann einfach blockiert. War ja nicht so, dass der sonst keine guten Spieler dabei hatte. Und dieses Match heute war nicht ausgemacht gewesen! Es war vereinbart, dass sie gestern Abend ins Hostal am Ballermann zurückfahren wollten – und der machte einfach noch ein Match aus. Arschloch.

Was ihn jetzt aber echt aus den Latschen gehauen hatte, war dann diese plötzliche Nachricht von Insa. ***Tu, was ich sage.*** Ging's noch?

Oder hatte das vielleicht ihr Bruder geschrieben? Sie hatte ihm, Flo, ja erzählt, was das für ein Arschloch war. Ja, so musste es sein. In so einem Befehlston schrieb doch Insa nicht. Lauerte ihm dieser Tobi etwa gleich auf und gab ihm eins aufs Maul, wenn er im Hotel aufkreuzte? Er traute sich gar nicht, zurückzuschreiben. Sollte er jetzt überhaupt dorthin? Natürlich wollte er Insa sehen. Er vermisste sie schon wieder so sehr, dass er es kaum aushielt. Noch nie hatte er sich so in ein Mädchen verschossen. Sie war … echt perfekt. So eine Traumfrau, wie es sie selten gab. In Stuttgart war ihm so eine jedenfalls noch nie begegnet.

»Was willst du mit dieser langweiligen Chick?«, hatten die anderen gefragt, dabei war Insa überhaupt nicht langweilig. Sie war total tiefgründig. Hatte ihm viel von sich und ihrer Familie erzählt und wie das da so ablief. Mit ihrem Vater, der anscheinend nicht ganz dicht war, so wie der Insas Bruder bevorzugte und nicht mitkriegte, was das für ein abgefuckter Lügner war. Und dann der Sex mit ihr. Oh Lord. Gnadenlos. Er war noch nie vorher so mit einer Frau gekommen. Sie war so richtig … mitgegangen. Als ob sie echt auch Spaß an der Sache hätte. Und sie hatte ihm Dinge ins Ohr geflüstert, versautes Zeug, das hatte ihn so dermaßen geil … In seiner Hose regte sich was.

Flo hob den Kopf. *Na toll.* Jetzt kamen da vorn Kontrolleure. *Fuck*. Konnte dieser Tag noch schrecklicher werden?

## Levke

Als Levke hinter Miguel und Wiebke die Galerie betrat, sah sie sich aufmerksam um. Die Arbeitsweise des Malers war bemerkenswert: Die Gemälde wirkten auf den ersten Blick wie Fotografien – erst, wenn man näher herantrat, erkannte man, dass die Figuren mit feinsten Pinselstrichen in Szene gesetzt waren. Und wie Insa gesagt hatte, erzählten sie Geschichten.

So auch die vier Gemälde von Insa und Flo. Levkes Herz zog sich zusammen. Insas letzter Tag. Die beiden saßen in dem Strandrestaurant. Der Betrachter sah sie aus einer erhöhten Entfernung, als stünde er auf einem Hügel oder sähe aus einem Fenster. Man hatte auch die Umgebung der beiden im Blick: den Strand, den Hafen und links die Felsen, die die Bucht einschlossen.

Auf dem ersten Bild waren die Tische rundherum nahezu voll besetzt. Insa und Flo saßen beieinander, hielten Händchen und sahen sich in die Augen. Vor ihnen eine Schale Oliven und zwei volle Cocktailgläser. Um sie herum tobte das Leben. Bei einer Familie am Nachbartisch fiel ein Glas um, und die Mutter sprang erschrocken auf. Ein Mann, der hinter dem Clan saß, las in einer Zeitung. Zwei barfüßige Frauen steckten lachend die Köpfe zusammen. Der Kellner schlängelte sich mit einem Tablett um die Tische und rief jemandem über die Schulter etwas zu.

Das Treiben auf dem Strand war genauso lebhaft. Kinder spielten Ball, ein Mann spannte einen Schirm auf. Und doch bildeten Insa und Flo auf bezaubernde Weise den Mittelpunkt des Bildes – der Betrachter wusste sofort, dass sie das eigentliche Objekt des Künstlers waren.

Levke bewegte sich weiter zum nächsten Gemälde und betrachtete es eingehend. Wieder sah man das Liebespärchen im Mittelpunkt des Geschehens. Die Familie mit den Kindern war gegangen; der Kellner brachte Essen an den Tisch der beiden barfüßigen Frauen; aus den Gläsern von Insa und Flo fehlte Flüssigkeit, sie küssten sich. Der zeitungslesende Herr war noch da; neue Gäste näherten sich.

Levke sah Miguel fragend an. »Mir fällt hier nichts auf.«

»Der Mann mit die Zeitung?«, fragte er.

Levke inspizierte alle vier Bilder und sagte: »Er liest. Viel bewegt hat er sich in der ganzen Zeit, in der Insa und Flo ihre Cocktails getrunken haben, ja eigentlich nicht. Den Inhalt der Espressotasse kann ich nicht sehen.«

»Dass er sich nicht hat bewegt, no es correcto«, berichtigte Miguel und zeigte auf das erste Bild. »Hier er sitzt an Tisch hinter die Familie, bei der etwas fällt um.«

Levke nickte, dann glitt ihr Blick zum nächsten Bild. Der Mann saß jetzt zwei Plätze weiter. Hinter den beiden lachenden Frauen.

Sie sah Miguel und seine Freundin fragend an, dann wandte sie sich dem dritten Bild zu. Diesmal hatte sich der Mann wieder umgesetzt, hinter eine neue Familie mit zwei Teenagertöchtern, die missmutig in die Speisekarte schauten. Auf diesem Bild schielte er über den Rand der Zeitung hinweg. Sah er zu Insa und Flo? Der Junge berührte gerade liebevoll ihre Wange.

»Komisch ist es schon«, sagte Levke. »Aber wer soll der Kerl sein?« Sie sah näher hin. Volles, hellbraunes Haar. Unter dem Tisch lugten eine dunkle Jeans und schwarze Schuhe hervor. Der Rest des Körpers war von der Zeitung verdeckt.

»Ich finde es schon merkwürdig«, meinte Wiebke, »dass der sich andauernd umsetzt. Nämlich immer dann, wenn ein Tisch zwischen ihm und den beiden da vorne frei wird.«

»Ja, sieht so aus«, murmelte Levke.

Aber wie wahrscheinlich war es, dass dieser Typ Insa auf dem Gewissen hatte? Sie war doch laut Rafael allein ins Hotel gekommen. Und warum hatten Insa oder Flo den Mann so offensichtlich nicht erkannt? Man musste doch davon ausgehen, dass er einen von ihnen kannte – oder warum sonst sollte er sie beobachten?

»Das Mädchen und der Junge hatten nur Augen füreinander«, beantwortete Wiebke ihre stille Frage. »Die haben den Kerl gar nicht bemerkt.«

Miguel schnalzte wieder mit der Zunge. »Qué raro«, sagte er.

Und ja, die Sache wurde immer merkwürdiger. War Flo vielleicht ebenfalls tot? Waren die beiden auf ihrem gestrigen Ausflug Zeugen von etwas geworden, und dieser Mann hatte beide auf dem Gewissen? Levke fuhr ein kalter Schauer über den Rücken. Sie hatte plötzlich das ungute Gefühl, dass Flo hier nicht mehr auftauchen würde.

»Wir sollten die Polizei informieren«, sagte Wiebke. »Die werden deine Aussage wollen, Miguel. Du bist ein wichtiger Zeuge.«

Levke sah sie erschrocken an. Wiebke hatte völlig recht.

Sie deutete auf das Bild. »Ich würde es euch abkaufen und der Polizei in Palma zeigen – die können euch dann kontaktieren. Wäre das in Ordnung?«

»Natürlich musst du nicht bezahlen«, sagte Miguel kopfschüttelnd und griff schon nach einer Folie, um sein Werk einzuwickeln.

Wiebke sah zweifelnd von ihrem Freund zu Levke. »Ich weiß nicht«, sagte sie. »Nichts für ungut, Levke, aber wir geben dir hier ein wichtiges Beweismittel – irgendwie kommt mir das nicht korrekt vor.«

Miguel sah seine Freundin belustigt an, während er das Bild einwickelte. »Qué te pasa, cariño?«, fragte er. »Du weißt, ich habe fotografisches Gedächtnis. Kann ich malen diese Mann sofort wieder genauso.«

Wiebke lachte und gab ihm einen Kuss. »Ich hatte gerade vergessen, wie genial du bist.«

Miguel übergab Levke das Bild. »Viel Glück«, sagte er und griff dann nach einem Flyer. »Bitte sag mir, was ist passiert, ja? Ich möchte gerne wissen von dir und nicht aus Zeitung.«

Levke nickte und bedankte sich – und in diesem Moment meldete sich knurrend ihr Magen.

»Deine patatas bravas!«, sagte Miguel und schlug sich gegen die Stirn. »Die isst du aber jetzt noch. Gehen aufs Haus. Mit eine Cerveza.«

Levke sah ihn zweifelnd an. Sie sollte das Bild eigentlich sofort zu Jordi Barceló bringen. Andererseits war es vielleicht nicht schlecht, einen Moment zu bleiben – womöglich tauchte Flo doch noch auf? Sie durfte sich nicht dazu hinreißen lassen, Gespenster zu sehen. Außerdem war sie wirklich hungrig – und diesen Zustand hatte sie so lange nicht gekannt.

»Habt ihr auch alkoholfreies Bier?«, fragte sie, während Miguel die Galerie abschloss und seine Freundin schon voraus in die Bar ging.

»Claro«, antwortete er, »seit Wiebke ist schwanger, sowieso.«

Die beiden setzten sich zu ihr, während sie mit Appetit die köstlichen Kartoffeln aß. Man hatte sie in der Küche für sie warmgehalten, und nun wiesen sie genau die richtige Temperatur auf.

»Was hat dich von Oldenburg hierher verschlagen?«, fragte sie Wiebke, die ihre Stirn gegen Miguels Schultern lehnte.

»Natürlich ich«, sagte er und zog seine Freundin an sich. Die beiden wirkten so innig miteinander und in sich ruhend. Noch war das Kind nicht da – das würde alles verändern. Als Levke Mutter geworden war, hatte sie sich auch sehr verändert. Mit einem Bissen Kartoffeln schluckte sie den Kloß im Hals hinunter.

Ihr fiel Rafael wieder ein, und dass sie seine Mutter noch anrufen musste. Das konnte sie ja gleich von unterwegs erledigen.

Sie schob den leeren Teller von sich und trank den letzten Schluck kühles Bier. »Ich muss los, ihr beiden«, sagte sie, »war sehr nett, euch kennenzulernen.« Dann fiel ihr etwas ein: »Ich würde euch gern meine Nummer dalassen, falls Flo doch noch kommt. Ich könnte nochmal zurückkommen und ihn abholen.«

Miguel griff auf dem Tresen nach einer Karte und notierte sich Levkes Nummer, dann verabschiedeten sie sich endgültig.

»Wenn du gern in unserer Bucht mal Urlaub verbringen möchtest, melde dich, wir kennen die Betreiberin eines kleinen Hotels, bei Lola würde es dir bestimmt gefallen«, sagte Wiebke.

»Jetzt ist sie vermutlich ausgebucht?«, erkundigte sich Levke.

Miguel hob die Schultern und zählte an den Fingern auf: »Über Ostern und lange Wochenenden, in deutsche

Sommerferien und spanische Fiestas … ja. Dazwischen du kannst immer kommen.«

Levke verzog den Mund und gab den beiden die Hand, lief über die Straße zu ihrem Mietwagen.

Das Gemälde stellte sie neben sich auf den Beifahrersitz und fuhr dann ohne Navi los, um Akku zu sparen. Für ein Telefonat mit Rafaels Mutter und hoffentlich auch für das mit Jordi Barceló würde der Strom noch reichen. Aber zuerst die Mutter, nicht, dass diese das Zimmer anderweitig vergab, wo doch tausende Touristen hier festsaßen.

Levke stöpselte ihre Kopfhörer ins Ohr, damit sie nicht wieder den Hörer so verkrampft ans Ohr klemmen musste.

Entschlossen ließ sie den Motor an und winkte Miguel und Wiebke zu, die am Straßenrand standen und ihr nachsahen. Am Ortsausgang folgte sie der Beschilderung in Richtung Palma. Im Rückspiegel betrachtete sie noch einmal die hübsche Bucht. Sie war bestimmt nicht zum letzten Mal hier gewesen. Beim nächsten Mal hoffentlich nicht auf Mördersuche.

An einer Ampel wählte sie die Nummer von der Karte, die Rafael ihr gegeben hatte. Inmaculada stand da – war das der Vor- oder der Nachname der Mutter?

Der Anruf tutete eine Weile ins Leere, und Levke wollte schon auflegen, ehe sie die atemlose Stimme einer älteren Frau hörte. »Diga?«

In Spanien meldete man sich nicht mit dem Nachnamen. Diga war eine Aufforderung, sein Anliegen vorzubringen. Das tat sie, während sie weiterfuhr.

Als sie geendet hatte, sagte die Frau: »Ich vermiete das Zimmer immer nur für mindestens zwei Wochen, ich habe sonst zu viel Arbeit damit.«

Zwei Wochen. Das war lange. Aber der Gedanke gefiel

Levke. Sie würde nicht nur das Leben von Spaniern, sondern auch Palma kennenlernen. Seine Sehenswürdigkeiten und Museen. Die Menschen, die Gastronomie. Und es blieb ihr ein halber Monat Zeit, sich zu überlegen, wie – und auch ob – sie hier Fuß fassen könnte. Am Strand liegen und sich wärmen. Und hoffen, dass die Kruste über ihrer Wunde nach und nach fester werden würde. In zwei Wochen war die Sache mit Insa doch hoffentlich aufgeklärt?

»Einverstanden«, sagte Levke. »Nennen Sie mir noch den Preis?«

»Fünfhundert Euro.«

Das war eine Menge für ein möbliertes Zimmer ohne eigenes Bad und Küche. Aber sie hatte das Geld. Bisher hatte sie aus Max' Lebensversicherung nur einen Bruchteil verwendet. Und es war eine schnelle Lösung. »In Ordnung«, erwiderte sie.

Sie hörte der Spanierin an, dass sie sich freute. »Möchten Sie heute Abend mit mir zusammen essen? Vielleicht kommt Rafael auch noch dazu. Ich habe was Leckeres vorbereitet.«

Abendessen in Spanien hieß etwas anderes als in Deutschland. Südländer aßen viel später. Also konnte sie eigentlich zusagen. »Das würde mich sehr freuen«, erklärte sie, und sie verabschiedeten sich.

Als sie auflegte, vibrierte ihr Handy. Levke sah aufs Display. Eine Nachricht von einer ihr unbekannten Nummer.

**Kannst du ins Tres Pinos kommen? Flo ist aufgetaucht. Anna**

»Das gibt's doch nicht«, murmelte Levke und fuhr sich mit einer Hand auf die Brust. Gott sei Dank.

Eilig tippte sie eine SMS an Insas Freundin und schielte gleichzeitig auf die Fahrbahn. ***Weiß die Polizei davon?***

**Ja. Sie haben ihn in den Speisesaal gesetzt. Dass ich bei ihm bin, wissen sie aber nicht.**

Levke blinzelte. Also hatte der Junge doch von der Polizei von Insas Tod erfahren. Aber welche Erleichterung, dass er am Leben war!

***Wartet bitte im Hotel auf mich. Ich habe Neuigkeiten.***

In diesem Moment schaltete sich ihr Handy ab, und Levke legte es auf den Beifahrersitz. Das war nicht weiter tragisch, da sie den Weg zurück sicher fand, und außerdem war davon auszugehen, dass sie den Inspektor im Hotel antreffen würde und ihm das Bild gleich zeigen konnte. Außerdem Flo und Anna. Vielleicht erkannte einer von den beiden den Mann?

Mit jedem Kilometer, den Levke über die Autobahn zurücklegte, wuchs ihre Nervosität. War der Mann auf dem Bild für Insas Tod verantwortlich? Wer war er?

Die Weiterfahrt verbrachte sie in Gedanken versunken.

## Rafael

Rafael schrieb in der Redaktion an seinem Nachmittagsartikel, als seine Mutter anrief. Sie klang aufgeregt. Erzählte ihm, dass die Deutsche sich gleich zwei Wochen bei ihr eingemietet hätte. Rafael sprach so leise wie möglich, sein Arbeitsplatz lag in einem Großraumbüro, und Simóns Büro hatte eine Glasscheibe, durch die er alle Mitarbeiter im Blick hatte.

»Zwei Wochen gleich?«, fragte er überrascht. »Damit hätte ich nicht gerechnet.«

»Ist doch wunderbar, sie wird heute mit mir zu Abend essen. Du musst unbedingt auch kommen. Stell dir vor, wir könnten die nächsten Tage etwas zu dritt unternehmen und ihr beide lernt euch besser kennen, bis sie dann vielleicht bei dir einzieht!«

»Mamá, davon kann keine Rede sein, so etwas steht überhaupt nicht zur Debatte. Du hast da etwas missverstanden – ich wollte ihr nur einen Gefallen tun. Und heute kann ich wie gesagt nicht mit euch essen!« Er hatte ihr erzählt, er hätte eine geschäftliche Einladung. Das war ohnehin alles, was sie gelten ließ, wenn er sich Samstagabends mal was anderes vornehmen wollte.

»Aber du hast gesagt, sie sei sehr liebenswert. Man muss der Liebe auch eine Chance geben, mein Sohn.«

Rafael gab es auf. Die Schwiegertochterträume seiner Mutter saßen zu fest. »Ich werde heute Nachmittag noch mal vorbeikommen, einverstanden?«, sagte er ergeben.

Kaum hatte er aufgelegt, kam Simón zu ihm. »Ich bin hochzufrieden, Rafael, dein Bericht heute Morgen war sensationell, genau so will ich es haben.«

Rafael verkniff sich den Kommentar, sie hätten dann wohl mächtig Glück gehabt, dass das Mädchen gesprungen war. Oder hinuntergestoßen wurde.

»Weiß man denn inzwischen schon Näheres?«, wollte Simón wissen. »Hatte unser attraktiver Chefinspektor ein paar Informationen für uns? Du warst doch bei ihm?«

Warum hatte Simón nur diese Angewohnheit, stets von »uns« zu sprechen, wenn es um Rafaels Arbeit ging? Dennoch drehte er seinen Bildschirm so, dass Simón den vorbereiteten Artikel lesen konnte. Dieser schaute zufrieden, als er fertig mit Lesen war. »Klingt nach einem wirklich spannenden Fall – auch wenn es nicht so recht voranzugehen scheint.«

»Das Ganze ist erst gestern Abend passiert, Simón. Vergiss das nicht.«

Sein Vorgesetzter nickte. »Apropos gestern Abend. Was ist eigentlich mit der Messerstecherei am Balneario 1? War dir die nur diese kleine Notiz wert?«

Tatsächlich hatte Rafael lediglich eine Randnotiz verfasst, er hatte sich die Meldung auf dem Presseportal der Polizei vorgenommen und sie leicht umformuliert. Er bekam von der Pressestelle natürlich immer seine Informationen, darauf war er angewiesen, er konnte sich ja nicht in alles so hineinhängen, wie in die Sache mit diesem Mädchen.

»Mir wäre es lieb, wenn du dich heute Abend am Balneario 1 ein bisschen umhörst – vielleicht haben wir Glück, und sie liefern sich wieder eine Schlägerei. Womöglich mit Toten. Wäre doch …«

»Ich bin heute Abend verabredet. Es ist Samstag. Tatsächlich haben wir die Vereinbarung, dass ich nicht pausenlos arbeite, sondern auch mal frei habe.«

Simón sah ihn zerknirscht an. »Aber wenn sich etwas in der Sache mit dem deutschen Mädchen ergibt, wirst du wohl eine Ausnahme machen. Ich will ein Exklusivfoto des Mörders, Rafael. Wenn nötig, heute Abend. Hörst du?«

Rafael seufzte. Daran hatte er natürlich selbst ein Interesse. Wenn es nur nicht ausgerechnet heute Abend so weit war.

## Levke

Als Levke mit ihrem Rucksack über der Schulter und dem eingewickelten Gemälde unterm Arm die Hotellobby betrat, kam sie abrupt zum Stehen. In einer der Sitzgruppen der Halle saß Jordi Barceló mit einem Mann und einer Frau zusammen. Die blonde Frau hielt ein zerknäultes Papiertaschentuch in Händen und knetete es hin und her. Eben tupfte sie sich die verweinten Augen. Das Haar war zu einer Banane hochgesteckt, einige Strähnen hingen heraus. Der dunkelblond gelockte Mann an ihrer Seite wirkte gefasster. Er sah eher zornig aus.

Levke fasste die beiden Personen grübelnd ins Auge. Waren das Zeugen von Insas Sturz vom Balkon?

Der Inspektor bemerkte Levke nicht, er konzentrierte sich voll auf den Mann.

Zögernd lief sie zur Rezeption. »Wo könnte ich mein Handy aufladen?«, fragte sie.

Die Rezeptionistin deutete auf den Sekretär in einer Ecke der Halle, auf dem auch ein Bildschirm stand. »Dort ist eine Steckdose. Aber bitte behalten Sie das Gerät in Auge, wir übernehmen keine Haftung.«

Levkes Weg zum Schreibtisch führte sie an der Sitzgruppe vorbei, und nun sah sie aus der Nähe das Gesicht der Frau, die da beim Inspektor saß. Die Ähnlichkeit mit Insa war frappierend. Levke schnappte nach Luft. Wie waren die Eltern so schnell hierher gekommen, trotz Fluglotsenstreik?

In diesem Moment entdeckte sie der Inspektor. Er hob eine Augenbraue und nickte ihr zu. Levke wandte den Blick ab und ging weiter, lehnte das in Folie eingewickelte Bild gegen den Schreibtisch und zog ihr Ladekabel aus dem Rucksack. Mit zitternden Fingern stöpselte sie es ein und hängte ihr Handy an.

Sie musste den Eltern ihr Beileid aussprechen. Ihnen sagen, dass sie so gut verstand, was sie gerade durchmachten. Wenn sie den Inspektor dann irgendwann allein erwischte, wollte sie ihm das Bild zeigen – sie konnte sich nicht sicher sein, wie die Eltern in ihrem Schockzustand darauf reagieren würden. Ihr Kummer hatte erst mal Vorrang.

Sie straffte die Schultern und ging zu der Sitzgruppe hinüber, wo Jordi Barceló erneut in das Gespräch mit den beiden vertieft war. Als sie neben dem Sessel der Mutter stand, räusperte sie sich, und die drei sahen auf.

»Guten Tag, ich habe Ihre Tochter gestern kennengelernt und wollte Ihnen sagen, wie unendlich leid es mir tut, was passiert ist«, sagte sie heiser.

»Sehr nett, danke«, antwortete Insas Vater. »Mir tut es leid, wie vielen Leuten davon hier der Urlaub verdorben wurde. Unsere Tochter hätte sich einen anderen Ort dafür aussuchen müssen. Dass Sie alle das mit ansehen mussten …« Er schüttelte den Kopf. »Und wir extra unsere Reise unterbrechen …«

Levke runzelte die Stirn und sah zu Jordi Barceló, der sie fixierte und jetzt sagte: »Ich möchte Sie bitten, zu gehen, Ihre Kondolenzwünsche haben Sie ja vorgebracht. Falls Sie etwas von mir wollen, möchte ich Sie bitten, kurz zu warten.«

Levke sah noch einmal zu Insas Mutter, die auf das Teppichmuster zu ihren Füßen starrte und sich erneut die Augen tupfte – dann entfernte sie sich und ging zurück zum Schreibtisch. Das Handy war immer noch tot. Warten auf den Inspektor sollte sie also. Dabei wollte sie wirklich gern mit Anna und Flo im Speisesaal sprechen und ihnen ebenfalls das Bild zeigen. Das konnte doch nicht schaden.

Sie sah wieder zu Jordi und Insas Eltern. Wie gefühlskalt Insas Vater war. Und warum gingen die Eltern so sicher von Selbstmord aus? Insa hätte sich einen anderen Ort aussuchen sollen? Levke schnaubte. Der hatte sie doch nicht mehr alle.

Eben erhob sich die Frau und ging zum Waschraum. Levke sah ihr hinterher, dann schielte sie zu Jordi Barceló, der sich auf dem Handydisplay von Insas Vater etwas zeigen ließ. Unauffällig schlenderte Levke ebenfalls in Richtung Bad. Und schloss kurz darauf die Tür hinter sich.

Schon vernahm sie das unterdrückte Schluchzen der Frau durch eine der geschlossenen Kabinen.

»Hallo«, sagte Levke und klopfte. »Ich war eben bei Ihnen, ich … es tut mir so unendlich leid.« Sie suchte nach Worten. »Ich … würde gern noch mal mit Ihnen sprechen.«

Die Stimme der Frau klang piepsig. »Warum?«

»Ich habe Ihre Tochter gestern Abend noch gesprochen, und ich kann einfach nicht glauben, dass sie sich umgebracht hat.«

Insas Mutter entriegelte das Schloss. Als sie die Tür öffnete, schaute sie Levke mit verweinten Augen an. Die etwa Fünfzigjährige sah wirklich aus wie die ältere Version ihrer Tochter. Gleichzeitig wirkte sie aber für ihr Alter zu glatt. Als hätte sie schon die ein oder andere Botox-Behandlung hinter sich.

»Das behauptet auch nur mein Mann«, sagte sie. »Weil er schon immer meinte, dass sie psychisch labil ist.«

»Wirklich?« Levke sah sie ratlos an. »Ihre Tochter schien so glücklich zu sein, wissen Sie. Sie hat hier einen Jungen kennengelernt und wollte sich heute mit ihm treffen, um mit ihm zu einer Bucht zu fahren.«

Die Frau runzelte die Stirn. »Einen Jungen?«

»Genau. Sie war total verliebt, verstehen Sie? Da bringt man sich doch nicht um.« Levke deutete in Richtung Tür, die zur Lobby ging. »Ihr Mann geht aber sicher von Selbstmord aus?« Sie legte den Kopf schräg.

Wieder stiegen der Frau die Tränen in die Augen, und ihr Kinn zitterte. »Ach, wissen Sie. Insa taumelte immer vom einen Extrem ins andere. Sie ist … war … sehr begeisterungsfähig, aber wenn es schwierig wurde, dann schmiss sie hin. Nicht besonders belastbar. Sie …«, die Frau kramte in ihrer Handtasche nach einem frischen Papiertaschentuch und schnäuzte sich die Nase, »… sie hatte schon so viele Hobbys, war in Vereinen – nichts davon von Dauer. Einmal ist sie sitzengeblieben. Nach dem Realschulabschluss hat sie eine Ausbildung angefangen, aber seit einem halben Jahr fing sie davon an, dass sie abbrechen und etwas anderes machen wollte. Mein Mann hat ihr ins Gewissen geredet. Man muss doch auch mal was durchziehen, auch wenn es keinen Spaß macht.«

Levke musste an den Spruch »Das Leben ist kein Ponyhof« denken. Einer der Lieblingssprüche ihres eigenen Vaters. Seit sie Max und die Mädchen verloren hatte, hatte er es allerdings nicht mehr gesagt.

»Hat sie schon mal versucht, sich das Leben zu nehmen?«

»Nein.« Die Stimme der Mutter klang fest, und sie schüttelte nachdrücklich den Kopf. »Sie war nicht krank. Nur … sehr emotional. Hat sich vieles zu Herzen genommen. Sich regelrecht in Dinge hineingesteigert. Wenn sie etwas unbedingt wollte, hat sie alles dafür getan, konnte es aber genauso schnell wieder fallen lassen, wenn etwas anderes ihr Interesse erregte. Sie war … ambivalent. Aber sich deswegen das Leben nehmen? Auch wenn mein Mann da anderer Meinung ist – ich kann es mir nicht vorstellen.«

Jetzt sah sie Levke verzweifelt an. »Aber es ist genauso unmöglich, dass sie herumgeklettert ist und es ein Unfall war. Insa würde das mit ihrer Höhenangst nie tun. Wer sollte also unserer Tochter etwas antun? Anna vielleicht? Wenn Insa sich verliebt hatte – vielleicht war Anna eifersüchtig? Der Kommissar hat uns gefragt, ob sie Feinde hatte – aber uns fiel niemand ein.«

Sie ging zur Badezimmertür und griff nach der Klinke. »Ich habe eben noch mit mir gerungen, aber jetzt werde ich doch mit dem Kommissar darüber sprechen. Anna ist so …

pushy. Meine Tochter und sie haben noch nie so richtig zueinander gepasst, ich weiß gar nicht, warum sie miteinander in den Urlaub gefahren sind. Aber über dieses Pärchen wundere ich mich schon, seit das Mädchen zu Insa in die Klasse kam.«

Levke sah die Frau nachdenklich an. Anna war definitiv nicht vor Ort gewesen, als es passierte. Oder war es möglich, dass sie im Hotel gewesen war und dann unbemerkt wieder zur *Schwabenhalle* zurückkehrte? Aber ihre Trauer wirkte echt. So etwas konnte man nicht spielen – oder doch? Wenn die beiden Mädchen schon seit ein paar Jahren befreundet waren, war es sicher eine Beziehung, in der sie sich etwas gaben, auch, wenn es für andere nicht auf den ersten Blick ersichtlich war.

»Wie kommt es eigentlich, dass Sie schon hier sind? Die Fluglotsen streiken doch«, sagte Levke, als die Frau die Tür öffnete.

»Die Polizei hat uns heute Morgen im Hotel aufgesucht und die Nachricht überbracht. Mein Mann, Insas Bruder und ich machen gerade Urlaub auf Menorca, wir haben die erste Fähre genommen. Insa war zum ersten Mal nicht dabei.« Sie fuhr sich mit der Hand über die Augen und sagte mit brechender Stimme: »Jetzt haben wir nur noch Tobi.«

Immerhin haben Sie noch Ihren Mann und Ihren Sohn, dachte Levke. Dabei war das ein unfairer Gedanke.

Insas Mutter verließ das Bad und Levke beobachtete hinter halb geschlossener Tür, wie sie zu der Sitzgruppe zurückging, wo Jordi Barceló noch immer mit dem Vater sprach.

Als die Mutter bei den beiden ankam, sah der Inspektor zuerst sie an, drehte dann den Kopf zum Schreibtisch und von dort zum Waschraum – als ahnte er schon, dass Levke auch darin war. Ach, sollte er. Sie wandte sich zum Badezimmerspiegel und band ihr Haar zu einem neuen Zöpfchen. Dann ging sie hinaus und zu ihrem Handy, das endlich wieder zum Leben erwachte, als sie es anschaltete.

Eine neue Nachricht von Anna leuchtete auf: **Wir sind immer noch im Speisesaal. Wo steckst du?**

Der Saal war fast menschenleer – das Frühstück lange vorbei, bis zum Abendessen dauerte es noch. Nur ein Tisch am Fenster zum Pool war besetzt. Der Junge saß mit Anna zusammen und starrte auf die Tischplatte. Er trug dieselben Klamotten wie am Vortag, und er hatte eine knallrote Nase.

»Er soll hier auf den Inspektor warten«, erklärte Anna flüsternd. »Der spricht gerade noch mit Insas Eltern. Wie sich herausgestellt hat, hat er Flo auf seinem Handy kontaktiert und dabei den Eindruck vermittelt, er wäre Insa. Kannst du dir Flos Schock vorstellen, als er hier ankam und nach ihr suchte? Dieser Cop ist so ein Bastard!«

Flo wandte den Kopf zu Levke, als sie sich zu den beiden setzte. Seine Hände verkrampften sich in der Baseballmütze auf seinem Schoß. Levke stellte Bild und Rucksack neben ihrem Stuhl ab und sagte zu Flo: »Es tut mir unendlich leid.« Leere Worte, die nicht ausdrückten, was sie empfand. So viele Leute hatten das zu ihr gesagt, aber es war nie bei ihr angekommen.

Flo schien es ähnlich zu gehen. Er reagierte nicht.

»Was ist das denn?« Anna deutete auf das verpackte Bild. »Warst du shoppen?«

»Nein, nein.« Wie sollte sie anfangen? Sollte sie den Jungen gleich mit dem Bild konfrontieren? Besser nicht. Sie rutschte auf die Kante ihres Stuhls und fragte Flo stattdessen: »Wo warst du denn die ganze Zeit? Alle Welt hat nach dir gesucht.«

Er schob den Stuhl zurück und legte die Kappe auf den Tisch. Dann wischte er sich mit dem Unterarm über die Nase und sagte nur rau: »Ich muss mal aufs Klo.«

Anna deutete zum Ausgang des Speisesaals. »Gleich da vorn im Flur.«

Levke sah dem Jungen nach, der mit gesenktem Kopf davonging. Vielleicht war es gar nicht verkehrt, wenn sie zuerst mit dem Mädchen allein sprach. Sie wusste nicht einzuschätzen, wie Flo reagierte, wenn er mitbekam, dass es sein Bild war, das sie bei sich hatte.

Während sie vorsichtig die Verpackung des Gemäldes löste, sagte Anna: »Flos Handyakku war leer, und er kam von so einem Nest im Osten der Insel nicht weg, hat die Nacht vor einem Café verbracht. Daher konnte ihn niemand erreichen.«

Levke nickte. »Ich bin so erleichtert, dass ihm nichts passiert ist! Aber sag mal, hat Insa dir erzählt, dass sie mit Flo an einer Bucht war?«

Anna nickte. »Die zwei haben sich einfach abgesetzt. Das war nicht gerade nett.«

Levke überging die Bemerkung, legte das Bild vor sich auf den Tisch und tippte mit dem Finger auf die Terrasse des Strandrestaurants. »Jemand hat dieses Café gemalt, während Insa und Flo dort saßen. Daher sind die beiden hier zu sehen.«

Als Anna ihre Freundin auf dem Gemälde entdeckte, füllten sich ihre Augen mit Tränen. »Scheiße. Echt? Was für ein Zufall.«

Levke nickte. »Aber nicht nur die beiden waren dort.« Sie zeigte auf den Mann mit der Zeitung.

Anna ging ganz nah an das Bild heran und verengte die Augen zu Schlitzen. Sie knurrte nachdenklich. »Da braucht man ja eine Lupe. Verrückt ist, dass der mich irgendwie an den Lessing erinnert.« Sie sah noch einmal genauer hin. »Oder nein. Das ist doch total unwahrscheinlich.«

»Der Lessing? Wer ist das?«

Statt ihr eine Antwort zu geben, griff Anna sich an den Kopf. »Doch, er muss es sein! Der Inspektor hat mir gesagt, dass Insas Ring fehlte. Der war von ihm! Ich hab dem Cop nichts Genaueres darüber gesagt, weil ich Insa hoch und heilig versprochen habe, keiner Menschenseele etwas von dieser Sache zu erzählen. Scheiße, was ist, wenn der doch hier aufgekreuzt ist? Das konnte ich einfach nicht ahnen! Jetzt muss ich dem Inspektor doch was sagen, oder?« Sie sah Levke verzweifelt an.

Levke griff nach dem Bild, betrachtete es noch einmal eingehend und stellte es neben sich ab. »Ich denke schon. Kannst du mir bitte auch sagen, wer der Typ ist? Woher kannte sie ihn?«

Plötzlich stand wie aus dem Nichts Jordi Barceló vor ihnen, und Levke zuckte zusammen.

»Frau Sönkamp«, sagte der Inspektor, »ich hatte Sie doch gebeten, in der Lobby auf mich zu warten.«

»Ich hatte sie aber angetextet«, erklärte Anna. »Und dann kam sie.«

»Ihnen beiden«, sagte der Inspektor ernst, »hatte ich erklärt, dass Sie unsere Ermittlungen nicht gefährden sollen, indem Sie andere Zeugen beeinflussen. Frau Sönkamp, Sie haben eben die Mutter der Toten im Waschraum abgefangen und noch während meiner Befragung mit ihr geredet – ebenso wie du, Anna, dich unerlaubterweise zu Florian Berger begeben hast, der hier allein auf uns warten sollte. Ich möchte Sie beide bitten, nun zu gehen und uns unsere Arbeit erledigen zu lassen. Ansonsten sehe ich mich gezwungen, Sie für die Dauer unserer Beweisaufnahmen in Gewahrsam zu nehmen.«

Levke starrte ihn mit offenem Mund an. Anna fand schneller zu sich. Sie griff nach dem Gemälde und gab Levke ein Zeichen. »Komm, dann gehen wir.«

Ehe diese etwas entgegnen konnte, trat der Inspektor zur Seite und machte ihr Platz. Levke nahm perplex ihren Rucksack und schlängelte sich an ihm vorbei. Welchen Grund Anna auch immer hatte, dem Inspektor noch nichts von diesem Lessing zu erzählen, Levke würde sicher davon erfahren. Am Ende würde es Jordi vielleicht auch noch mehr provozieren, dass sie das Gemälde eigenmächtig abgeholt hatte.

Eben war Flo von der Toilette zurückgekehrt, und Jordi Barceló gab ihm ein Zeichen, sich zu setzen.

»Bitte halten Sie sich erreichbar, falls ich noch Fragen an Sie haben sollte«, gab er Levke und Anna mit auf den Weg. »Ansonsten lassen Sie uns bitte ab sofort unsere Arbeit tun. Nehmen Sie meine Ermahnung ernst.«

Anna stürmte voraus aus dem Speisesaal, und Levke hatte Mühe, mit ihr mitzuhalten, während sie durch die große Eingangshalle lief und durch die Schiebetür nach draußen eilte.

Atemlos kamen sie vor dem Hotel zum Stehen.

»Dieser Bulle kotzt mich so an!«, rief Anna aufgebracht und strich sich die Locken aus dem Gesicht. »Was bildet der sich eigentlich ein? Darf der das so einfach? Einem das Reden verbieten?«

Levke nahm sie am Arm. Sie erinnerte sich gut daran, wie sie sich als Jugendliche auch gegen jede Bevormundung gewehrt hatte, wie es sie aufgebracht hatte, wenn sie sich nicht ernst genommen fühlte.

»Hör mal«, sagte sie beschwichtigend, »der erledigt nur seinen Job. Wir warten jetzt hier auf ihn und gehen dann zusammen rein, erzählen ihm von diesem Lessing und …«

Anna zeigte ihr einen Vogel. »Was soll das bringen? Dieser Inspektor fühlt sich ja nur in seiner Arbeit gestört. Außerdem: Es könnte Lessing sein auf dem Bild, meinetwegen, aber warum sollte der Insa um die Ecke bringen? Dafür gibt es doch gar keinen Grund. Sie wollte ihm den Ring sogar zurückgeben.«

»Wer ist denn nun dieser Mann?«, drängte Levke. »Hatte sie was mit ihm?«

Anna kniff die Lippen zusammen und schüttelte den Kopf. »Ich hatte Insa versprochen, mit niemandem über diese Sache zu reden. Zeig du dem Cop das Bild und forsch mit ihm alleine weiter. Du sagst ja selbst, er erledigt nur seinen Job. Und seine Ansage war, dass wir keine Zeugen beeinflussen sollen. Du bist aber eine Zeugin. Und ich auch. Soll er mich doch vorladen, wenn er möchte. Vielleicht sag ich dann was. Aber jetzt könnt ihr mir alle mal gestohlen bleiben!«

Ehe Levke etwas entgegnen konnte, machte Anna auf dem Absatz kehrt und rannte die Straße in Richtung Strand hinunter. Sprachlos sah sie ihr hinterher. Das Mädchen hatte gerade die beste Freundin verloren und war hier ganz allein. Vermutlich war dieses Verhalten ganz normal, auch wenn es nicht besonders zielführend war.

Für Jordi Barceló würde es ein Leichtes sein, herauszufinden, wer dieser Lessing war. Sie würde einfach in der Lobby auf ihn warten und ihm endlich das Bild zeigen. Mal sehen, was er daraus machte. Gewahrsam hin oder her, vorenthalten durfte sie es ihm nicht.

In der Lobby setzte sie sich in einen Sessel, stellte das Bild neben sich ab und holte ihr Handy aus dem Rucksack – das Gerät loggte sich automatisch ins hoteleigene WLAN ein.

Eilig schrieb sie eine Nachricht an Torsten Fehling, Flos Trainer:

*Ihr Schützling ist wieder aufgetaucht, wissen Sie davon?*

Die Antwort dauerte nur wenige Sekunden. **Ja, Gott sei dank. Hoffen wir mal, dass der Schuldige gefunden wird. Gruß, T. F.**

Levke klickte die Nachricht fort und wechselte zu ihrer Anrufliste. Sie hatte Sandra versprochen, sich zu melden. Und auch ihre Eltern würden sich sicher über ein Lebenszeichen von ihr freuen. Levke schloss die Augen. Inzwischen hätte man sie über ihren Suizid informiert, und sie hätten wahrscheinlich verzweifelt versucht, hierher zu kommen und dies aufgrund des Fluglotsenstreiks nicht gekonnt.

Warum hatte sie nicht daran gedacht, welche Konsequenzen ihr Plan für ihre Eltern und Geschwister haben würde? Sie hatte nur diesen verdammten Sarg im Kopf gehabt und ihnen diese Liste geschrieben, was zu tun war. Jetzt kam ihr all das geradezu unmenschlich vor. Sie sah das verweinte, fleckige Gesicht von Insas Mutter vor sich und empfand so etwas wie Scham, gepaart mit der Dankbarkeit, dass ihr eigenes Vorhaben gescheitert war.

Sie blickte sich nach Insas Eltern um, doch diese waren offenbar gegangen.

Levke stand auf und ging durch die Schiebetür nach draußen, nahm mit ihrem Smartphone ein Foto vom Himmel auf, in der einen Ecke lugten ein paar Palmwedel ins Bild.

Zurück in ihrem Sessel schickte sie den Schnappschuss an Nadja, Magnus und ihre Eltern mit den Worten: ***Danke für eure guten Wünsche heute Morgen. Ich mache das Beste aus dem Tag. Eure Levke***

Dann wählte sie Sandras Nummer.

»Hallo, meine Süße«, meldete sich ihre Freundin, »du hältst ja dein Versprechen. Wie schön!«

Natürlich war das eine Anspielung auf Levkes Verhalten im letzten Jahr, aber Sandra meinte es nicht böse, im Gegenteil. »Erzähl, was hast du bisher so gemacht?«

Levke suchte nach Worten. »Wenn ich ehrlich bin, steht hier alles ein wenig Kopf. Ich habe gestern bei einem Ausflug ein Pärchen getroffen …«, begann sie und endete mit den Worten: »Jetzt sitze ich hier und warte auf den Inspektor, um ihm das Bild zu zeigen.« Den Part mit dem Suizidversuch hatte sie natürlich ausgelassen.

Sandra sagte eine ganze Weile gar nichts. Dann hauchte sie: »Ich bin sprachlos. Und das ist alles genau so passiert?«

Levke räusperte sich. »Ja.«

»Pass bloß auf dich auf. Wenn das Mädchen wirklich ermordet wurde, musst du sehr vorsichtig sein, hörst du? Wenn ich ehrlich bin, klingst du ein bisschen nach Miss Marple, sieh zu, dass du aus der Schusslinie bleibst!« Sandras Stimme wurde mit jedem Wort eindringlicher.

»Ja, ja, keine Sorge. Ich geb auf mich acht.«

Dann sagte Sandra: »Ich wollte dir auch noch was erzählen. Ach Gott, ich weiß gar nicht, wie ich anfangen soll.«

Levke wurde hellhörig. »Was denn?«

»Es geht um Leon.«

Levke verdrehte die Augen. Sie wollte nichts weniger, als sich mit ihrer Freundin über ihren Exfreund zu unterhalten. »Könnten wir bitte das Thema wechseln?«

»Er hat sich wirklich geändert, Levke. Er ist nicht mehr der, der er mal war.«

»Ach nein? Kein Ich-scher-mich-nicht-um-die-Gefühle-anderer-Arschloch mehr? In dem Fall würde er akzeptieren, dass ich keinen Kontakt zu ihm will. Das Kapitel Leon ist lange abgeschlossen, und ich werde es nicht wieder öffnen.«

»Er hat nur gefragt, wie es dir geht. Ganz ehrlich, er ist richtig fertig vor Sorge um dich. Ich meine, du musst zugeben, damals waren wir alle noch halbe Kinder. Du kannst doch nicht wirklich denken, dass er noch derselbe Kindskopf ist wie damals. Dein Max hat als Sechzehnjähriger sicher auch mal ein Mädchen gekränkt.«

Levke schnaubte. »Tust du mir bitte den Gefallen und vergleichst Leon nicht mit Max?«

»Entschuldigung. Ich meine ja nur. Wenn du wieder zurück bist, könntest du doch einfach mal mit ihm zu Abend essen oder so. Ich hab den Eindruck, dass er sich gern bei dir entschuldigen würde.«

»Braucht er nicht. Ich habe einfach keine Lust auf ihn, okay? Zu was soll so ein Treffen denn führen? Glaubt er etwa, dass er jetzt, wo Max tot ist, wieder eine Chance bei mir hätte?«

»Nein, das denkt er nicht. Darum geht es doch gar nicht. Er will dich einfach nur gern mal wieder sehen.«

»Soll er ein Klassentreffen organisieren, vielleicht komme ich.« Das würde er ohnehin nichgt tun.

Sandra atmete tief durch. »Meinetwegen, ich hab's versucht. Ich werd's ihm ausrichten.«

Levke hob den Kopf. Eben kam Jordi Barceló mit Flo und dem anderen Beamten im Schlepptau in die Lobby.

»Du, ich muss Schluss machen«, sagte sie eilig zu Sandra, »dieser Inspektor kommt gerade.«

»Alles klar, meine Liebe, wir hören uns. Ich drück dir die Daumen für das Zimmer bei der Spanierin, und hab ein schönes Abendessen mit ihr, ja?«

»Danke, Kuss!«

Levke legte auf und sah dem Inspektor entgegen, der sich

von Flo verabschiedete. Dieser ließ sich auf ein Sofa in einer anderen Sitzgruppe fallen und sah zu Levke hinüber. Seine Augen waren noch immer verquollen. Er griff nach seinem Handy und tippte etwas ein.

Als der Inspektor zu Levke trat, rieb dieser sich mit Daumen und Zeigefinger über die Augen.

»Sie haben wohl nicht viel geschlafen?«, erkundigte sich Levke.

»Geschlafen?« Er grinste. »Ich habe überhaupt noch nicht geschlafen – das ist auch nicht üblich nach einem ungeklärten Todesfall. Da kann man schon mal sechzig Stunden im Dienst sein, bis man wieder zum Schlafen kommt.«

Levke sah ihn ungläubig an. »Brechen Sie dann nicht irgendwann zusammen?«

Er hob die Schultern. »Die ersten vierundzwanzig Stunden nach einem Verbrechen – oder, wie in unserem Fall, die Prüfung, ob es sich um ein Verbrechen handeln könnte – sind die entscheidenden. Da pumpt der Körper genügend Adrenalin, sodass man die Müdigkeit gar nicht spürt. Man muss ständig irgendwo anders hin, Leute befragen, Orte besichtigen …«

»Apropos Orte, ich wollte Ihnen etwas zeigen.« Sie hob das Bild auf ihren Schoß und deutete darauf. »Kennen Sie die Cala Santanya?«

In diesem Moment klingelte sein Handy, und Jordi Barceló zog es aus der Hosentasche. Seine Augen weiteten sich, als er aufs Display sah. Sein Lächeln verzerrte sich zu einem entschuldigenden Grinsen. »Ich müsste da mal eben ran«, meinte er und entfernte sich ein paar Schritte.

Levke hörte eine aufgebrachte Frauenstimme zu ihr herüberschallen. Sie konnte kein einzelnes Wort verstehen, vermutlich sprach sie Katalanisch, aber dass sie wütend klang, war unverkennbar. Der Inspektor murmelte beschwichtigende Worte, doch die schienen seine Gesprächspartnerin nicht zu besänftigen. Schließlich zog er den Nacken ein und sagte ein paar kurze, knappe Sätze, nahm das Handy vom Ohr, ohne aufzulegen, und kam in drei raschen Schritten zu Levke zurück

»Leider muss ich noch mal schnell weg, alles andere muss kurz warten – oder hatten Sie etwas Dringendes für mich?«

Sie hob die Schultern. »Na ja, ich wollte Ihnen dieses Bild …«, begann sie, doch er schluckte hart und sagte: »Schönes Bild, wirklich. Ich kenne die Bucht. Aber jetzt müsste ich …« Er deutete auf das Handy und nahm es wieder ans Ohr. »Nieves«, hörte sie ihn sagen, und dann verschwammen seine Worte wieder zu einem unverständlichen Brei.

Er hob die Hand zum Gruß und war in wenigen Schritten an der Schiebetür. Dort drehte er sich ein weiteres Mal um und nickte ihr noch einmal zu.

Seine Silhouette zeichnete sich vor dem Glas der Schiebetür ab, und die von draußen hereinscheinende Sonne illuminierte Jordi Barceló von hinten wie ein Heiligenschein. Der muskulöse Körperbau und das unter dem Hemd aufblitzende Waffenholster hatten allerdings nichts Engelhaftes an sich. Trotzdem. Zum ersten Mal fiel Levke auf, dass der Inspektor ein sehr attraktiver Mann war.

Als er nach draußen verschwunden war, stellte Levke das Bild wieder zur Seite und sah sich suchend nach Flo um, doch dieser war nicht mehr zu sehen. Mist. Wenigstens ihm hätte sie jetzt das Bild zeigen können. Vielleicht kannte er diesen Lessing, womöglich hatten er und Insa ja sogar mit ihm gesprochen – auch wenn es auf dem Bild so aussah, als versteckte er sich. Danach konnte ja noch ein Gespräch stattgefunden haben.

Auch ein Rundgang durch die Lobby brachte nichts, ebenso wenig die Frage nach Flo an der Rezeption.

Schließlich rief sie Anna an, doch deren Anschluss schaltete sofort um auf die Mailbox. Und das, obwohl der Inspektor gesagt hatte, sie sollten sich erreichbar halten. Wie konnte man nur so bockig sein? Lessing. Schade, dass sie keinen Vornamen hatte, sonst hätte sie zumindest nach ihm googeln können.

Levke seufzte und steckte das Handy weg. Sie hätte es noch weiter aufladen sollen, der Akku zeigte nur achtzehn Prozent. Am besten, sie fuhr zu Inmaculada Mayol und brachte dort schon mal ihre Sachen unter, dann konnte sie es dort noch mal ans Ladekabel hängen. Wenn Rafael zu seiner Mutter kam, würde sie einfach ihm das Gemälde zeigen. Vielleicht hörte Jordi Barceló einem Journalisten besser zu.

Rafaels Mutter verkörperte genau das, was Levke sich unter einer spanischen Mama vorstellte. Sie war klein und kompakt, mit einem dicken Bauch, auf dem ihre Brüste ruhten – die Beine hingegen waren schlank und ragten unter dem Rock wie dünne Stelzen hervor. Rafael hatte seine Schlaksigkeit eindeutig nicht von ihr geerbt. Kaum hatte die Frau die Tür geöffnet, zog sie Levke an sich und begrüßte sie mit zwei Wangenküssen.

»Hola, guapa, soy Inmaculada«, sagte sie, hielt Levke dann mit einer Armlänge Abstand von sich fort und meinte: »Du musst etwas essen. Komm.«

Die Wohnung roch nach frisch Gekochtem und nach älteren Mahlzeiten. Inmaculada Mayol stellte Levkes Beautycase, das Bild und den Rucksack zur Seite und führte sie an der Hand hinter sich her durch einen schmalen Flur in ein Esszimmer.

Dort wies sie ihr einen Platz am Tisch zu. »Setz dich. Ich komme gleich wieder.«

Ehe Levke protestieren konnte, verließ die Frau den Raum, und Levke setzte sich ergeben auf einen der rot gepolsterten Stühle. Der Raum war nicht groß, an der Seite stand ein grünes Samtsofa, unweit davon, in der Ecke, gab es ein schmales Schränkchen mit einem mittelgroßen Flachbildfernseher darauf. Offenbar war dies auch das Wohnzimmer – die Wohnung schien insgesamt eher klein.

Levke vernahm das Klappern von Geschirr aus der Küche und bemerkte, wie ihr Magen sich zusammenzog. Hatte sie tatsächlich schon wieder Hunger?

Sie stand auf und folgte den Geräuschen. Wenigstens konnte sie sich nützlich machen. Schließlich würden sie und Inmaculada sich die nächsten vierzehn Tage nicht nur das Bad, sondern auch die Küche teilen.

»Kann ich etwas helfen?«, fragte sie vom Türrahmen aus. Die ersten Worte, die ihr hier über die Lippen kamen.

Ein Lächeln huschte über das Gesicht der Frau. »Wie lieb von dir, danke.« Sie reichte ihr einen Teller mit mallorquinischem Schinken und Salami, dabei lagen ein paar Scheiben Baguette und Käse sowie eine Handvoll selbst gemachter Kroketten. Dem Duft nach Fischkroketten. Levkes Magen knurrte wieder vernehmlich, und Rafaels Mutter lachte.

Während sie ins Esszimmer zurückgingen, fragte die Spanierin: »Hast du dir denn schon die Prozessionen angesehen? La Semana Santa ist so besonders schön in Palma.«

Es hing natürlich davon ab, ob man ans Kreuz genagelte und verblutende Jesus-Statuen als »besonders schön« bezeichnen mochte, aber dies lag eben im Auge des Betrachters.

»Bis jetzt hatte ich noch keine Gelegenheit, werde es aber auf jeden Fall tun, wenn ich kann«, versprach Levke, während sie sich setzte. »Sie essen nichts?«

Inmaculada Mayol tätschelte sich den Bauch. »Ich werde besser bis heute Abend warten. Lass es dir schmecken. Und sag bitte du zu mir, das macht man hier so.«

Levke murmelte einen Dank und begann mit den Kroketten, deren Inneres so fein verarbeitet war, dass es auf der Zunge zerging.

Offenbar hatte sie zufrieden geseufzt, denn Inmaculada lächelte ihr glücklich zu. »Freut mich, dass es dir schmeckt.« Dann sagte sie: »Ich wurde nicht daraus schlau, wo du und Rafa euch getroffen habt. In einer Diskothek?«

Levke schüttelte den Kopf und schluckte schnell hinunter, was sie gerade im Mund hatte. Auch der Schinken war ein Gedicht.

»Vor einem Hotel.«

Inmaculada zwinkerte. »Rafa ist ein hübscher Junge, stimmt's? Dein Typ? Hat er dich angesprochen?«

Levke steckte sich ein Stück Käse in den Mund, um Zeit zu gewinnen. »Wir interessieren uns für dieselben Dinge«, sagte sie vage. »Das schon.«

Sie wollte die Frau nicht vor den Kopf stoßen und ihr sagen, dass sie nicht auf dürre Kerle stand – auch wenn sie selbst zurzeit so dünn war. Sie hatte aber tatsächlich mal ein normales Gewicht auf die Waage gebracht.

Inmaculada nickte. »Das ist das Wichtigste, no? Wenn man sich für die gleichen Dinge interessiert, hat man sich immer was zu erzählen.«

Levke sah sie verstohlen an. Verstand Rafaels Mutter etwas falsch? Was hatte der Journalist ihr denn erzählt?

Als hätte Inmaculada gemerkt, dass sie Levke in Verwirrung stürzte, machte sie eine wegwerfende Handbewegung und deutete auf Levkes T-Shirt. »Was bedeutet das? ›Abi 2004‹?«

Levke erklärte es ihr.

»Aber das ist vierzehn Jahre her, Kindchen. Warum trägst du es noch?«

»Tja, also …« Levke suchte nach Worten und merkte, wie ihr die Kehle eng wurde. Sie würde doch jetzt nicht zu heulen anfangen? Doch die mitfühlenden Augen Inmaculadas, die so geduldig auf ihr ruhten, als hätte sie alle Zeit der Welt, lösten einen Knoten.

Rafaels Mutter bemerkte, dass Levke die Tränen kamen, griff nach ihrer Hand und flüsterte: »Was ist mit dir los, Guapa? Du bist ja wie …«, sie tätschelte Levkes Hand, »… zerbrochen.«

Levke schluchzte auf. Sie sah die Spanierin unter tränenverschleiertem Blick an und nickte. Und dann erzählte sie ihr alles. Es kam aus ihr herausgesprudelt, als hätte Inmaculada eine Schleuse geöffnet. Levke begann bei dem Tag, als sie Max hier kennenlernte, sprach über ihre Fernbeziehung, die gemeinsame Zeit an der Uni in München, ihren Umzug nach Frankfurt, die Geburt ihrer Kinder. Sie erzählte ihr von dieser unendlich glücklichen Zeit und diesem schrecklichen Streit an jenem Tag, als Max die Mädchen nahm und sagte: »Wir machen einen Ausflug zum Flughafen, vielleicht hat die Mama sich beruhigt, wenn wir wieder zurückkommen.« Und sie stieß hervor, dass sie nie wieder jemanden lieben wollte, weil es immer irgendwann einen Streit geben würde und man auseinanderginge, ohne sich vorher zu vertragen. Als sie fertig war, schluchzte sie noch einmal zitternd auf und schnäuzte sich in das Papiertaschentuch, das Inmaculada ihr hinhielt.

»Worüber habt ihr gestritten?«, fragte sie.

Levke suchte nach den passenden Worten. »Über Scheiße von Kleintieren.«

Inmaculada sah sie verblüfft an, und Levke hob die Schultern. »Wir hatten – gegen meine Überzeugung – unseren Zwillingen zu Weihnachten so kleine Viecher geschenkt.« Sie ummalte mit den Händen die Größe von Meerschweinchen, das Wort kannte sie beim besten Willen nicht. »Du musst wissen, unsere Wohnung liegt im dritten Stock, der Mist hätte jedes Mal durchs Treppenhaus nach unten getragen werden müssen, und wer hätte das immer gemacht? Jedenfalls meinte mein Mann, man könnte das Zeug auch aufsaugen und dann mit dem Hausmüll entleeren – und ich ließ mich darauf ein. Am Anfang war alles okay, aber irgendwann, als ich die Wohnung saugte, war da ein penetranter Geruch – wie in einem Affenhaus! Dabei war der Beutel ganz frisch. Also sah ich mir den Staubsaugerschlauch näher an und stellte fest, dass sich an der Innenseite der Rillen eine Schicht Scheiße abgesetzt hatte, die jetzt auf ekelhafteste Weise vor sich hin stank und sich bei jedem Saugen erhitzte. Und wie ich feststellte, war auch der Filter mit feinsten Partikeln zugesetzt. Und irgendwie, ich weiß nicht wieso ... es war einer jener Tage, an denen einen alles auf die Palme bringt, verstehst du? Ich habe meinen Mann so sehr angeschrien, dass die Mädchen zu weinen begannen. Und da schlug er ihnen den Ausflug vor.«

Sie fuhr sich mit den Händen ins Haar und löste dabei das Gummi, kratzte sich die Kopfhaut und kniff die Augen zusammen. Hilflos sah sie Inmaculada an.

»Hätten wir den Zwillingen niemals diese Viecher geschenkt, wären die drei heute noch da!«

Rafaels Mutter sah sie bekümmert an.

»Und jetzt hast du Angst vorm Leben.«

Levke nickte. »Ich wollte mich gestern umbringen«, hauchte sie und sah auf die Uhr an der Wand. »Eigentlich bin ich seit sechzehn Stunden tot.«

Inmaculada schwieg. Dann sagte sie: »Aber du hast es nicht gemacht. Also willst du doch leben.«

Levke schüttelte den Kopf. »Ich habe es gemacht.« Sie deutete auf ihren Bauch. »Die Tabletten, der Alkohol, alles war in mir und tat seine Arbeit, und dann WUMM! – fliegt dieses Mädchen an meinem Fenster vorbei!«

Inmaculada hob eine Augenbraue. »Rafa hat mir davon erzählt. Dort seid ihr euch begegnet? Vor dem Hotel?«

Levke nickte und tupfte sich die letzten Tränen von den Wangen. »Danke fürs Zuhören«, sagte sie und nahm sich noch ein Stück Schinken, ließ ihn auf der Zunge. Der unfassbar cremige Geschmack entfaltete etwas Tröstliches.

Inmaculada schob den Tapasteller noch ein wenig näher an sie heran und sagte: »Iss nur. Du brauchst etwas auf den Rippen.«

»Ich weiß. Es ging nur nichts rein.«

Die Spanierin tippte sich auf die Brust. »Ich nehme immer zu, wenn ich Kummer habe.«

Levke hob die Schultern und biss in eine Krokette.

Inmaculada sah sie nachdenklich an, dann fragte sie: »Ist Rafa homosexuell?«

Levke verschluckte sich fast an der Krokette und hustete, schluckte schnell alles hinunter. »Wir haben uns bisher nicht über sein Liebesleben unterhalten«, gab sie zu bedenken.

Die Spanierin schnalzte bekümmert mit der Zunge.

»Etwas stimmt nicht mit ihm. Er bringt nie jemanden mit, dabei ist er doch ein junger Mann, er muss doch …« Den Rest ließ sie offen. »Du weißt schon.«

»Fändest du es schlimm, wenn er es wäre?«, fragte Levke. Im konservativen Spanien hatte eine Mutter vermutlich noch immer Probleme damit.

Inmaculada blies die Wangen auf. »Schlimm? Es wäre eine Katastrophe. Ich könnte mich nicht mehr in die Kirche wagen.« Sie schüttelte bekümmert den Kopf. »Aber ich glaube, dass er es ist. Es kann keine andere Erklärung geben.«

»Vielleicht schon«, wandte Levke ein. »Möglicherweise hat er einfach noch nicht die Richtige gefunden, geht seine Beziehungen eher locker an und nimmt sie nur mit zu sich. Wenn er eine Freundin mit hierher bringen würde … vielleicht hat er Sorge, dass du ihn dann sofort verheiraten willst.«

»Aber natürlich will ich das, ist das denn nicht normal? Eine Mutter möchte gern Enkelkinder haben! Meine beiden Töchter haben auch noch keine Kinder, sie wollen Karriere machen – ich werde sterben, ohne je einen Enkel im Arm gehalten zu haben!«

Ich würde auch keine Freundin mitbringen, wenn ich Rafael wäre, dachte Levke.

»Meine Eltern haben sich auch sehr gefreut, als sie Großeltern wurden«, sagte sie stattdessen verständnisvoll. »Aber eigentlich ist doch nur wichtig, dass aus seinen Kindern glückliche Menschen werden, oder nicht? Und Rafael geht es doch gut, er hat einen Job, eine eigene Wohnung, bestimmt hat er viele Freunde …«

Inmaculada verzog den Mund. »Ja, ja.« Dann fragte sie: »Und dir gefällt er nicht?« Sie zeigte auf sich selbst. »Ich als Schwiegermutter? Ein Traum!«

Fast hätte Levke gelächelt, doch diese Gefühlsregung war noch zu ungewohnt. Sie legte ihre Hand auf Inmaculadas. »Es wäre nicht der richtige Zeitpunkt für mich«, erklärte sie ausweichend. »Ich bin sicher, eines Tages werden die Enkelkinder schon kommen.«

Die Spanierin hob die Schultern. »Wenn man so dünn ist wie du, wird man sowieso nicht schwanger«, sagte sie bedauernd und schien dann zu bemerken, was sie eben gesagt hatte. »Und du trauerst natürlich, perdona.« Dann meinte sie mit Blick auf Levkes Frisur: »Ich schneide dir die Haare, wenn du willst. Ich habe das gelernt. Und ich gebe dir ein Kleid von meiner Tochter. Mit dieser Frisur und diesem T-Shirt siehst du aus wie vierzehn. Wie sollte Rafa sich da in dich verlieben?«

## Jordi

Jordi Barceló sah in seinem Büro noch einmal alle Aufzeichnungen und Unterlagen zum Fall der toten jungen Deutschen durch. Es fiel ihm nicht leicht, sich zu konzentrieren, nachdem er so lange gebraucht hatte, Nieves davon zu überzeugen, dass es nicht nötig war, den Trip mit ihrer Schwester abzubrechen.

Er ahnte, dass sie es am liebsten getan hätte – nicht, weil sie sich wirklich so höllisch um Mateo sorgte, sondern weil sie ihrem Exmann beweisen wollte, dass er es mal wieder verbockt hatte.

Glücklicherweise konnte er sie schließlich doch besänftigen, indem er ihr versprach, sofort nach Mateo zu sehen und herauszufinden, warum dieser nicht ans Handy ging. Wenn Nieves allerdings wüsste, dass er nach ihrem Anruf doch nicht nach Hause gefahren war, würde sie ihn umbringen. Aber der Fall ließ ihm einfach keine Ruhe – und Mateo saß doch ganz bestimmt noch immer vor dem Fernseher, auch wenn er nicht ans Handy ging. Wo sollte er denn sonst sein? Und dass er dort etwas anstellte – mein Gott, man musste ihm doch irgendwann auch mal vertrauen!

Darum hatte er Nieves nach Eintreffen im Büro eine Nachricht geschickt, dass alles in bester Ordnung sei und er ihr später noch ein Foto vom gemeinsamen Abendessen senden würde. Er konnte nur beten, dass er wenigstens dieses Versprechen wahrmachen konnte. Sonst saß er verdammt tief in der Scheiße.

Jordi seufzte und sah wieder die Papiere auf seinem Schreibtisch durch. Das Gespräch mit den Eltern im Hotel hatte viel zu lange gedauert. Statt über Insa zu sprechen, war es zunächst nur um die berufliche Laufbahn des Vaters und später um die akademische Karriere seines Sohnes gegangen. Er hatte Jordi Bilder von Tobias Kullmer gezeigt, auf denen dieser das Segelboot, das zurzeit auf Menorca am Hafen lag, steuerte. Dann ein Foto von ihm in einem schicken Sportwagen. Eines von seinem Bachelor-Abschluss. Tobi hinten, Tobi vorn. Anna hatte schon recht damit gehabt, dass dieser Junge von den Eltern bevorzugt wurde. Und dass Insas Wissen um die Betrügereien des Bruders dessen Status innerhalb der Familie in echte Gefahr gebracht hätte. Der junge Mann schien jedenfalls verschollen.

Jordi hatte Juan darauf angesetzt, ihn ausfindig zu machen, doch das war ihm noch nicht gelungen. Die Eltern wussten auch nicht, wo er steckte, sie hatten ihn seit dem gestrigen Frühstück nicht gesehen. Allerdings kam das wohl öfter vor. Kein Wunder, wenn man bedachte, dass der junge Mann schon Mitte zwanzig war.

Davon, dass er vor drei Tagen hier gewesen war, um seine Schwester zu besuchen, hörten sie allerdings auch zum ersten Mal.

»Das kann nicht sein«, hatte Insas Vater gesagt, »davon hätte Tobi uns erzählt.«

»Womöglich berichtet Ihr Sohn Ihnen nicht alles«, hatte Jordi freundlich erwidert. Genauso wenig wie die Tochter. Von einem teuren Ring hatten die Eltern nichts gewusst – ihnen war keiner ins Auge gestochen. Wahrscheinlich hatte das Mädchen darauf geachtet, ihn nur außerhalb ihres Zuhauses zu tragen, da sonst mit Sicherheit Fragen gekommen wären. Sie hatte also diesen Liebhaber, dessen Namen Anna nicht gewusst hatte, verbergen wollen. Wieso – dafür mochte es natürlich alle möglichen Gründe geben.

Im *Deutschen Haus* schätzte man bei Jordis Besuch vorhin weiterhin, dass das Mädchen gegen elf Uhr gegangen sei. Aber wohin? Ob sie in Begleitung gewesen war, daran erinnerte sich keiner. Als er ein Foto von Tobias Kullmer zeigte, das er sich aus dem Internet heruntergeladen hatte, zuckte man nur die Schultern. Der junge Mann hatte allerdings auch wirklich ein Allerweltsgesicht.

Hielt Tobi Kullmer sich auf Mallorca auf? Oder auf Menorca? Auf den Fähren gab es keine Passagierlisten, zumindest nicht über die Fußgänger, die in Ciutadella ein Ticket kauften.

Die Eltern hatten ihm, seit sie vom Tod ihrer Tochter erfahren hatten, mehrere Nachrichten geschrieben und versucht, ihn anzurufen. Doch bisher hatte er sich bei ihnen nicht gemeldet. Die Ortungsfunktion war deaktiviert, das Handy hatte sich zuletzt auf Menorca mit einer Funkzelle verbunden.

Auf Insas Handy waren seit dem Treffen mit ihm vor drei Tagen keine Telefonate mit ihm zu verzeichnen. Aber das hieß ja nicht, dass sie sich nicht gesehen hatten. Nun blieb ihm außer Tobias Kullmer niemand mehr – bis auf den Ringschenker möglicherweise. Wie Jordi an diesen herankommen sollte, war ihm allerdings noch nicht ganz klar. Womöglich würde es notwendig sein, mit den deutschen Kollegen zusammenzuarbeiten, damit diese vor Ort ihre Nachforschungen anstellten und im dortigen Umfeld nach diesem Herrn fahndeten. Zuerst aber wollte er mit dem Bruder reden.

Auch die Vernehmung von Florian Berger hatte keine neuen Erkenntnisse gebracht. Abgesehen davon, dass der Junge am Boden zerstört war, war nicht viel aus ihm herauszuholen. Die Story mit der Übernachtung auf einem Liegestuhl vor einem Café in Manacor stimmte jedenfalls. Außerdem hatten sie den Fahrer ausfindig machen können, der den Jungen etwa zur Tatzeit dort abgesetzt hatte und dann selbst nach Porto Cristo weitergefahren war. Florian Berger war somit clean.

Interessanterweise hatte dieser angemerkt, dass Levke Sönkamp sich bei ihrem ersten Zusammentreffen in Valldemossa etwas merkwürdig verhalten habe, zum Beispiel hätte sie dort in der Kartause verbotenerweise in Büchern geblättert – allerdings machte sie das noch lange nicht eines Mordes verdächtig.

Dass er sie vorhin so abserviert hatte, als sie ihm dieses Gemälde von der Cala Santanya zeigen wollte, die tatsächlich ausgesprochen schön war, tat ihm im Nachhinein leid. Wenn Nieves nicht so plötzlich angerufen hätte, hätte er sich natürlich die Zeit genommen.

Allerdings: Auch, wenn er es nicht gern zugab, die Frau verunsicherte ihn. Er wollte ihr gleichzeitig nahe sein und meilenweit davonrennen.

Vorhin zum Beispiel, als sie aus heiterem Himmel in der Hotellobby auftauchte und Insas Eltern ihr Beileid aussprach. Da war ihm so sehr danach gewesen, sie zur Seite zu nehmen und sie zu fragen, was man ihr bloß angetan hatte, weil sie so offensichtlich innerlich zitterte, als sie mit den Eltern redete. Sobald sie auftauchte, musste er sich zusammenreißen und um Sachlichkeit bemühen – das kostete ihn viel Kraft.

Einer Eingebung folgend, nahm er sein Privathandy zur Hand und rief bei seinem Studienkollegen aus Berliner Zeiten an, Stefan Growitz, der inzwischen bei der Hamburger Mordkommission arbeitete.

»Du, ich hab leider gar nicht so viel Zeit zum Plaudern«, sagte er, als dieser sich meldete, »ich rufe nur an, um zu fragen, ob du etwas für mich nachsehen könntest? Ist mal irgendwo bei euch etwas im Zusammenhang mit dem Namen Sönkamp passiert?« Glücklicherweise war Stefan ein Pragmatiker wie er. Man musste sich nicht mit Smalltalk aufhalten, wenn man eine wichtige Information benötigte.

Er hörte, wie sein Freund etwas in eine Suchmaske eingab, und nach einer Weile sagte er: »Unfall mit Todesfolge, meinst du das? Nähe Frankfurt. Drei Personen.«

Jordi schluckte. »Drei Personen, sagst du? Hast du Namen dazu?«

»Max, Zoe und Mia. Ein Mann und zwei Kinder. Das war ein Auffahrunfall. Verfahren wurde eingestellt, der Fahrer eines LKW kam ebenfalls ums Leben. Und noch ein weiterer Autofahrer.«

Jordi schluckte. »Wann war das?«

»Hm. Ich sehe gerade, dass das genau heute vor einem Jahr passiert ist. Warum fragst du?«

»Erzähle ich dir ein andermal, ich muss gleich los. Ich melde mich nächste Woche mal wieder, okay? Danke für deine Hilfe.«

»Da nicht für«, entgegnete Stefan, und sie verabschiedeten sich.

Jordi starrte auf die Tischplatte. Max Sönkamp. Sicher ihr Mann. Und ihre Kinder. »Scheiße.«

Entschlossen raffte er alle Unterlagen auf dem Schreibtisch zu einem Haufen zusammen und stand auf. Am besten er vergaß diese Sache sofort wieder, es hatte nichts mit diesem Fall zu tun. Er musste sowieso endlich nach Hause. Jetzt wurde es wirklich Zeit, seinem Sprössling einen Besuch abzustatten und zu schauen, wie weit dieser mit den Vorbereitungen fürs Abendessen war.

Als er die Tür zu seiner Wohnung aufschloss, nahm er sofort den Geruch wahr. »Mateo?«, rief er und schloss die Tür hinter sich. »Bist du hier?«

Keine Antwort. Jordi ging in die Küche und sah sich um. Auf der Anrichte lag eine Packung Weißbrot inmitten einer Unmenge von Krümeln. Eine leere Frischkäsebox, zwei verschmierte Messer. Keine sonstigen Einkäufe zu sehen. Er öffnete den Kühlschrank – Fehlanzeige. Kein Kaninchen.

Auf dem Küchentisch lagen Fetzen von Tabak. Dieser Saukerl!

»Mateo?«, rief er wieder und ging zum Wohnzimmer, aber auch dort war sein Sohn nicht zu sehen. Vier leere Fläschchen San Miguel standen hingegen auf dem Tisch. Und Aschekrümel auf dem Teppich.

»Verfluchte Scheiße«, murmelte Jordi und wählte die Nummer seines Sohnes. Als dieser tatsächlich einmal abhob, rief er: »Wo bist du? Mit wem warst du hier? Und wo sind die Einkäufe?«

»Was willst du von mir?«, fragte Mateo. Im Hintergrund

vernahm Jordi Gelächter. »Ich räum nachher auf, ich hab noch nicht mit dir gerechnet.«

»Aber wir sind für heute Abend verabredet, wir wollten zusammen kochen! Deine Mutter hat angerufen, sie hat mir die Hölle wegen des Bereitschaftsdienstes heiß gemacht und weil ich mich noch nicht bei ihr gemeldet hatte. Mateo, wir müssen ihr beweisen, dass es mit uns läuft, auch wenn sie nicht ununterbrochen den Wachhund mimt.«

»Dass es läuft?« Sein Sohn lachte. »Es läuft aber nichts. So wie immer, wenn du was versprichst!«

»Das ist doch nicht wahr«, sagte Jordi. »Wir waren gestern zusammen Klettern und Abendessen, ich weiß gar nicht, was du willst. Willst du etwa, dass deine Mutter dich abholt, oder wie soll ich deine Worte verstehen?«

»Natürlich nicht! Aber dass du so tust, als wäre hier alles super, ist Heuchelei. Ursprünglich wollten wir wegfahren, erinnerst du dich? Ich hab aber genau gewusst, dass du kneifen wirst, dass du es nur so sagst. Ich hab dich getestet und du hast exakt so reagiert, wie ich es mir gedacht habe, hast alles abgeblasen, und heute bist du gleich wieder den ganzen Tag verschwunden, hast nach einem Tag schon genug von mir!«

»Mateo, das ist alles nicht wahr!«, wiederholte Jordi. »Ich kann auch nichts dafür, wenn ein Kollege Vater wird und ich beim Bereitschaftsdienst einspringen muss.«

»Hoffentlich wird er mal ein besserer Vater als du«, sagte Mateo.

»Ich hole dich ab«, entgegnete Jordi, »sag mir sofort, wo du bist.«

»Wetten, du kommst nicht?« Mateo lachte wieder.

»Wo du bist, habe ich gefragt.«

»An der Fuente de la tortuga, Señor Inspector-jefe de Homicidios«, ratterte Mateo. »Ich lasse es mir gut gehen, trinke ein feines Bier und rauche ein bisschen Gras. Was dagegen?« Dann legte er auf.

Kaum war Jordi im Flur, klingelte sein Diensthandy.

»Sí?«, fragte er matt.

»Der Bruder der Toten, Tobias Kullmer, ist eben mit der Fähre aus Alcúdia auf Menorca eingetroffen, und die Kollegen haben ihn in Empfang genommen. Sie fragen, ob du persönlich kommen möchtest, um ihn zu verhören, oder ob ihr eine Fernschaltung machen wollt.«

## Levke

Levke saß auf einem Stuhl in Inmaculadas Esszimmer. Über ihren Schultern hing ein Regenponcho, den Rafaels Mutter ihr aufgedrängt hatte, und sie lauschte dem Rascheln der herabfallenden Haarspitzen auf das wasserabweisende Plastik.

Nachdem sie zunächst Inmaculadas Angebot mit dem Kleid ihrer Tochter ausgeschlagen hatte und sich den Kopf zerbrach, wie sie Anna trotz deren ausgeschaltetem Handy erreichen sollte, um mehr über diesen Lessing zu erfahren, war sie nach einer erfrischenden Dusche zunächst in einen Laden um die Ecke gegangen. Es war ein Ökoladen mit fair gehandelter Kleidung, und nun trug Levke eine taillierte, senfgelbe Baumwollbluse und einen Jeansrock, der kurz über ihren Knien endete.

Zumindest sah sie nun nicht mehr so kindlich aus, selbst Inmaculada hatte anerkennend genickt, als sie zurückkam.

Dann hatte die Spanierin ihr das Zimmer gezeigt, in dem sie die nächsten zwei Wochen unterkommen sollte. Ein wenig war Levke bei dessen Anblick schon erschrocken. Es war karg eingerichtet: Ein schmales Bett, ein Holzschrank, eine

Kommode, auf der eine Bibel lag. Über dem Bett hing ein Kruzifix. Das konnte unmöglich hängen bleiben, sie würde es abends in einer Schublade verstauen.

Zu Inmaculada hatte sie natürlich gesagt, dass ihr der Raum gefiele. Diese hatte zufrieden genickt und sie dann genötigt, sich von ihr die Haare schneiden zu lassen, wenn sie schon das alte Kleid ihrer Tochter nicht wollte.

Zugegeben, schlimmer als Levkes derzeitige Frisur konnte es nicht werden, und so hatte sie ergeben auf dem Stuhl Platz genommen und lauschte seither dem Schnippschnapp von Inmaculadas professioneller Haarschneideschere und der Schilderung der Vorzüge ihres Sohnes.

»Sein Journalismus-Studium an der Universität in Granada hat er mit sehr gut abgeschlossen, Levka. Mein Sohn ist wirklich ein helles Köpfchen.«

Tatsächlich ließ der schlaue Kopf nicht lange auf sich warten. Rafaels Mutter war fast mit ihrem Werk fertig, als sie den Schlüssel in der Wohnungstür vernahmen und kurz darauf ihr Sohn im Zimmer stand. Er war herausgeputzt. Trug eine dunkle Jeans und ein hellblaues Hemd, das sehr gut zu seinem dunklen Schopf passte.

Als er Levke erblickte, sagte er anerkennend. »Genial.«

Sie fürchtete sich trotz des Kompliments ein bisschen vor dem, was Inmaculada mit so flinken Fingern mit ihr anstellte. Ein Spiegel gegenüber ihrem Platz wäre fein gewesen.

Rafael setzte sich auf einen der Stühle am Tisch und legte das Kinn auf die Hände. »Du bist ja hübsch.«

Ja, sie war mal ›ein Hingucker‹ gewesen. Bevor ihr Leben zerbrochen war.

Inmaculada warf ihrem Sohn einen vielsagenden Blick zu und stellte sich dann vor sie hin, betrachtete ihr Werk, richtete die Längen von Levkes Haar an ihrem Kinn aus und sagte: »Schüttel doch mal den Kopf, bitte.«

Levke tat wie geheißen.

»Du hast welliges Haar«, stellte die Spanierin fest.

Levke runzelte die Stirn. »Als Kind, ja.«

»Vielleicht waren die Locken weg, weil dein Haar länger war, aber sie sind zurück.«

Inmaculada befreite Levkes Umhang von den Haarspitzen und half ihr, den Regenponcho abzulegen. Zufrieden betrachtete sie ihr Werk, und Rafael verzog anerkennend die Mundwinkel, musterte Levke von oben bis unten.

»Du siehst verändert aus.« Er machte eine allumfassende Handbewegung. »Wie neu geboren.«

Levke sah Inmaculada fragend an. »Hast du einen Spiegel?«

Die Spanierin lotste sie in den Flur, wo ein Ganzkörperspiegel mit geschwungenem Messingrahmen hing. Zögernd trat Levke davor und starrte die schmale und blasse Gestalt an, die ihr da entgegensah. Ihre Frisur erinnerte sie an eine Zwanzigerjahrefrisur, das Haar schmiegte sich in einer leichten Welle um ihren Kopf, dabei hatte Inmaculada es noch nicht einmal geföhnt.

»Hast du etwas Mascara?«, fragte sie leise. In ihrem Beautycase befand sich keine Schminke, nur das Nötigste für den Kurztrip. Ein Koffer war für ihr Vorhaben nicht nötig gewesen.

»Sehr gute Idee«, brummte Rafaels Mutter und verschwand im Badezimmer, hielt ihr kurz darauf die Wimperntusche entgegen. »Ist ein bisschen vertrocknet, weil ich es nur noch ganz selten benutze, aber vielleicht geht es.«

Levke tuschte vorsichtig ihre Wimpern, tatsächlich kam nicht viel, erst als sie den Vorgang ein paarmal wiederholte, färbten sie sich dunkel und vergrößerten ihre Augen. Mit dem kleinen Finger entfernte sie einen Klecks unterhalb des Lides, der daneben gegangen war.

Sie trat einen Schritt zurück und betrachtete sich erneut. Sie sah tatsächlich irgendwie frisch aus. Früher hatte sie sich täglich geschminkt. Es hatte zu ihrem Tagesablauf dazu gehört wie das Zähneputzen. Ohne Wimperntusche wäre sie niemals aus dem Haus gegangen.

Inmaculada strahlte und hauchte: »Sehr schön.«

»Danke für deine Hilfe«, sagte Levke. »Du kannst wirklich toll Haare schneiden.«

Die Spanierin deutete eine Verbeugung an, erwiderte »Gelernt ist gelernt« und schob Levke in Richtung Esszimmer zurück.

»Me gusta«, gab Rafael erneut seiner Anerkennung Ausdruck, als er sie erblickte.

Inmaculada sah ihren Sohn auffordernd an. »Und?«, forderte sie, als erwarte sie von ihm, dass er Levke einen Antrag machte.

Stattdessen fragte er: »Wie war dein Tag? Was hast du unternommen? Warst du am Strand?«

Levke schüttelte den Kopf und holte das Gemälde aus dem Flur, legte es auf den Tisch.

»Das ist ja die Cala Santanya«, sagte Inmaculada und betrachtete anerkennend das Bild. »Wie hübsch!«

Levke nickte und erzählte Rafael alles, was seit dem Morgen geschehen war. Sie schloss mit den Worten: »Jetzt bin ich fast froh, dass die Fluglotsen streiken, sonst müssten wir uns sorgen, dass dieser Lessing schon längst über alle Berge ist.«

Rafael inspizierte mit zusammengekniffenen Augen das Zentrum des Gemäldes. »Zuerst einmal sollte man herausfinden, ob er – wer auch immer das ist – überhaupt auf der

Insel war. Ich kann hier kaum etwas erkennen. Anna könnte sich getäuscht haben.«

Levke verdrehte die Augen. »Aber sie hat ihn doch erkannt.«

»Manchmal wollen Menschen Dinge sehen, die nicht da sind«, wandte er ein und bedachte seine Mutter mit einem vielsagenden Blick. »Ich hab mich auch schon mal im Lokal immer wieder umgesetzt, weil mich die Sonne geblendet hat.« Er tippte auf das Bild. »Die haben da ja keine Schirme. Der Typ wollte die Zeitung lesen, aber das weiße Papier reflektierte die Sonne. Da setzt man sich eben ein paarmal um.«

Levke presste die Kiefer aufeinander. Sah sie wirklich Gespenster? Verrannte sie sich in etwas, weil sie auf Teufel komm raus einen Verantwortlichen für Insas Tod finden wollte?

»Wir könnten die Passagierlisten durchgehen«, sagte Rafael. »Ich hoffe, Lessing ist kein sehr häufiger Name?«

»Du hast Zugriff auf die Passagierlisten aller Fluglinien?«, fragte Levke mit großen Augen, ohne auf seine Frage einzugehen.

»Nicht ich, aber jemand, den ich kenne. Es gibt ein Meldesystem, dort kann man alle Listen einsehen, wer aus der EU rein- oder rausfliegt. Vielleicht haben wir Glück.« Rafael zog sein Handy aus der Hosentasche und wählte eine Nummer.

Levke lauschte ungläubig dem Gespräch. Sie musste den Namen Lessing buchstabieren, und Rafael wiederholte ihre Angaben. Beim Vornamen mussten sie leider passen. Die Person am anderen Ende der Leitung brauchte nicht lange für ihre Anfrage – Rafael zog derweil einen Notizblock und einen Stift aus seiner Schultertasche. Dann murmelte er: »Ulrich Lessing, 47 Jahre alt, kam am 24.3. mit Condor aus Köln, gebuchter Rückflug heute – na, der sitzt schon mal fest. Renate Lessing, 58 Jahre alt, kam am 28.3. mit Lufthansa aus Frankfurt, Rückflug am 4.4.. Bernd Lessing, 35 Jahre alt, kam am 29.3., also vorgestern, mit Iberia aus Hannover, Rückflug heute. Leonie Lessing, 17 Jahre alt, kam am 25.3. mit Condor aus Frankfurt, Rückflug morgen. Das war's?«

Rafael beendete das Gespräch und sagte zu Levke gewandt: »Die Frauen scheiden ja schon mal aus. Weißt du, wann Insa und ihre Freundin hier ankamen?«

»Sie waren schon ein paar Tage hier. Eine Woche vielleicht?«

Rafael tippte auf die Liste. »Dann wären Ulrich und Bernd Lessing interessant. Wobei, wenn du mich fragst, ist dieser Ulrich unser Mann. Vielleicht waren er und Insa hier miteinander verabredet und dann kam Flo dazwischen?«

»Ein Mord aus Eifersucht meinst du?« Levke nickte. Natürlich. Eifersucht war ein starkes Motiv.

Sie nahm ihr Handy zur Hand und googelte den Namen. Dazu die Stadt Düsseldorf. Es gab nur den Eintrag des Lessing-Gymnasiums und den Mitarbeiter einer Consultingfirma ohne Foto.

»Wir müssen Anna finden«, sagte sie und schob ihren Stuhl zurück.

»Rufen wir sie doch einfach an«, schlug Rafael vor. »Vielleicht hat sie ihr Handy wieder angeschaltet.«

Levke probierte es eilig – doch wieder ging nur die Mailbox ran. »Wir müssen hin. Vielleicht treffen wir sie im Hotel.«

»Aber das Abendessen!«, klagte Inmaculada.

Levke sah sie zerknirscht an. »Ich kann nicht hier sitzen und abwarten. Tut mir sehr leid. Aber vielleicht bin ich rechtzeitig wieder zurück.«

»Und wie ist es mit dir, Rafa?«, wandte Inmaculada sich an ihren Sohn. »Kannst du deinen Termin nicht auch …?«

»Nein, das kann ich nicht!«, sagte Rafael bestimmt.

»Aber wenn es irgendwie geht, komm bitte noch vorbei«, überging sie seinen Einwand. »Wenn du möchtest, kannst du auch hier übernachten. Levkes Bett ist breit genug!«

## Er

Wie konnte man solches Pech haben? Es war unverschämtes Kalkül der Fluglotsen, ausgerechnet über die Osterfeiertage den Dienst einzustellen. Verdienten die nicht schon genug? Piloten und Fluglotsen, das war doch bekannt, hatten die bestbezahlten Jobs überhaupt!

Den Hinflug hatte er schon über Hannover nehmen müssen, weil es aus Köln keine Flieger mehr gab. Der ganze Trip kostete ihn ein Vermögen, aber er hatte keine andere Wahl gehabt. Dass er heute Abend nicht zu Hause war, wenn Bianca zurückkehrte, setzte dem Ganzen die Krone auf. Er wusste noch gar nicht, was er ihr für eine Geschichte auftischen sollte, wo er steckte. Überhaupt tigerte er hier in Playa de Palma ziemlich planlos herum, seitdem ihm klargeworden war, dass er kein Zimmer mehr bekam. Die letzten beiden Nächte war er über ein Privatportal untergekommen, aber auch dieses Zimmer war jetzt belegt.

Wieder kontrollierte er auf seinem Handy, ob der Fluglotsenstreik vielleicht doch endlich beigelegt wurde – in dem Fall würde er morgen in eine der ersten Maschinen kommen, musste einfach nur die Nacht durchmachen.

Was ihm aber über alledem keine Ruhe ließ: Er hatte einen dummen Fehler begangen, als er bei Insa war. Sie hatte ihm den Ring zurückgegeben, und er hatte ihn eingesteckt. Das hätte er nicht tun dürfen. Ständig musste er daran denken, dass jemand bemerken könnte, dass der Ring fehlte.

## Levke

Seit einer halben Stunde steckten Levke und Rafael im Verkehr fest. Die Innenstadt Palmas war dicht – Rafael konnte ihr nicht erklären, was los war. Sie waren zusammen in Levkes Mietwagen gestartet, was sie beide inzwischen bitter bereuten. Rafael hätte sich bequem mit seinem Motorrad zwischen den gedrängten Autos hindurchschlängeln und schon mal auf die Suche nach Anna begeben können – stattdessen saß er hier mit ihr fest. Die Sonne ging allmählich unter. Rafael nutzte die Zeit, noch einmal bei seinem Freund Jordi durchzuklingeln, um ihm die neue Sachlage zu erklären.

Damit Levke mithören konnte, stellte er das Gespräch auf Lautsprecher. Jordi Barcelós Stimme klang mürrisch, als er sich meldete.

»Keine Sorge«, sagte Rafael, »ich komme dir nicht wieder mit dem Porträt. Aber es geht um etwas ähnliches – ein Gemälde nämlich. Aus der Cala Santanya.«

Am anderen Ende der Leitung herrschte Stille.

»Du weißt vermutlich, welches Gemälde ich meine?«

»Geht es um das, das die Zeugin Sönkamp mir zeigen wollte? Ich dachte, es handelt sich um ein Souvenir! Kam sie damit jetzt zu dir? Was ist mit dem Bild? Ich wusste gar nicht, dass ihr Kontakt habt.«

»Sie wohnt bei meiner Mutter.«

Levke schnaubte. Irgendwie war das Ganze saukomisch. Was sollte der Inspektor denken?

»Sie wohnt – wo?«

»Sie brauchte ein Zimmer, und der Fall um das tote Mädchen lässt sie einfach nicht los – genauso wenig wie mich im Übrigen …«

Rafael umriss dem Inspektor, dass es sich bei dem Bild um den Teil einer Serie handelte, auf der das junge Liebespaar und ein Mann zu sehen waren, der sich auffallend verhielt. Und dass Anna jenen Mann unter dem Namen »Lessing« identifiziert hätte. Und dass dieser dem Mädchen möglicherweise den Ring geschenkt hatte, der jetzt fehlte.

Oh Gott, dachte Levke, klingt das dilettantisch.

»Machst du Witze?«, fragte Jordi Barceló prompt, »Anna will jemanden auf einem Gemälde erkannt haben?« Er lachte lauthals. Das Gelächter hallte durch das Innere des FIAT 500 und verursachte Levke eine Gänsehaut.

Sie sah Rafael an und tippte sich an die Stirn, als der Inspektor fortfuhr: »Bei der Befragung wusste Anna beim besten Willen keinen Namen – aber jetzt fiel ihr einer ein? Mir scheint, dass in diesem Fall so langsam alle am Rad drehen. Du willst sowieso nur deine Story. Und diese anderen … die steigern sich in etwas hinein, wenn du mich fragst. Ein Maler malt, was seiner Fantasie entspringt! Oder ist der Mann Gerichtszeichner? Leitest du jetzt vielleicht die Ermittlungen, Rafa?«, fragte er. »Hast du zufällig auch einen Abschluss in Kriminologie und eine polizeiliche Laufbahn beschritten? Dann wüsstest du, dass ich nicht aufgrund irgendeiner Krakelei nach jemandem fahnden lassen kann – dazu erteilt mir kein Richter der Welt eine Erlaubnis. Eben hörte ich übrigens über Funk, dass diese beiden Kinder, Anna und Flo, sich am Balneario 1 herumtreiben, obwohl es dort gestern Abend eine Messerstecherei gab und heute vermutlich bald wieder die Luft brennt. Aber nein – statt unter ihresgleichen zu bleiben, spazieren sie da rüber wie Rotkäppchen in den Wald. Ich sag dir, Rafa, die nehmen alle zu viele Drogen. Anders kann ich mir das nicht erklären.«

»Aber dieser Maler ist kein normaler Maler, er hat ein fotografisches Gedächtnis, und vielleicht ist Anna ja erst bei dem Anblick des Bildes wieder eingefallen, wie der geheimnisvolle Unbekannte hieß. Diese Informationen kannst du doch nicht einfach ignorieren. Ich würde jedenfalls gern morgen auf der Titelseite die Aufklärung des Mordes an dem jungen Mädchen verkünden«, erklärte Rafael. »Ich kann nicht verstehen, wieso du diesem Hinweis nicht nachgehen willst.«

»Weil er von Personen stammt, die ich für nicht verlässlich halte, weil sie von ihren Gefühlen getrieben werden«, entgegnete Jordi Barceló, und Levke zog empört die Luft ein.

»Im Moment bin ich mit Levke Sönkamp im Auto – sei also vorsichtig, was du sagst, sie hört mit«, sagte Rafael und zwinkerte ihr zu.

Levke rutschte in ihren Sitz. Sie verstand ihn nicht. War es klug, Jordi Barceló so gegen sich aufzubringen? Denn das tat er. Der Inspektor erwiderte nämlich kein Wort mehr, sondern knallte den Hörer auf.

»Warum hast du ihm das erzählt?«, fragte sie, während sie sich Meter um Meter in der Autoschlange vorarbeiteten.

»Ich halte die Angelegenheit mit diesem Lessing inzwischen auch für eine heiße Spur und möchte, dass Jordi weiß, dass ich mit dir unterwegs bin. Ich habe so im Gefühl, dass ihn das in Aktion bringen wird.«

»Eher im Gegenteil.« Levke schüttelte den Kopf. »Der Typ hasst mich. Er hat mir sogar schon mit Polizeigewahrsam gedroht. Dass ich diesen Maler aufgegabelt habe, wird dazu beitragen, dass er die Sache nicht weiter verfolgt. »

Rafael sah sie amüsiert an. »Das glaube ich nicht. Aber wir

werden sehen. Dass wir jetzt unterwegs zu Anna sind, kann er sich denken.«

Eben ging es im Verkehr vorwärts, und Levke schaltete in den zweiten Gang. »Aber wenn er vor uns bei Anna ist, wird er uns wieder verbieten, miteinander zu reden, meinst du nicht?«

Rafael sah sie belustigt an. »Hat er es euch verboten?«

Sie nickte und setzte den Blinker. Ein liegengebliebenes Fahrzeug. Also das war der Grund. Endlich konnte sie Gas geben.

»Kann mir nicht vorstellen, dass das angemessen war.« Rafael schüttelte den Kopf. »Dieser Kerl.«

Nun ja, eigentlich hatte er ihnen nur verboten, mit den Eltern oder Flo vor deren Befragung zu reden, aber wer wusste denn, was dem Inspektor noch alles einfiel. Dieser Jordi war wirklich Respekt einflößend.

»Jedenfalls hoffe ich, dass wir Anna sprechen können, bevor er es tut.«

»Wieso?«, fragte Rafael. »Wenn er es zuerst tut, wird er höchstwahrscheinlich etwas über das Motiv des Herrn erfahren, ihn zur Fahndung ausrufen, einkassieren und dem Haftrichter vorführen. Damit wäre doch unser Ziel erreicht. Nur zu meinem Foto müsste ich noch kommen.«

Rafael hatte recht. Für eines war das Telefonat mit Jordi Barceló immerhin gut gewesen: Jetzt wusste sie, wo sie Anna finden konnte. Sie gab noch einmal Gas – zu schade, dass sie auf der Autobahn nicht schneller als 120 km/h fahren durfte.

An der Abfahrt nach Playa de Palma drosselte Levke das Tempo, durchfuhr kurz darauf einen Kreisverkehr und bog in die Straße ein, die zum *Tres Pinos* und dann weiter Richtung Balneario 1 führte. Genau genommen hätte sie auch die Abfahrt El Arenal nehmen können, aber vielleicht liefen Anna und Flo ihnen ja hier über den Weg. An der Ecke zum *Tres Pinos* hielt sie an, kramte in ihrem Beutel nach ihrem Handy. Es war ein Versuch. Vielleicht hatte Anna das Gerät endlich wieder eingeschaltet. Eilig drückte sie auf dic Wahlwiederholung und lauschte in die Leitung.

»Ja?« Annas Stimme klang aufgeregt und ängstlich.

»Hier ist Levke! Ich bin an unserem Hotel. Warum hast du dich nicht bei mir gemeldet? Wo genau steckst du? »

»Ich bin mit Flo vor einer Kneipe, warte, sie heißt Club Oranje – Insas Chef ist da drin. Ich weiß nicht, was wir machen sollen!«

*Insas Chef?*

»Ist das dieser Lessing?«

»Sicher! Ich erklär dir gleich alles, wenn du hier bist.«

»Kennst du einen Club Oranje?«, fragte Levke Rafael.

»Natürlich.« Er verzog den Mund. »Der Schuppen ist berühmt-berüchtigt.«

»Bleib, wo du bist«, sagte Levke zu Anna. »Ich bin gleich da.«

Als sie den Wagen startete, glitt ihr Blick an der Hotelfassade entlang, und sie bemerkte wieder das fehlende Licht an Insas Balkon.

Rafael schien ihre Gedanken zu erraten: »Vermutlich ist das Zimmer noch immer gesperrt, sonst hätte man die doch längst ausgetauscht.«

Levke nickte und fuhr los. Das Licht an dem anderen Balkon, der zuvor dunkel gewesen war, brannte jedenfalls wieder.

»Sagt mal, Leute«, schimpfte Jordi ins Telefon, »es kann doch nicht so schwer sein, eine Videoschaltung herzustellen? Ihr habt das doch schon hundert Mal gemacht!«

Die Kollegen aus Menorca klangen kleinlaut. »Unser Techniker ist im Osterurlaub, wir mussten erst mal das Handbuch …«

»Coño.« Jordi verdrehte die Augen. Am besten, sie ließen den Bruder der Toten das mit der Technik übernehmen, dann ging das Ganze vermutlich schneller. Überhaupt war er völlig geladen. Dieser Tag hatte es in sich gehabt, und er war anscheinend noch lange nicht vorbei.

Nachdem klar war, dass man Tobias Kullmer in Ciutadella an der Fähre aus Alcúdia aufgegabelt hatte, war Jordi zuerst ins Zentrum gefahren, um dort seinen Sohn am Schildkrötenbrunnen einzusammeln. Dabei musste er sich eingestehen, dass es ihm nicht nur um die Sorge um Mateo gegangen war. Vor allem wollte er verhindern, dass ihm seine Kollegen zuvorkamen, die in der Fußgängerzone Streife liefen und Straßenverkäufer vertrieben, die keine Zulassung vorweisen konnten, oder betrunkene Jugendliche aus den verwinkelten Gassen verscheuchten.

Und dann die Blamage: Mateo hatte stocknüchtern mit seinem Freund Daniel auf einer Bank gesessen und Pokémon-Portale geknackt, die auf dem Platz verteilt waren. Zu seinen Füßen stand eine Einkaufstüte mit dem Kaninchen und frischem Gemüse. Selbst die bestellten Oliven waren dabei.

Als Jordi herangejoggt kam, zeigte sein Sohn mit dem Finger auf ihn und lachte. »Du dachtest wohl, du findest mich mit einer Nadel im Arm im Brunnen«, rief er spöttisch. »Ich wollte dir nur ein schlechtes Gewissen machen, sonst nichts«, fügte er zwinkernd hinzu. »Dass wir nicht in die Berge gefahren sind, hat mich wirklich erleichtert.«

Sein Freund fiel in sein Lachen ein und warf eine Zigarettenkippe zu Boden, die er mit dem Schuh austrat.

Die aufsteigende Wut schluckte Jordi vor Mateos Freund hinunter und machte auf guter Verlierer. Er nahm seinen Sohn bei den Schultern und schüttelte ihn freundschaftlich, dabei war ihm danach, ihm eine saftige Ohrfeige zu verpassen.

Wusste Mateo nicht, dass sein Vater genug um die Ohren hatte? Zu allem Überfluss hatte er noch nicht einmal zusammen mit Mateo nach Hause gehen und endlich mit dem Kochen beginnen können – so ein Kaninchen brauchte ja auch eine Weile. Nein, er musste noch mal hierher, zur Comisaría in Playa de Palma, wegen der Videoschaltung, die jetzt nicht funktionierte.

Also hatte er kurzerhand die beiden Jungs zum Kochen verdonnert. »Das Internet ist voller Rezepte«, hatte er gesagt, »ich muss noch mal weg, bin aber zum Abendessen zurück.«

Mateo blies die Wangen auf. »Ich krieg noch nicht mal ne Tiefkühlpizza hin, Papa. Wie sollen wir da ein Kaninchen zubereiten?«

»Das ist jetzt eure Aufgabe«, erklärte Jordi fest. Zu Daniel gewandt sagte er: »Bei mir in der Wohnung wird nicht geraucht, verstanden?«

Dieser legte die Hand an die Schläfe. »Wird gemacht, Chef.«

Er hatte die beiden flachsenden Jungen zurückgelassen – zu ihm nach Hause würden sie es auch allein schaffen –, als auf dem Weg zum Auto sein Handy klingelte, und Rafael ihm mit dieser hanebüchenen Geschichte um dieses Gemälde gekommen war.

Dass er sich wahnsinnig über seine eigene Nachlässigkeit bezüglich Levke Sönkamp geärgert hatte, hatte er Rafael natürlich nicht gesagt, stattdessen hatte er rumgetönt und das Ganze abgetan. Anscheinend war die Deutsche extra ins Hotel gekommen, um ihm dieses Bild zu zeigen – und er hatte sie zweimal abserviert. Zuerst vor Anna, mit der sie vermutlich auch über das Bild gesprochen hatte, und dann noch mal in der Lobby.

Das nächste Mal, wenn er sie sah, würde er sie vorbildlich behandeln. Zumal es ihn berührte, was sie vor einem Jahr durchgemacht hatte.

»So, Chef, Verbindung steht!«, rief einer der diensthabenden Kollegen von Ciutadella durch die Leitung. »Wir können loslegen, wenn du willst.«

Insa Kullmers Bruder sah blass aus. Er saß kerzengrade auf dem Stuhl und starrte in die Kamera. Er hörte Jordis Stimme lediglich über die Freisprechanlage des Telefons. Für Insas Bruder war es nicht wichtig, die Reaktionen in Jordis Gesicht abzulesen, umgekehrt schon.

Jordi klärte ihn über seine Pflichten auf und begann dann auf Deutsch mit der Befragung. »Wir hoffen, dass Sie uns helfen können, die Todesumstände Ihrer Schwester aufzuklären, Herr Kullmer – wann haben Sie sie zuletzt gesehen?«

Der Junge kratzte sich am Kinn. »Ich war gestern Abend am Ballermann bei ihr«, gab er unumwunden zu. »Ich hab mit ihr gesprochen.« Dann blickte er fragend in die Kamera. »Steht mir nicht eigentlich ein Anwalt zu? Mein Vater würde sicher einen …«

»Warum? – Sie sind unser Zeuge und nicht angeklagt.«

»Na ja, ich weiß ja nicht, was noch kommt.« Er grinste gezwungen »So, wie Sie mich an der Fähre haben abfangen lassen … Ihre Kollegen waren nicht gerade darauf bedacht, mir die Nachricht vom Tod meiner Schwester möglichst schonend zu überbringen.«

Er schüttelte betrübt den Kopf – doch Jordi nahm ihm die Show nicht ab. Der Junge kam nach Jordis Menschenkenntnis ziemlich nach seinem Vater.

»Wir setzen einfach Prioritäten, wenn ein wichtiger Zeuge in einem ungeklärten Todesfall nicht auffindbar ist und uns dann plötzlich gegenüber steht«, antwortete er auf den Einwand des Jungen. »Ein Anwalt ließe sich übrigens arrangieren, wenn Sie glauben, dass Sie einen brauchen werden. Aber überlegen Sie es sich gut, denn im Moment streiken die Fluglotsen, und das könnte dauern. Ohne Anwalt könnten wir die Sache hier rasch hinter uns bringen und Sie schon heute wieder an den Strand entlassen.«

Tobias Kullmer räusperte sich. »Okay«, sagte er, »fragen Sie weiter.«

»Worüber haben Sie und Ihre Schwester gesprochen? Und waren Sie diese Woche nicht schon einmal bei ihr? Das ist doch jedes Mal eine ganz schöne Tour mit der Fähre. Was war denn so dringend?«

»Wir hatten eine Auseinandersetzung wegen unserer Eltern. Meine Schwester hat mir gesagt, dass sie meinen Vater wegen einer Privatangelegenheit sprechen wollte, und da …«

»Es wäre schön, wenn Sie mir das etwas näher erläutern würden.«

»Ich studiere Betriebswirtschaftslehre, wissen Sie. Da kommt es nicht von ungefähr, dass ich versuche, ökonomisch sinnvolle Entscheidungen zu treffen. Dazu gehörte, dass ich eine Wohnung untervermietet habe und dabei eine ganz gute Gewinnspanne …«

»Jemand hat mir gesagt, dass Sie Ihren Vater um Geld betrogen haben«, berichtigte Jordi. »Ist das korrekt?«

Tobias Kullmer verdrehte die Augen. »Ich sage ja: Das ist meine Privatangelegenheit.«

»Ihre Schwester wollte Ihrem Vater davon erzählen, stimmt das?«

»Bin ich jetzt doch angeklagt?«

»Nein, wir unterhalten uns. Aber sollten Sie befürchten, dass Sie sich mit Ihrer Aussage selbst belasten, besorgen wir doch den Anwalt.«

Tobias Kullmer schüttelte den Kopf. »Was Insa da erzählt hat, war nur leeres Gerede. Sie wollte sich wichtig machen. Wollte auch mal Daddys Darling sein. Insa fühlte sich immer benachteiligt, wissen Sie?« Er tippte sich an den Kopf. »Dabei reicht es eben nicht, hübsch zu sein, man braucht auch ein bisschen Grips.«

»Konnten Sie Ihre Schwester überzeugen, Ihrem Vater nichts von ihrem guten Geschäftssinn zu erzählen?«

Tobias Kullmer räusperte sich wieder. »Also … zuerst nicht, aber bei meinem zweiten Kommen schon.«

»Erzählen Sie mir davon.«

»Ich kam gestern spät abends mit der Fähre in Alcúdia an, ein Kumpel hat mich abgeholt und mit nach Palma genommen. Wir wollten den Abend dort zusammen verbringen, am nächsten Tag wollte ich mit meiner Schwester reden, sie morgens im Hotel beim Frühstück überraschen – aber dann traf ich sie zufällig im Deutschen Haus.«

»Weshalb hatten Sie Ihr Handy seit Menorca ausgeschaltet? Da Sie mit Ihrer Schwester reden wollten, ist das doch merkwürdig. Hätte ja auch sein können, dass Sie sie beim Frühstück verpassen.«

»Von ausgeschaltet kann nicht die Rede sein, das Ding hat seinen Geist aufgegeben. Ich musste mir ein neues Handy in Ciutadella kaufen. Natürlich hab ich ein Billigteil genommen, auf das andere habe ich noch Garantie, das werde ich in Deutschland einschicken.«

Jordi machte sich eine Notiz, die Kollegen sollten sich das defekte Gerät zeigen lassen. »Noch mal zu Ihrem Kumpel. Name?«

»Sebastian Nitsch.«

»Hat er Sie mit Ihrer Schwester im Deutschen Haus gesehen?«

»Also ›im‹ ist nicht ganz korrekt, Insa war gerade im Begriff zu gehen, sie war schon an der Tür. Sebastian ist dann weitergezogen. Meine Schwester und ich sind an den Strand gegangen. Sie war schlecht drauf, weil ihr Herzblatt ihr abgesagt hatte, sie musste erst mal runterkommen.«

»Konnten Sie sie denn überzeugen, dass sie Ihrem Vater doch nichts von Ihrem Geschäftssinn verrät?«

Tobias Kullmer verschränkte die Arme und sah feindselig in die Kamera. »Ja. Konnte ich.«

Jordi grinste in sich hinein. »Sie sind also als liebende Geschwister auseinandergegangen?«

»Das nicht gerade.«

»Ach?«

Tobias Kullmer lehnte sich jetzt nach vorn an den Tisch. »Sie war sogar ziemlich aufgewühlt, als wir uns getrennt haben. Sie hat geheult, weil ihr Plan, mich bei unserem Vater anzuschwärzen, nicht aufgegangen war.«

»Wie das?«

Insas Bruder sah in die Ferne, dann meinte er: »Über Tote soll man nicht schlecht reden.«

»Seien Sie ganz beruhigt, wir sind hier nicht in der Kirche.«

Der Junge schnaubte. »Sie war mit ihrem Boss in der

Kiste und hat teure Geschenke von ihm angenommen.«

»Hat sie das? Woher wissen Sie das?«

»Von ihrer Freundin, die bei meiner ersten Stippvisite ein bisschen viel getrunken hatte und ins Plaudern kam.«

»Sie meinen Anna?«

»Ja.«

Jordi schloss die Augen. Das Mädchen wusste von Insas Chef und hatte ihm nichts gesagt. Es war zum aus der Haut fahren. Und noch viel mehr, dass ausgerechnet Levke Sönkamp angeblich über ein Gemälde verfügte, dass diesen Typen …

»Was heißt das genau? Jetzt hatten Sie Ihre Schwester ebenso in der Hand wie umgekehrt? Wer hat denn nun wen erpresst?«

»Niemand niemanden. Wir waren quitt.« Tobias Kullmer zuckte die Schultern. »Ich für meinen Teil hatte wirklich überhaupt keinen Grund, meine Schwester umzubringen. Allerdings war ich tatsächlich ziemlich wütend auf sie, das gebe ich zu.«

»Wie heißt der Chef Ihrer Schwester?«, fragte Jordi.

Tobias Kullmer hob die Hände. »Da fragen Sie mich zu viel. Es war nur von ihrem ›Chef‹ die Rede.«

»Könnte der Name ›Lessing‹ lauten?«

Tobias schnippte mit dem Finger. »Stimmt. Kommt mir bekannt vor.«

»Wissen Sie den Namen der Firma?«

»Nein, aber es ist ein Geschäft für irgendwelche Brautmoden. Insa fand das so toll …« Er verdrehte die Augen.

Jordi stand auf, dieser Typ widerte ihn an. Aber er musste sachlich bleiben. Und Juan bitten, ein Foto von Insas Chef zu besorgen und Jordi an den Balneario begleiten. Offenbar hatte Insa bei ihrer Rückkehr ins Hotel nicht wegen Flo, sondern wegen ihres Bruders geweint. Aber dass sie sich wegen dieser Sache das Leben genommen haben könnte, war tatsächlich unwahrscheinlich.

»Halten Sie sich für weitere Fragen zur Verfügung, vorerst können Sie gehen«, erklärte er. Dann unterbrach er die Leitung.

## Levke

Rafael wies Levke im Mietwagen den Weg durch Playa de Palma zu dem Lokal, vor dem Anna und Flo sie erwarteten.

Levke wischte sich die Hände an ihrem Jeansrock ab, weil sie so rutschig waren, dass sie kaum mehr das Lenkrad zu halten vermochte. Zunächst war es ja ihr Ziel gewesen, herauszufinden, wer dieser Lessing überhaupt war. Jetzt, wo sie wusste, dass es sich bei ihm um Insas Chef handelte, vereinfachte das die Sache nicht.

Sie begriff die Zusammenhänge nicht. Weshalb sollte Insas Arbeitgeber ihr nach dem Leben getrachtet haben? Vielleicht verstand sie es ja endlich, wenn sie mit Anna gesprochen hatte. Aber angenommen, der Typ stellte sich als gefährlich heraus – sie konnten ihn unmöglich allein stellen.

Wie gut, dass Rafael Jordi informiert hatte – und ja, vielleicht hatte der Reporter recht mit seiner Vermutung, dass der Chefinspektor sich ihretwegen auf den Weg machen würde, weil er den Gedanken nicht ertragen konnte, dass sie sich einmischte.

Die Straßen des Viertels waren voller Menschen. Den Männeranteil schätzte Levke auf achtzig Prozent. Blonde Holländer, sonnenverbrannte rothaarige Briten, dunkelhäutige Afrikaner. Die Engländer sangen, während die Blondschöpfe die Schwarzen zu beobachten schienen. Dazwischen entdeckte Levke Polizeibeamte mit gelben Warnwesten. Auf den dunkelblauen Uniformen trugen sie mit Schlagstöcken und Handfeuerwaffen ausgestattete Gürtel – was Levke kein bisschen beruhigte.

Wieder glitt ihr Blick zu den Schwarzen. Wie war das für diese armen Menschen, mit Betrunkenen ihren Lebensunterhalt verdienen zu müssen? Vermutlich waren es doch eher Besoffene, die ihnen ihre Plagiate und qualitativ fragwürdigen Sonnenbrillen abkauften. Oder Pauschaltouristinnen mit kleinem Portemonnaie, denen es scheißegal war, ob die Handtasche wirklich von *Gucci* war, Hauptsache, der Name stand drauf.

Levke konnte sich vorstellen, was diese dunkelhäutigen Männer sich alles anhören mussten, während man mit ihnen feilschte. Anzügliche Bemerkungen über ihre Herkunft, Hautfarbe und die Länge ihrer Schwänze.

»Hier, nimm den!« Rafael deutete auf einen freien Parkplatz zu ihrer Rechten, und Levke brauchte drei Anläufe, bis sie richtig stand.

Ihr Begleiter öffnete die Beifahrertür. »Wenn wir uns nicht beeilen, entgeht mir noch ein gutes Foto, jetzt mach schon.«

Levke stieg ebenfalls aus, verschloss den Wagen und eilte neben ihm her in Richtung Promenade, wo der *Club Oranje* lag. Rafaels Fotos waren ihr schnuppe. Hauptsache, Anna und Flo passierte nichts. Die Atmosphäre hier war aufgeheizt. Ständig rempelte sie jemand an. Die von Jordi Barceló erwähnte Messerstecherei war möglicherweise noch nicht vergessen.

Abgesehen davon, mussten heute doppelt so viele Leute hier sein wie am Abend zuvor. Betrunkene, deren Flüge gecancelt worden waren und die nicht wussten, wann der nächste Flieger sie zurück in die Heimat bringen würde, befanden sich vermutlich nicht gerade in Feierlaune. Manche hatten vielleicht nicht einmal mehr ein Hotel, mussten die Nacht durchmachen. Wie gut, dass Rafael sie vor diesem Schicksal gerettet hatte.

Eben entdeckte sie ein winkendes rothaariges Mädchen im Gewühle vor ihnen. »Levke!«, rief Anna, »hier!«

Rafael und sie begannen zu laufen und kamen schließlich atemlos bei Insas Freundin an, die eine Zigarette auf der Straße austrat.

»Du bist ja plötzlich so aufgedonnert«, sagte sie zu Levke und zeigte dann, eine letzte Rauchwolke ausatmend, hinter sich zur Promenade: »Flo behält den Eingang im Auge, lasst uns gleich rübergehen.« Sie warf einen fragenden Blick auf Rafael und raunte Levke zu: »Ist er von der Polizei?«

»Nein, er ist Journalist«, gab Levke Auskunft.

»Lessing ist da drin?«, fragte Rafael Anna auf Deutsch, während sie weiterliefen, und deutete mit dem Kinn auf eine Kneipe, deren Pforte in einer Veranda lag. An der Decke des Vorbaus waren Flaschen befestigt und hingen wie Stalaktiten nach unten. Darunter standen dicht gedrängt singende Engländer mit Bierflaschen in der Hand, die sie zum Takt ihres Liedes hin und her schwenkten.

Levke fasste Anna beim Arm. »Jetzt erzähl uns doch bitte von diesem Lessing. Denkst du, er hätte einen Grund, Insa was anzutun?«

Anna sah sie ratlos an. »Keine Ahnung. Aber Insa hat ihn mit etwas unter Druck gesetzt … und wer weiß, vielleicht …«

»Unter Druck? Womit?«, bohrte Levke weiter. Warum ließ Anna sich denn alles aus der Nase ziehen?

»Hey, young Lady«, sprach sie einer der Schwarzen an, der sich eben mit einem Bauchladen voller Sonnenbrillen vor sie schob. »Pretty sunglases for you and your friend?«

Rafael raunte ihm etwas Unwirsches zu und drängte sie und Anna weiter, bis sie endlich bei Flo eintrafen, der gegenüber dem Eingang stand und diesen nicht aus den Augen ließ.

Als sie bei ihm eintrafen, starrte er Levke mit großen Augen an. »Du hast auch jeden Tag eine andere Frisur, kann das sein?«

Sie gab keine Antwort und sah Anna auffordernd an. »Jetzt schieß endlich los. Wo habt ihr Insas Chef denn überhaupt gefunden?«

Sie durften keine Zeit verlieren. Bevor dieser Lessing die Kneipe verließ und Jordi Barceló noch nicht hier war, brauchten sie einen Plan.

»Ich wollte nicht allein in meinem Hotel bleiben, nach allem was passiert ist, wissend, dass nebenan Insa gestorben ist – das ging einfach nicht«, erklärte Anna.

»Und?«

»Und deshalb hab ich Flo gefragt, ob ich mit zu ihm kommen könnte.«

»Meine Mannschaft und ich sind in einem Hostal untergekommen«, fiel Flo ihr ins Wort. »Da der Rest der Truppe ja noch auf der Insel unterwegs ist, waren ein paar Betten frei.«

In diesem Moment klingelte Rafaels Handy, und er entfernte sich ein paar Schritte von ihnen, um das Gespräch entgegenzunehmen.

»Na ja, jedenfalls bin ich fast rückwärts aus dem Hostal wieder raus, weil gerade, als wir ankamen, Insas Boss an der Theke stand und offenbar nach einem Zimmer fragte – aber so wie er die Schultern hängen ließ, hat man ihn wohl abgewiesen, weil alles voll ist«, ergänzte Anna.

»Hast du ihn auch erkannt?«, wandte Levke sich an Flo. »Hast du den Typen in der Cala Santanya bemerkt?«

Er schüttelte verzagt den Kopf. »Kein Stück. Und ich bin mir absolut sicher, dass Insa ihn auch nicht bemerkt hat.«

»Verstehe«, sagte Levke und frage Anna: »Was weiter? Insa und Lessing? Was war da los?«

Anna sah unsicher zu Flo. »Sie hatten was laufen«, erklärte sie gepresst. »Sie haben gevögelt, und Insa hat das irgendwie mit Liebe verwechselt. Was man auch konnte, er hat ihr dauernd Komplimente gemacht und ihr diesen teuren Ring geschenkt.«

Flo sah Levke traurig an, doch er sagte nichts. Vermutlich hatte Insa ihm nichts von Lessing erzählt.

Anna fuhr fort: »Ich weiß nicht, ob er ihr wirklich versprochen hat, seine Frau für sie zu verlassen, oder ob sie sich das nur erhofft hat, auf jeden Fall hat sie ihm, kurz bevor wir abgeflogen sind, gesagt, dass sie alles seiner Frau sagen wird. Weil er ein verlogener Arsch wäre, der sie nur ausgenutzt habe und so weiter. Ich hab ihr gesagt: ›Du, Insa, ist vielleicht nicht so die Bombenidee, den eigenen Chef unter Druck zu setzen, womöglich wirft er dich raus‹, aber das war ihr scheißegal. Sie hätte dann eh gekündigt.«

»Also hatte dieser Lessing Sorge, seine Frau könnte ihn verlassen«, murmelte Levke. Hm. Reichte das als Mordmotiv? Offenbar war die Ehe ohnehin kaputt, sonst hätte er nichts mit seiner Auszubildenden angefangen. Und wenn Insa auf ihn geflogen war, dann sicher auch andere.

»Wie sieht er denn eigentlich genau aus?«, fragte sie Anna. »Auf dem Gemälde war er so klein.«

Anna zückte ihr Handy, ging in den Browser und gab den Namen Bernd Lessing, dazu »Biancas Brautmoden« ein. Levke, Anna und Flo beugten sich über den kleinen Bildschirm. Tatsächlich gab es zahlreiche Fotos von ihm mit Brautmodenmodellen. Ein wenig erinnerte Levke sein Aussehen an das von Til Schweiger. Viele fanden diesen Typen attraktiv.

Levke seufzte. Die Angst, verlassen zu werden, war wirklich genauso ein schwaches Motiv wie die Eifersucht auf Flo. Wenn sie Jordi Barceló diese Theorie auftischte, bekam der doch nur wieder einen Lachkrampf. Ein mitten im Leben stehender Mann brachte niemanden um, weil er so große Angst davor hatte, die ohnehin ungeliebte Ehefrau könnte ihn verlassen.

In diesem Moment kehrte Rafael zurück und steckte sein Handy weg. »Zwei Dinge«, sagte er auf Deutsch, damit auch Anna und Flo ihn verstehen konnten, »das Fluglotsenstreik ist zu Ende, und Jordi ist auf der Weg hierher. Wir sollen bleiben hier, bis er kommt. Er ist en la Comisaría hier in Playa de Palma und nimmt der Motorrad.«

Levke verzog anerkennend die Mundwinkel. Nahm der Inspektor sie jetzt etwa doch ernst? Oder wollte er ihnen nur wieder unterstellen, dass sie die Ermittlungen behinderten?

»Lessing kann also rein theoretisch jederzeit zurück nach Deutschland?«, fragte Anna.

Rafael nickte. »Bestimmt er verfolgt die Lage an Flughafen genau.« Er sah von Levke zu Flo und Anna. »Ich will ein Foto von der Mann machen, bevor sie ihm verhaften. Ich geh jetzt da rein.« Er sah sie alle unschlüssig an. »Kann ich euch lassen alleine? Wenn ich Foto gemacht habe, ich muss auch dringend weg. Habe ich noch wichtiger Termin.«

»Weißt du denn überhaupt, wie Lessing aussieht?«, fragte Anna stirnrunzelnd.

Rafael griff sich an den Kopf und grinste verlegen. »Fürchte ich, nein.«

Das Mädchen hielt ihm ihr Handy hin, damit er sich Insas Chef näher betrachten konnte.

»Muchas Gracias«, sagte er und wandte sich zum Gehen. »Also. Hasta luego. Wartet auf Jordi!«

Besonders begeistert darüber, dass Rafael sie mit den beiden Jugendlichen hier allein ließ, war Levke nicht. Aber von seiner Jagd auf ein gutes Foto konnte sie ihn vermutlich auch nicht abbringen. Verzagt sah sie dem Reporter hinterher.

»Scheiße, Mann«, sagte Flo unvermittelt, »ich muss schon die ganze Zeit so dringend pullern, ich mach mir gleich in die Hose.«

Levke vollführte eine Geste zum Strand. »Ihr Jungs habt es da doch leicht. Komm aber bitte gleich wieder.«

Am liebsten wollte sie mit Anna und Flo so schnell wie möglich weg von hier. Die Sache mit der gestrigen Messerstecherei war ihr nicht geheuer. Sobald Jordi Barceló aufkreuzte, wollte sie mit den beiden von der Bildfläche verschwinden.

## Er

**Wir sind gerade nach Hause gekommen, wo steckst du denn?**

Eine Nachricht von Bianca. Er schloss die Augen und überlegte fieberhaft, was er ihr antworten sollte.

Wenn sie Wind davon bekam, dass er auf Malle gewesen war ... Dass Insa tot war, würde ihr ja zwangsläufig nicht entgehen – allein, wenn er daran dachte, war er kurz vorm Durchdrehen.

Dabei hatte sich doch zunächst alles so fantastisch gefügt! Bianca war am Mittwoch mit den Kindern zu ihrer Schwester gefahren, ohne ihn zu nötigen, mitzukommen. Das vermutlich nur, weil er sich in den letzten Wochen redlich bemüht hatte, abends pünktlich nach Hause zu kommen, sodass sie ihm keinerlei Geschichten unterstellen konnte. Ihr Misstrauen, er könnte was neben ihr laufen oder gar wieder Kontakt zu seiner Ex haben, hatte sich etwas gelegt.

Er hatte gedacht, dass er nur noch diese Kleinigkeit hier erledigen musste, und alles wäre wieder im Lot gewesen. Dass er gehört hatte, wie Insa am Telefon den Namen des Hotels erwähnte, in das sie mit ihrer Freundin auf ihrem Selbstfindungstrip abstieg, bevor sie zu seiner Frau Kontakt aufnehmen wollte, hielt er für eine glückliche Fügung.

Im Moment sah die Sache allerdings nicht ganz so günstig für ihn aus. Wieso nur hatte er sich hier in diesen Schuppen verkrümelt? Er hatte gedacht, dass er – sollte überhaupt jemand nach ihm suchen, was sehr unwahrscheinlich war – in einem von Holländern geführten Club absolut sicher war. Noch dazu lag dieser strategisch günstig zum nächsten Taxistand. Von hier konnte er schnellstmöglich zum Flughafen gelangen. Warum war er nur nicht sofort dort hingefahren? Die Stimmung hier drin war, gelinde gesagt, geladen, es braute sich was zusammen, besonders, seitdem drei Schwarze reingekommen waren und mit zwei Blondschöpfen diskutierten.

Es ging um ein Mädchen. Natürlich ging es um ein Mädchen.

Dann die Nachricht, dass der Streik beigelegt war und er noch heute den ersten Flieger nach Köln nehmen könnte, dort herrschte kein Nachtflugverbot. Seit einer geschlagenen Viertelstunde hielt er nun hier in seiner Ecke Ausschau nach der Bedienung, um sein Bier zu bezahlen, aber die Tussi tauchte nicht auf. Sie war überhaupt nicht mehr zu sehen. Sollte er einfach gehen? Am Ende rief jemand die Polizei, weil er die Zeche prellte. Und dann hatten sie ihn vielleicht am Wickel.

## Levke

Kaum war Flo zum Pinkeln verschwunden, stieß Anna Levke mit dem Ellbogen an und zeigte zum Ende der Promenade. »Ist der eine von denen, die da gerade auf dem Motorrad angefahren kommen, nicht unser Spezialfreund? Den erkennt man mit seiner bulligen Figur doch sofort.«

Nun entdeckte auch Levke Jordi Barceló, der zusammen mit einem weiteren Zivilbeamten – ebenfalls auf einem Polizeimotorrad – wenige Meter von ihnen entfernt bei einer Gruppe uniformierter Beamten an der Promenade anhielt.

Er und sein Kollege schwangen synchron die Beine über den Sattel, nahmen die Helme vom Kopf, wechselten ein paar Worte mit den Uniformierten und deuteten auf das Lokal, in dem sie Lessing vermuteten.

Jordi löste sich von der Gruppe und kam dann mit unbewegter Miene auf sie und Anna zu. Er ging kerzengrade, die Arme links und rechts des Körpers bewegten sich kaum. Dennoch sah Levke ihn vor ihrem geistigen Auge einen irre schnellen Sprint hinlegen. Als sie ihm in die Augen sah, regte sich etwas in seinem Gesicht. Überraschung. Vermutlich darüber, dass sie zum ersten Mal aussah wie ein Mensch.

»Sie beide«, sagte er, als er bei ihnen ankam, »verschwinden hier besser. Hier ist es zu gefährlich. Am besten, Frau Sönkamp, Sie gehen zu Rafael Fiols Mutter und lassen sich verwöhnen. Ich war einmal bei ihr essen…«, er führte die Finger an die Lippen, »... hm, ein Genuss.«

»Würde ich glatt tun«, antwortete Levke und deutete auf die Bar hinter sich. »Aber nur, wenn Sie endlich diesen Kerl verhaften, der Annas Freundin auf dem Gewissen hat.« Zugegeben, ihr fehlte noch das Motiv. Aber dass Lessing der Täter war – das hatte Levke im Urin. Obwohl sie ihm bisher nicht einmal persönlich begegnet war.

»Da drin ist also der Mann von dem Gemälde? Lessing?«, fragte Jordi.

Sie nickte.

»Und du kennst den Mann?«, wandte er sich an Anna.

Diese sah ihn schuldbewusst an. »Ja.« Dann umriss sie in knappen Sätzen, warum sie glaubte, dass Insas Chef etwas mit deren Tod zu tun haben könnte. Sie schloss mit den Worten: »Ich habe davon nur nichts erzählt, weil ich Insa mein Wort gegeben hatte, dass ich niemandem etwas davon sage.«

»Aber das hast du doch offenbar schon getan. Ihrem Bruder nämlich.«

Anna senkte den Kopf. »Ich weiß. Drum … es tut mir leid.«

»Das nennt man Behinderung der Ermittlungen, Anna. Als Zeugin bist du verpflichtet, die Wahrheit …«

»Ich weiß es ja jetzt!«, rief sie trotzig.

Jordi Barceló nickte wissend. Und genau, wie Levke es vorhergesehen hatte, sagte er: »Wir haben trotzdem noch keinerlei Beweise gegen diesen Mann, außer, dass er hier ist. Selbstverständlich werde ich ihn noch heute als Zeugen auf der Comisaría vernehmen, da er scheinbar zur gleichen Zeit in der Cala Santanya war wie das Mädchen. Und natürlich kommt er als Täter in Frage. Aber es könnte ebenso gut sein, dass er und deine Freundin«, mit diesen Worten sah er Anna an, »auf Mallorca sogar verabredet waren. Für ein – wie sagt man noch? – Stelldichein. Und dann gab sie ihm einen Korb, und nicht nur das, sie gab ihm sogar den Ring zurück, weil sie inzwischen einen anderen hat.«

Als Anna ihn unterbrechen wollte, stoppte er sie mit einer Handbewegung und fuhr fort: »Sie gab ihm also den Ring zurück und dann tauchte ihr Freund zur verabredeten Zeit im Deutschen Haus nicht auf. Ihr wurde klar, dass sie nun zwei Männer verloren hat. Darüber könnte sie so verzweifelt gewesen sein, dass sie sprang. Sie hatte ein bisschen getrunken, war todtraurig – da wäre sie nicht die erste.«

»Und wenn die Forensiker unter all den Fingerabdrücken in Insas Zimmer welche von ihm finden?«, hakte Levke nach.

»Was sollte das beweisen, frage ich Sie? Fingerabdrücke sagen nichts über die Zeit aus, zu der sie entstanden sind. Und da waren keine Gläser, die darauf hindeuten würden, dass sie sich gestern Abend mit jemandem im Zimmer traf.«

»Boah«, sagte Levke und verdrehte die Augen. »Was sollen wir noch tun, damit Sie uns glauben? Soll ich Ihnen die Mordwaffe mit Fingerabdrücken darauf präsentieren – wenn es eine gäbe?«

Zu ihrer Überraschung tippte er ihr auf die Schulter, als wollte er einen Punkt hinter die Unterhaltung setzen. »Ja, das sollten Sie«, sagte er und sah sie aus seinen grünen Augen durchdringend an.

Er nahm den Finger weg und versenkte die Hand in der Hosentasche. »Nein, das sollen Sie natürlich nicht, Sie sollen viel eher gehen und die Sache uns überlassen. Wenn er wirklich der Täter ist – und ich will, wie gesagt, gar nicht abstreiten, dass er es sein könnte – hat er einen Fehler gemacht. Die allermeisten machen Fehler, vor allem, wenn sie es zum ersten Mal tun. Außerdem wissen wir nicht – wenn er es war – ob er die Tat geplant hat, oder ob es im Affekt geschah. Auch dafür bräuchten wir entsprechende Beweise.«

Er holte Luft. »Die Tatsache, dass Insa einen neuen Freund hatte, erhärtet unseren Verdacht gegen ihren Chef nicht gerade. Warum hätte Insa noch immer seiner Frau etwas von ihrer Affäre sagen wollen, wenn sie doch in einen anderen verliebt war?«

Levke sah ihn deprimiert an. Sie waren in einer Sackgasse. Aber gut, vielleicht ergab die Befragung von Lessing etwas – immerhin das hatten sie erreicht.

»Sie holen ihn also jetzt da raus?«, vergewisserte sie sich und zeigte auf das Lokal.

Jordi Barceló schüttelte auf ihre Frage hin den Kopf. »Ich werde mit meinem Kollegen hineingehen und ihn bitten, mitzukommen, da er möglicherweise ein wichtiger Zeuge ist. Falls er sich weigern sollte, lade ich ihn vor – solange darf er dann nicht von der Insel.«

Wichtiger Zeuge. Hatte er nur so getan, als ziehe er Bernd Lessing als Täter in Erwägung, um sie zu beruhigen und von hier wegzukriegen? Vermutlich würde Insas Chef – wenn er schlau war – sogar zugeben, dass er seine Auszubildende auf ihrem Zimmer besucht hatte. Mehr aber auch nicht. Sie gab es auf und zupfte an Annas Arm. »Komm, ich bring dich zum Hotel. Ich glaube, hier kommen wir heute wirklich nicht weiter.«

War das ein erleichtertes Lächeln um seine Augen?

»Ja, gehen Sie bitte«, sagte Jordi Barceló und gab seinen Kollegen ein Zeichen. »Wir bereiten den Zugriff vor.«

»Was wird jetzt aus Flo?«, fragte Anna, als sie sich über die Promenade in Richtung *Tres Pinos* entfernten. Das Mädchen zündete sich eine Zigarette an und nahm drei tiefe Züge.

»Oh Gott, du hast recht«, sagte Levke und blieb stehen. »Schreib ihm doch mal eine Nachricht – du hast doch inzwischen sicher seine Nummer?«

Anna nickte und schrieb ein paar Worte, sie warteten ab – doch Flo antwortete nicht. Er schien die Nachricht nicht einmal empfangen zu haben.

»Komisch«, sagte Levke. »Vielleicht ist schon wieder sein

Akku leer?« Dessen Leistung schien ja zuletzt auch nicht die beste gewesen zu sein.

Anna stieß mit dem Fuß einen Stein fort und steckte das Handy weg, nahm noch einmal drei Züge aus ihrer Zigarette und trat sie aus. »Ich kann einfach nicht glauben, dass sie tot ist«, sagte sie leise und sah Levke mit tränenverschleierten Augen an. »Wir waren seit der achten Klasse beste Freundinnen, weißt du. Ich weiß gar nicht, wie ich ohne sie klarkommen soll.«

Levke hätte gern den Arm um sie gelegt, aber das rotgelockte Mädchen war größer als sie, also hakte sie sich unter, und so gingen sie schweigend weiter. Was sollte sie dazu sagen? Insa würde in einigen Leben eine Lücke hinterlassen.

Als hätte Anna ihre Gedanken lesen können, sagte sie: »Ihren Eltern war Insa schon immer egal. Sie werden sich jetzt noch mehr auf Tobi konzentrieren.«

»Wer ist Tobi?«

»Ihr älterer Bruder. Ein Überflieger. Allseits beliebt. Mitglied in der FDP.« Anna zeigte mit dem Finger in ihren geöffneten Mund und imitierte ein Würgen. »Er studiert BWL.«

Die Mutter hatte auf Levke nicht den Eindruck gemacht, als sei die Tochter ihr gleichgültig gewesen. Dem Vater vielleicht. Aber die Mama würde sich schwertun. Ganz sicher.

»Manche Eltern können ihre Gefühle nicht besonders gut zeigen«, erklärte Levke und dachte an ihre eigenen, die ihr noch niemals gesagt hatten, dass sie sie liebten. Selbst als Kind nicht. Als Konsequenz hatte sie ihre eigenen Töchter mit Liebesbekundungen überschüttet.

Es wäre so wichtig für Levke gewesen, es wenigstens einmal von ihren Eltern zu hören. Aber sie hatten es bisher auf jede andere Weise gezeigt. Levke bezweifelte, dass sie es jemals zueinander sagen würden. Man sprach nicht über seine Gefühle.

Bei Max war es das Gegenteil gewesen. Seine Mutter hatte ihrem einzigen Kind unter jede Geburtstags- oder Weihnachtskarte geschrieben: Ich liebe dich, mein Schatz. Was sie wahrscheinlich auch noch getan hätte, wenn er fünfzig geworden wäre. Max war mit seinen Eltern so vertraut gewesen, dass er sogar mit ihnen in die Sauna ging. Was Levke immer total creepy fand. Sie war jedenfalls nie mitgegangen.

Seit Max und die Mädchen gestorben waren, hatte sie die Leitners nur ein einziges Mal gesehen: auf der Beerdigung. Nikoletta hatte wochenlang angerufen und sie um ein Treffen gebeten, doch Levke war nicht dazu in der Lage gewesen.

Ihr eigener Schmerz war so groß, da konnte sie ihrer Schwiegermutter kein Trost sein. Levkes Mutter hatte später zu ihr gesagt, wie sehr Nikoletta ihr leidtäte, denn nun könnte sie nie wieder ein Kind, aber auch nie mehr Enkelkinder haben. Dabei wäre es doch schon schlimm genug gewesen, als Max damals Levkes Nachnamen angenommen hatte. Hatte Mama ihre Worte als Trost für Levke gemeint? Als ob sie jemals wieder jemanden lieben, geschweige denn Kinder bekommen wollte. Niemals.

Plötzlich blieb Anna abrupt stehen. »Wir haben den Mietwagen vergessen«, sagte sie.

»Oh Shit«, murmelte Levke. »So ein Mist.« So langsam war sie wohl am Limit. Zuerst vergaß sie Flo. Dann das Auto.

»Sollen wir ihn holen?«, fragte Anna. »Du wolltest doch noch nach Palma.«

Sie gingen jetzt etwas schneller und nahmen eine Seitengasse, um auf die Parallelstraße zu gelangen, damit sie dem Inspektor nicht noch einmal über den Weg liefen und einen Rüffel dafür kassierten, dass sie noch immer hier waren.

Auf der Parallelstraße war noch mehr los als auf der Promenade, wo sich die Menschen auch auf den Strand verteilten. Anna und Levke nahmen sich an der Hand, um einander nicht zu verlieren, und bewegten sich zwischen den Passanten hindurch – wenn Levke der Eindruck nicht täuschte, hatten sich jetzt auch einige Prostituierte unters Volk gemischt. Wie Touristinnen wirkten die stark geschminkten Frauen in Hotpants und mörderisch hohen Absätzen nicht.

Sie und Anna eilten in die Richtung, in der Levkes Wagen in der Straße zum *Club Oranje* parkte. Levke beschlich wieder diese Beklemmung, sie war wirklich froh, wenn sie hier weg war. Hoffentlich ließ man sie ausparken und zurückstoßen – ans Wenden war nicht zu denken.

»Ich glaube, es war doch keine so gute Idee, das Auto zu holen«, sagte Anna kleinlaut, als sie neben Levke in den Wagen kletterte.

Diese sah nachdenklich nach vorn. Rafael und sicher auch Jordi und seine Männer waren inzwischen da drin – falls der Reporter nicht schon weg war, irgendwie schien er es ja sehr eilig gehabt zu haben.

Aber was, wenn auch Flo zurückgekehrt war und die verrückte Idee gehabt haben sollte, sich einzumischen? Immerhin hatte dieser Lessing ihm – vielleicht – die Freundin, seine große Liebe genommen. Wenn sie vor einem Jahr die Möglichkeit gehabt hätte, den Schuldigen am Tod ihrer Familie umzubringen – sie hätte es getan. Vielleicht war er aber auch in den Club gegangen, um Anna und Levke dort zu suchen?

Sie öffnete die Fahrertür. »Ich muss da rein.«

Anna quiekte auf. »Bist du verrückt? Nein! Mach das nicht!«

»Doch, vielleicht ist Flo da drin! Ich will ihn nur rausholen, weiter nichts. Der Junge ist doch völlig durch den Wind und vielleicht diesem Lessing ausgeliefert!«

Ohne eine Antwort Annas abzuwarten, stieg sie aus, schlug die Tür hinter sich zu und schlängelte sich durch die Menge.

Die Gerüche der fremden Menschen drangen ihr in die Nase und verursachten ihr Übelkeit: Schweiß, Parfüm, Essensgeruch, fremde Körper. Dazu die Geräusche: Musik aus den Lokalen, das Rufen von Menschen, Fußgescharre.

Levke kämpfte sich bis zur Treppe vor, die zur Veranda des *Club Oranje* nach oben führte, und zögerte nur eine Sekunde. Dieser Lessing wusste nichts davon, dass Anna und sie und vor allem die Polizei ihn verdächtigten. Aber wenn er Flo in diesem Club zu Gesicht bekam – und wenn Lessing Insa vom Balkon gestoßen hatte – dann war der Junge in Gefahr. Jemand, der einmal mordete, tat es auch ein zweites Mal.

Kaum hatte sie die ersten Schritte auf die Treppe getan, fasste sie jemand an den Po. »Hey, little pony, want a ride?«, fragte jemand mit starkem britischen Akzent, und die umstehenden Männer lachten.

Levke wehrte die Hand ab und nahm die letzten Stufen, schlängelte sich zwischen den schwitzenden, größtenteils männlichen Körpern hindurch ins Innere, bis sie in den Teil des Lokals gelangte, in dem Tische und Stühle standen.

Der Laden war übervoll, zwischen den Tischen standen ebenfalls Personen und blockierten die Sicht. Eine Gruppe Schwarzer stand am Rand und beobachtete einen Trupp blonder Jungspunde. Oder war es umgekehrt? Die Sache war ihr nicht geheuer. Von draußen hatte der Laden überhaupt nicht so groß ausgesehen. Der Geräuschpegel war ohrenbetäubend.

Wo waren Rafael, Jordi und dessen Kollege? Und vor allem: Wo war Flo?

Ihr Blick huschte so schnell umher, wie ihr Herzschlag sich beschleunigte. Also gut. Sie hielt das nicht aus. Bevor sie hier drinnen kollabierte, würde sie … In diesem Moment entdeckte sie den Inspektor und seinen Kollegen. Sie sprachen mit einem dunkelhaarigen Mann, der die Arme verschränkt hielt und den Kopf schüttelte, dann auf seine Armbanduhr zeigte.

Es war, als ob für Levke die Zeit stehen bliebe. Der Mann war wenig älter als sie, vielleicht so alt, wie Max gewesen war. Er hatte ebenmäßige Züge, einen leichten Bartschatten, in der glitzernden Armbanduhr reflektierte das Licht der Deckenbeleuchtung.

Er wirkte fehl am Platz in diesem Lokal – wie ein schimmernder Käfer unter Kellerasseln. Er sah verdammt selbstgefällig aus. Als ob ihn das, was der Inspektor zu ihm sagte, überhaupt nichts anginge. Als habe es nie ein Mädchen gegeben – seine Auszubildende und Geliebte, die ihr Leben noch vor sich hatte. Eben zuckte er sogar die Schultern.

Die seit einem Jahr aufgestaute Trauer, die Wut und der Frust in Levke schienen ihr die Luft abschnüren zu wollen. Sie musste zu diesem Kerl. Ihn schütteln, ihm klarmachen, dass dies hier kein Auffahrunfall war, sondern Mord – ihm ins Gesicht spucken. Er musste verdammt noch mal zur Rechenschaft gezogen werden!

Als hätten ihre Füße ein Eigenleben, setzten sie sich in Bewegung. Sie stellte die Ellbogen aus, es war ihr egal, ob sie jemanden anrempelte.

Lessing bemerkte sie noch vor dem Inspektor und seinem Kollegen. Insas Chef öffnete den Mund und riss die braunen Augen auf, als wollte er fragen, was sie von ihm wollte, da stand sie schon vor seinem Tisch, lehnte sich darüber, wollte ihn packen und anschreien, dass er gestehen sollte – doch da war Jordi Barcelós Arm, der sie davon abhielt.

»Hey, was soll das?«, rief Lessing.

In diesem Moment wurde es mit einem ohrenbetäubenden Knall stockdunkel.

Levke und der Polizist schnappten nach Luft. Brandgeruch.

Er fand zuerst zu sich. Jordi Barceló umfing sie mit seinen kräftigen Armen, sein Gesicht kam an ihr Ohr, so nah, dass sein Bart kitzelte und sie einen herben Geruch nach Rasierwasser wahrnahm.

»Raus hier«, raunte er. »Hörst du? Hier ist die Wand. Mach langsam, das war nur ein Böller. Lass dich nicht überrennen.« Er schob sie mit seinem massigen Körper dorthin, nahm ihre Hand, legte sie auf die kühle Mauer, während um sie herum der Teufel losbrach. Männer und Frauen riefen aufgeregt durcheinander, eine weibliche Stimme schrie schrill, panisch. Die ersten Handys leuchteten auf, Taschenlampenfunktionen. In der Mitte des Raums rauchte ein zischender Feuerwerkskörper. Aber kein offenes Feuer. Und zwischen den Blondköpfen und den Schwarzen brach eine Schlägerei los.

Der Rauch kitzelte in ihrer Lunge. Levke hob ihre Bluse an und hielt sie sich vor Mund und Nase, arbeitete sich, wie von Jordi Barceló geheißen, an der Wand vor in Richtung Ausgang. Er blieb zurück.

Von draußen schallten die Rufe von Polizeibeamten, die die Besucher des Lokals auf Englisch zur Ruhe und zum Rauskommen aufriefen. Aber an Ruhe war nicht zu denken, Levke hatte nur noch einen Gedanken: Flucht, genauso wie die vielen anderen, die mit ihr in Richtung Ausgang drängten. Wenn sie jetzt ins Stolpern geriet, würde man über sie hinwegtrampeln.

»Hilfe«, rief sie matt und schaufelte sich mit dem freien Arm – der andere presste die Bluse vor ihr Gesicht – einen Weg nach draußen. Auf der Treppe stürzte sie beinahe, weil sie die erste Stufe nicht sah, doch jemand packte sie am Arm und zog sie hoch. Es war Rafael. Levke nahm keuchend die letzten Stufen und lief mit ihm zusammen die Straße hinunter.

»War Flo da drin?«, rief sie Rafael zu.

»Weiß ich nicht, ich hab Fotos gemacht!«, antwortete er, während er neben ihr herrannte. »Von Lessing! Auch, als Jordi ihn ansprach. Dann dieser Knall! Ich wette, das waren die Holländer. Irgendein Knaller, der alle aufschreckt. Flo hab ich nicht gesehen.«

Sie liefen weiter und weiter, Levke geriet immer mehr außer Atem. Als das Auto in Sicht kam, sahen sie Anna auf dem Beifahrersitz, die ihnen mit aufgerissenen Augen entgegensah.

Levke öffnete schwer atmend die Fahrertür und stieß hervor: »Steig ein, Rafael, ich will nur noch weg hier.«

Dieser schüttelte den Kopf. »Ich bleibe hier und mach noch ein paar Fotos, danach muss ich ins Zentrum, werde ein Taxi nehmen. Bring du nur erst Anna ins Hotel, damit sie in Sicherheit ist. Dann fahr zu meiner Mutter. Hörst du? Fahr zu meiner Mutter!« Er kramte in seiner Schultertasche nach einem Schlüssel. »Hier. Oder hat sie dir vorhin schon einen gegeben? Falls sie schon schläft.«

»Was ist denn da bloß passiert?«, rief Anna nach draußen. »Bitte, Levke, fahr los! Ich will weg hier!«

Levke nahm mit zitternden Fingern den Schlüssel entgegen und wandte den Kopf Richtung *Club Oranje*. Hustende

Männer und Frauen kamen aus der Kneipe herausgeströmt, sie liefen fluchend die Straße hinauf in ihre Richtung. Helle Rauchschwaden drangen durch die geöffneten Fenster nach draußen.

Levke hielt einen der Typen, die an ihr vorbeiliefen, am Arm und schrie auf Englisch: »Weißt du, was genau passiert ist? Warum wurde es plötzlich dunkel da drin?«

»Jemand hat anscheinend die Sicherung manipuliert und einen Knaller geworfen, die Leute sind alle in Panik geraten!« Der Mann lief weiter. Von Ferne hörte Levke bereits ein Martinshorn.

Anna hielt das Gesicht in Händen verborgen und schüttelte ununterbrochen den Kopf. Levke stieg endlich ein und legte ihr die Hand auf die Schulter.

»Meine Eltern haben mich gewarnt, dass der Ballermann gefährlich ist, weil hier so viele Chaoten absteigen, aber so übel hatte ich mir das nicht vorgestellt!«, jammerte Anna. »Ich meine, wie fies ist das? Ich hätte totale Panik in so einer Dunkelheit! Du siehst nichts mehr, niemand sieht dich … Dann noch dieser Rauch ...«

Levke hielt die Hände am Lenkrad und starrte nach draußen. *Niemand sieht dich* ... Dunkelheit. Insas Balkon war ebenfalls dunkel gewesen. Und es gab keinen Schalter und keine Sicherung.

Sie startete den Wagen und sagte zu Anna: »Tust du mir einen Gefallen und drückst auf die Hupe, während ich uns beide hier raus manövriere?«

Anna tat wie geheißen. Dann schrie sie auf und zeigte zum Club. »Da! Das ist er! Da vorn ist Bernd Lessing!«

Levke starrte nach draußen. An der Seite des stolpernden Mannes kamen Jordi Barceló und sein Kollege nach draußen. *Gott sei Dank*.

Während Levke den Wagen im Rückwärtsgang zwischen den Passanten hindurchsteuerte und Anna im Sekundentakt hupte, sagte Levke: »Erzähl mir von diesem Lessing, was du über ihn weißt. Also unabhängig von Insa. Er ist verheiratet, hast du gesagt? Ich meine, ich habe schon überlegt, ob Insas Drohung, seiner Frau etwas zu sagen, ihn dazu bewegt haben könnte, sie umzubringen, aber ich finde das zu wenig. Der findet doch jederzeit eine Neue.«

»Na ja, schon«, rief Anna gegen den Hupton an, »aber natürlich hat er Schiss, dass er den Laden verliert, wenn seine Alte was mitbekommt.«

Jemand schlug mit Wucht auf die Motorhaube, und Anna und Levke zuckten zusammen. Anna hörte auf zu hupen. Levke war rückwärts in die Parallelstraße eingebogen und stand jetzt mit dem Wagen in Fahrtrichtung Hotel.

»Wieso verliert er den Laden?«, fragte sie.

Anna zuckte die Schultern. »Ich glaube, er ist Geschäftsführer, aber die Boutique gehört seiner Frau. Sie heißt ja auch wie sie. Biancas Brautmoden. Wie von ›Bernard und Bianca‹.« Sie schmunzelte und schaute dann wieder ernst. »Lessings Frau hat geerbt, so viel ich weiß, und sich diesen Traum erfüllt. Das war aber noch vor ihrer Hochzeit.«

Das hieß wohl, dass ihm nichts davon gehörte. Vermutlich war er als Geschäftsführer angestellt.

»Und der Laden läuft gut?«

Anna nickte nachdrücklich. »Ich glaube, der brummt total. Das ist ein Promiladen. Da kaufen VIPs. Der Betrieb ist mitten auf der Kö.«

Levke schloss die Augen. Sie tätschelte Annas Knie, während sie anfuhr, und sagte: »Jetzt liefern wir Lessing ans Messer.«

»Was hast du vor?«, fragte Anna verständnislos.

Levke sah sie geheimnisvoll an. »Das wirst du schon sehen.«

## Florian

Florian Berger saß in einem Mannschaftswagen der Policía Local und starrte ungläubig nach draußen, wo in etwa einhundert Metern Entfernung ein Strom hustender Menschen aus dem *Club Oranje* gelaufen kam. Was ging denn da ab? Hoffentlich waren Anna und Levke nicht dabei. Oder hatte das Ganze etwa mit ihnen zu tun!? Vielleicht war dieser alte Sack ausgerastet, der Insa gevögelt hatte?

Er hatte es vorhin bei Anna und der Frau nicht sagen wollen, aber dass Insa was mit ihrem Chef gehabt hatte, hatte ihm echt zugesetzt. Angeblich war der Ring – der war ihm natürlich auch aufgefallen – ein Erbstück gewesen. Sie hatte also gelogen. Und ihm war in dem Moment, als ihm das klar wurde, echt zum Heulen gewesen. Allerdings war das nichts gegen das, was danach passiert war.

Er war an den Strand gegangen, um endlich zu pinkeln – und auch, um mal für einen Moment alleine zu sein.

Wie hatte er aufgeatmet, als sich der Inhalt seiner berstend vollen Blase in einem Strahl in den nassen Sand ergoss. Er war extra ein bisschen weiter vor gelaufen, damit sich nicht am nächsten Tag irgendwer in seine Pisse legte – das musste ja nun auch nicht sein. Unterwegs hatte er sich noch der Länge nach hingelegt, weil er über einen herumliegenden Käscher gestolpert war und sich im Fall fast in die Hose gemacht.

Während er dem wohlig erleichternden Gefühl nachspürte, schaute er aufs Meer und dachte nochmal an die schönen

Momente mit Insa. An ihre Küsse und die Art, wie sie sich aufgebäumt hatte, als sie kam. An ihr ansteckendes Lachen und ihren Geruch.

Als er den Reißverschluss schloss, legte sich ihm eine Hand auf die Schulter, und jemand sagte: »Policía Local, buenas tardes. Your papers please.«

Er war herumgefahren und hatte zwei Polizisten erblickt, die ihn abwartend ansahen.

Da war ihm eingefallen, dass er heute auf dem Präsidium am Balneario die fünfzig Euro fürs Schwarzfahren mit dem Zug hätte zahlen sollen. Aber woher sollten die zwei das wissen?

Als der Beamte auf Englisch wiederholte, dass Flo seine Papiere zeigen sollte, tastete er zur einen Gesäßtasche, dann zur anderen. Und stellte fest, dass sein Portemonnaie weg war. Genauso wie sein Handy.

»Ich wurde beklaut«, hatte er ihnen ebenfalls auf Englisch mitgeteilt.

Die beiden Polizisten sahen sich wissend an, der zweite fragte: »Und ihr Mobiltelefon?«

»Auch weg.«

»Dann müssen wir Sie leider bitten, mitzukommen.«

Er hatte es nicht fassen können. »Vielleicht ist mir beides auch aus der Tasche gefallen, ich bin vorhin gestolpert!«, rief er, wollte schon loslaufen, um danach zu suchen, doch einer der beiden hielt ihn fest. »Sie kommen jetzt mit uns, wir bringen Sie in unseren Mannschaftswagen, dort werden wir Ihre Angaben prüfen und schauen, ob wir Sie nachher mitnehmen oder wir uns darauf verlassen können, dass Sie die vierhundert Euro Strafe für Wildpinkeln am Strand morgen zahlen werden.«

Da hatte er entsetzt von einem zum anderen gesehen. Sie

waren also tatsächlich nicht wegen des Schwarzfahrens bei ihm. Aber wegen Wildpinkelns?

Er hatte verzweifelt zur Promenade gezeigt. »Ich muss zu zwei Freundinnen, die warten da vorn auf mich!«

Doch die beiden lächelten nur und flankierten ihn. »Vámonos«, sagte einer, und schob ihn sanft mit sich.

Kleinlaut war Flo mitgegangen. Und dann hatten sie im Mannschaftswagen seine Angaben kontrolliert, und irgendwie doch herausgefunden, dass er mittags auch schon beim Schwarzfahren erwischt worden war. Wahrscheinlich hatten die von der Bahn ihn gleich angezeigt, als er nicht kam. Und jetzt saß er hier ewig fest, weil die Bullen einfach nicht losfuhren.

Heute noch zu Levke und Anna zurückzukommen, konnte er sich wahrscheinlich abschminken.

## Levke

Als sie endlich Annas Zimmer betraten, weiteten sich Levkes Augen. Ihr Blick wanderte über die Klamotten auf dem Bett, dem Sessel, dem Stuhl, dem Boden. Ein Shirt und eine Unterhose lagen vor der Badezimmertür.

»Sorry«, murmelte Anna und schob die beiden Teile mit dem Fuß beiseite, »ich hab den Zimmerservice abbestellt. Ich kann das nicht ausstehen, wenn jemand meine Sachen stapelt, dann finde ich nichts wieder.«

»Verstehe«, antwortete Levke und ging zur Balkontür, öffnete sie. Auf dem schmalen Tischchen draußen stand ein Aschenbecher voller Kippen, über einem der Stühle hing ein Hotelbademantel.

Levke betrachtete die Balkonlampe. Ein einfacher Lampenschirm, der sich sicher mühelos abnehmen ließ, darin eine simple Glühbirne. Ihr Herz klopfte, als sie sich an dem Stuhl mit dem Bademantel vorbeischlängelte und an der Wand aus Milchglas vorbei auf Insas Austritt schielte.

Der Lampenschirm dort saß an Ort und Stelle, doch das Licht war weiterhin aus. Ob sich hinter dem Glas eine Glühbirne befand oder nicht, vermochte sie von ihrem Standort nicht zu erkennen. Stockfinster war es dort drüben dennoch nicht, da die Beleuchtungen der benachbarten Balkone Helligkeit spendeten. Aber natürlich war längst nicht so viel zu sehen, als wenn eine Lampe gebrannt hätte.

Levke schielte nach unten auf die Straße und hielt die Luft an. Scheiße, war das hoch. Als Fassadenkletterin war sie nicht gerade geeignet. Aber das Polizeisiegel an Insas Hotelzimmertür konnte sie noch viel weniger lösen, geschweige denn, ohne Karte ins Zimmer gelangen.

»Soll ich rüber klettern?«, bot Anna an. »Mir macht das nichts aus.«

Levke schüttelte den Kopf. »Ich erledige das selbst.« Sie setzte ihren Rucksack ab und nahm ein Päckchen Papiertaschentücher heraus, steckte es sich in die Rocktasche. Dann öffnete sie das Vorderfach ihres Rucksacks und zog den Zip-Beutel hervor, schüttete die Tampons daraus in das Fach und klemmte sich das Beutelchen zwischen die Zähne.

»Und los«, zischte sie sich selbst das Kommando zu, zog ihren Rock hoch, sodass er sie nicht behinderte, und setzte ihren linken Fuß auf die gemauerte Brüstung. Sie hielt den Blick starr auf Insas Balkon gerichtet, um nur ja nicht aus dem Gleichgewicht zu geraten, schwang ihren rechten Fuß an der Milchglasabtrennung vorbei und setzte ihn auf Insas Brüstung ab. »Ohgottohgottohgott«, betete sie. Auf einmal wurde ihr heiß, dann kalt. Ihr Kreislauf. Sie würde doch jetzt nicht umkippen? *Bitte nicht.* Levke klammerte sich mit beiden Händen an die Balkonabtrennung zwischen ihren Beinen. Einatmen. Ausatmen. Sie blies die Wangen auf. Ihre Knie zitterten. Und unter ihr die Tiefe.

»Was ist mit dir?«, fragte Anna ängstlich. »Geh doch weiter! Willst du etwa auch hier runterknallen? Jetzt mach schon!«

Levke nickte mit geschlossenen Augen. Ihr Mund war staubtrocken. Sie musste nur ihren linken Fuß irgendwie an dieser Abtrennung vorbei bekommen, dann war es nur ein Satz auf Insas Balkon. Sie war so knapp vorm Ziel.

Sie holte Luft und schwang ihr Bein nach drüben, dann hopste sie von der niedrigen Brüstung auf den Balkon, ging in die Knie und blieb dort zitternd hocken. Ließ den Zip-Beutel auf den Boden segeln.

»Boah, na endlich«, sagte Anna und blickte an der Abtrennung vorbei zu ihr. »Beruhig dich erst mal.«

Levke nickte. »Kannst du mir einen Schluck Wasser geben? Mein Kreislauf spielt verrückt.«

Anna verschwand für einen Moment und reichte ihr kurz darauf eine PET-Flasche. Levke hob den Zip-Beutel wieder auf ließ sich auf einen von Insas Balkonstühlen fallen, trank in gierigen Schlucken das Fläschchen aus und stellte es auf den Tisch. Anschließend holte sie das Päckchen Taschentücher aus ihrer Rocktasche, nahm eines heraus und legte das Tütchen auf den Tisch. Sie entfaltete das Papiertaschentuch, erhob sich und schob den Korbstuhl unter die Lampe. Jetzt verstaute sie den Zip-Beutel in ihrer Rocktasche.

»Was hast du mit dem Taschentuch vor?«, fragte Anna. »Denkst du nicht, dass du damit eventuelle Fingerabdrücke verwischst? Auf die bist du aber doch aus.«

»Hast du eine bessere Idee?«, fragte Levke ratlos. »Ich kann ja schlecht meine eigenen Abdrücke dazu machen – falls er überhaupt welche hinterlassen hat. Dann hätte ich ein Problem.«

»Warte«, sagte Anna und verschwand von der Bildfläche.

Levke sah derweil über die Brüstung hinweg zum Meer. Man hatte wirklich eine viel schönere Aussicht, wenn das Licht aus war. Man konnte bis ans Ende der Bucht sehen, die Lichter an der Küstenlinie spiegelten sich im Wasser.

Als Anna wieder hinter der Brüstung hervorlugte, hielt sie ihr ein paar hauchdünne Plastikhandschuhe entgegen. »Ich benutze Hennashampoo, das geht nur mit Handschuhen, sonst hätte ich immer rote Finger.«

»Du färbst deine Haare?«

Anna lachte. »Nein. Ich bring sie so nur noch etwas mehr zum Leuchten.«

Levke nahm die Handschuhe entgegen und stülpte sie über. Anna hatte recht, das war eine viel bessere Idee.

»Pass auf, der Stuhl sieht kippelig aus«, flüsterte Anna, als Levke darauf kletterte.

»Nein, ist schon okay.«

Die Lampenabdeckung war leicht zu lösen, nachdem sie den Klemmmechanismus durchschaut hatte. Die Glühbirne war an Ort und Stelle. Eine Welle der Erleichterung überschwemmte Levke.

Obwohl natürlich die Möglichkeit bestand, dass diese einfach nur defekt war und niemand sie manipuliert hatte. Aber das würde sich gleich zeigen. Sie klemmte sich den Lampenschirm zwischen die Knie und fasste behutsam an die Birne, wackelte sachte daran. Sie saß locker. Sie drehte sie vorsichtig hinein, und als die Fassung vollständig einrastete, ging das Licht an.

»Bingo«, flüsterte Levke, während Anna jenseits der Balkonabtrennung leise juchzte und applaudierte.

Levke drehte die Glühbirne wieder heraus und fingerte den Zip-Beutel aus ihrer Rocktasche. Vorsichtig ließ sie den Glaskörper hineingleiten, verschloss das Beutelchen mit dem Schieber und beugte sich zum Tisch, legte das kostbare Gut behutsam ab. Die ›Mordwaffe‹.

Falls Lessings Fingerabdrücke auf dem Leuchtmittel zu finden waren, hieß das nicht nur, dass er bei Insa war – was nicht verboten gewesen wäre –, sondern dass er vorsätzlich ihren Mord geplant hatte.

Leise setzte sie den Lampenschirm zurück an Ort und Stelle und straffte die Schultern. Jetzt musste sie nur noch einmal über diese Brüstung klettern und die Glühbirne wohlbehalten zum Inspektor schaffen.

Das sollte zu bewältigen sein.

Vorsichtshalber schickte sie ihm eine Nachricht an die auf seiner Karte angegebene Nummer: ***Lassen Sie ihn bloß nicht laufen. Ich habe das Beweismittel.***

## Er

Seine Augen brannten. Wie konnte dieser beschissene Typ nur einen Böller mitten in einer Kneipe entzünden? Und warum hatte er das Licht ausgemacht?

Weil er jemanden umbringen wollte, gab er sich selbst die Antwort. Dass zwischen den Schwarzen und den Holländern die Luft brannte, hatte er ja ziemlich schnell gemerkt. Aber gehandelt hatte er nicht. Er war geblieben.

Jetzt saß er auf dem Rücksitz eines Polizeiwagens, vorn ein Beamter, der auf ihn aufpasste und den Funk abhörte, in dem man sich offenbar über Zahlen-Codes verständigte. Zwei Zivilbeamte waren plötzlich im *Club Oranje* neben ihm aufgetaucht und hatten ihn aufgefordert, mit aufs Präsidium zu kommen, weil man ein paar Fragen im Zusammenhang mit einem Todesfall im Hotel *Tres Pinos* an ihn habe. Ob ihm der Name dieses Hotels etwas sage? Und der Name Insa Kullmer?

»Selbstverständlich kenne ich sie, sie ist meine Angestellte«, hatte er gesagt – so blöd war er nicht, dass er das abstritt. Anschließend hatte er mit erschrockener Miene hinzugefügt: »Sie ist tot?«

Er wusste nicht, ob der Kommissar ihm das abgenommen hatte. Auf jeden Fall hatte der Polizist seinen Einwand, er wüsste in dieser Sache rein gar nichts und müsste sich auch schnellstmöglich auf den Weg zum Flughafen begeben, nicht gelten lassen. Und plötzlich tauchte diese hysterische Frau auf, die ihm an die Kehle wollte – was hatte es mit der auf sich?

Dann kam der Knall. Und obwohl es mit einem Mal stockfinster und verqualmt in dem Laden war, war es den beiden Polizisten mühelos gelungen, ihn unterzuhaken und durch das in dem Laden entstandene Chaos seelenruhig nach draußen zu führen. Der Zivilbeamte hatte ihm, als er protestierte, in erstklassigem Deutsch erklärt, dass man in Spanien Personen ohne richterlichen Beschluss für zweiundsiebzig Stunden festhalten dürfe – dann hieß es: »Und jetzt mitkommen.«

Seither konnte er an nichts anderes als an seinen zweiten Fehler denken. Dieser war ihm unterlaufen, weil er die Sache mit dem Balkonlicht im Vorfeld nicht hatte wissen können.

Als er mit Einbruch der Dämmerung feststellte, dass sich das Licht auf dem Balkon nicht löschen ließ, hatte er wieder die Handschuhe übergestülpt, die er für gewöhnlich in der Boutique trug, wenn neue Brautmode eintraf, und den Lampenschirm gelöst. Leider war er danach mit dem zarten Handschuhstoff immer wieder von der Glühbirne abgerutscht und hatte schließlich mit bloßen Fingern die Fassung so weit herausgedreht, bis das Licht ausging. Eilig hatte er den Schirm wieder befestigt und dann weiter auf Insa gewartet.

Er hatte sich die perfekte Geschichte für seinen ›Überraschungsbesuch‹ zurechtgelegt. Auch für den Fall, dass sie nicht allein kam. Dann hätte er geblufft und völlig überrascht getan, den gekränkten Liebhaber gemimt, der extra nach Mallorca gekommen war, um ihr zu sagen, dass er sich von seiner Frau getrennt hatte, und dass er jetzt noch ein paar schöne Tage mit ihr verbringen wollte. Vielleicht hätte der Knabe ihn aus dem Zimmer geworfen – aber mehr wäre sicher nicht passiert.

Doch sie war allein gekommen. Das Drehbuch war fast dasselbe. Nur mit einem anderen Ende. Mit einem, auf das er seit Donnerstag hingefiebert hatte.

Er hatte auf ihrem Bett gesessen, als sie hereinkam. Er hörte, wie sie Jacke und Handtasche an der Garderobe aufhängte, die Schuhe auszog und dann ins Bad ging – von dem kleinen Flur aus konnte sie das Bett nicht einsehen. Umso mehr war sie zusammengefahren, als sie ihn schließlich zu Gesicht bekam.

Sie hatte einen kurzen, schrillen Schrei ausgestoßen, sich die Hände auf die Brust gelegt und hervorgestoßen: »Hast du mich erschreckt! Was machst du hier? Und wie kommst du hier rein?«

Sie wischte sich Tränen von den Wangen – wusste der Geier, warum sie geweint hatte – und starrte ihn verwirrt an.

»Das Zimmermädchen war so nett, mich vorhin reinzulassen, als ich ihr sagte, dass ich auf meine große Liebe warten will«, sagte er lächelnd, stand vom Bett auf und ging auf sie zu, griff nach ihren Händen, zog sie an sich.

Doch sie wand sich sofort aus seiner Umarmung.

Insa plapperte drauf los, dass er mit allem recht gehabt hätte: Liebe könne man nicht erzwingen. Und das wisse sie erst, seitdem sie diesen Flo getroffen hätte.

Ja, er hatte beobachten können, wie schwer verliebt sie war, als er ihr und dem Jungen zu dieser Bucht gefolgt war. Überhaupt war er ihr in den zwei Tagen zuvor auf Schritt und Tritt gefolgt, weil er sie keine Minute aus den Augen lassen wollte. Hätte ja sein können, dass sich für sein Vorhaben eine gute Gelegenheit ergab. Aber er hatte sie einfach nicht allein erwischt – noch dazu war es nicht eben leicht, einen Mord wie einen Unfall oder Selbstmord aussehen zu lassen.

Tatsächlich hatte alles recht beständig zwischen den beiden gewirkt – vielleicht hatte es ja gestimmt, dass sie nicht mehr von ihm erwartete, sich von seiner Frau zu trennen, wie sie sagte, aber darauf konnte er sich letztendlich nicht verlassen. So junge Mädchen änderten oft ihre Meinung – und hier war nun mal die einzige Gelegenheit gewesen, die Sache aus der Welt zu schaffen.

Eine Trennung von Bianca konnte er sich buchstäblich nicht leisten. Er stünde vor dem Nichts. Die Wohnung gehörte ihr, der Laden ebenso. Sie würde dafür sorgen, dass die Kinder ihn hassten und nicht mehr sehen wollten. Er hing an all dem! Ganz abgesehen davon, was seine Eltern dazu gesagt hätten, wenn er sich zum zweiten Mal scheiden ließe. Wieder wegen einer anderen! Und dabei hatten sie ihm schon nach seiner ersten Trennung finanziell unter die Arme greifen müssen. Sie würden das kein zweites Mal tun.

Diesmal war er es, der nach Insas Worten, sie liebe nun

einen anderen, das Gesicht von Trauer gebeutelt in den Händen verbarg. Er war nach draußen auf den Balkon gegangen und hatte sich dort auf einen der Stühle fallen lassen. Sie war ihm gefolgt und hatte »Ach, Bernd« gesagt, »nimm es doch bitte nicht so schwer.« Er hatte die Verwirrung aus ihrer Stimme gehört: So hatte sie ihn noch nie erlebt. Ob sie ahnte, dass er ihr etwas vormachte, als er sie verzweifelt ansah und bat: »Bitte überleg es dir noch mal. Was willst du denn mit so einem Bubi?«

»Ich hätte jetzt lieber, dass du gehst, Bernd«, sagte sie und zog seinen Ring vom Finger, hielt ihn ihm hin.

Er nahm den dargebotenen Ring und ließ ihn dann ›aus Versehen‹ fallen. Als er sich bückte, packte er Insas Fesseln und stieß sie mit Schwung über die Brüstung. Es war nicht besonders leicht, sie zuckte zusammen, versteifte sich erschrocken und blieb kurz mit dem Steiß an der Brüstung hängen. Er hatte gedacht, sein Herz setze aus, als er sie schreien hörte – er konnte ihr nicht einmal hinterherschauen, musste so schnell wie möglich dort weg.

Also hatte er den Ring aufgehoben, in Windeseile noch mal die Handschuhe übergestülpt und Insas Handy in den Werkszustand zurückversetzt. Den Liniencode, ein einfaches Dreieck, kannte er. Auch wenn sie sich nie per WhatsApp oder SMS verabredet hatten – das wäre ihm viel zu heikel gewesen mit seiner eifersüchtigen Ehefrau –, so wollte er doch ganz sicher gehen. Irgendwann vorletzte Woche hatten sie mal telefoniert, und es spielte ja keine Rolle, dass es dabei um etwas ganz anderes gegangen war.

Natürlich hatte er schon kurz gezweifelt, ob nicht jemand stutzig werden könnte, dass eine Person, bevor sie sich in den Tod stürzte, ihr Handy in den Werkszustand versetzte. Und vielleicht hätte er es nicht einmal getan, hätte er Insa nicht mit ihrem neuen Freund an dieser Bucht beobachtet. Die beiden hatten so viele Fotos von sich geschossen, in denen sie glücklich in die Kamera grinsten – vielleicht war er auch auf einem dieser Fotos zu sehen, obwohl er sich dauernd umgesetzt hatte? Vielleicht war diese Löschungsaktion aber auch ein bisschen kurzsichtig gewesen. Der Junge hatte ja sicher auch Aufnahmen gemacht.

Bernd Lessing legte die Stirn in die Hände. In Wahrheit war er völlig kopflos vorgegangen. Nachdem er Insa hinuntergeworfen hatte, war ihm klar geworden, dass es nun kein Zurück mehr gab. Ungesehen aus dem Hotel zu entkommen, war glücklicherweise nicht schwer gewesen – auch das hatte er am Mittag auskundschaften können. Er hatte klopfenden Herzens das Zimmer verlassen und war durch den menschenleeren Flur zu dem Fahrstuhl geeilt, der direkt in den Speisesaal mündete. Von dort aus gelangte man durch eine Tür zum Außenpool, wo um diese Zeit natürlich niemand mehr war. Es gab einen kleinen angrenzenden Garten, der von einer niedrigen Mauer umrundet war. Er hatte nur die Beine darüberschwingen müssen und war dann an der Rückseite des Hotels entlang in Richtung Strand gelaufen. Die Nacht hatte er in seiner Privatunterkunft verbracht. Geschlafen hatte er allerdings nicht viel.

Hätte er in seiner Panik doch nur nicht vergessen, die Glühbirne wieder in die Fassung zu drehen. Wenn das nun jemand überprüfte?

Er konnte nicht mal mehr Bianca beruhigen und ihr klarmachen, wo er steckte. Irgendwas wäre ihm sicher eingefallen. Doch das Handy hatten sie ihm ›als Beweismittel‹ abgenommen.

## Rafael

Als Rafael die Tür zum *Qué Cruz* öffnete, schweifte sein Blick über die Gäste des voll besetzten Lokals, und er meinte, ihm würde es vor lauter Aufregung die Brust sprengen. Ob sie schon hier war? Unter den Mitgliedern der laut lachenden Gruppe an dem breiten Tisch fand er sie vermutlich nicht. Ebenso wenig unter den bereits anwesenden Paaren. Plötzlich spürte er einen Blick auf sich ruhen. Er sah zu der Ecke mit dem Bücherregal und entdeckte sie endlich.

Sie saß an einem Zweiertisch und sah ihm aus dunklen Augen unter langen Wimpern entgegen. Ein voller Mund, dessen Kontur ein Lipgloss betonte. Ihr schwarzes, geglättetes Haar fiel ihr in zwei geschwungenen Wellen über die Schultern. Sie trug ein blaues, eng anliegendes und ärmelloses Kleid, das ihre schlanke Gestalt und ihre definierten Arme herausstellte. Diese makellose schwarze Haut, die das Kerzenlicht zu reflektieren schien, ließ Rafael erschauern. Sie war das schönste Geschöpf, das er je gesehen hatte.

Langsam kam er näher und fasste die schlanken Beine ins Auge, die unter dem Tisch hervorblitzten. Die dunkelblauen Pumps betonten die schmalen Fesseln.

»Ich bin Rafael«, sagte er, als er endlich bei ihr ankam.

Nur die Stimme verriet sie. »Rosalie.« Sie hielt ihm die Hand hin, und Rafael deutete einen Handkuss an, setzte sich ihr gegenüber. Dieser wahnsinnige Knackpo und diese wunderschönen Brüste hatten noch nie etwas von Schwerkraft gehört. Dabei wirkte sie so natürlich!

»Lass uns anstoßen«, bat Rosalie und ließ ein heiseres Lachen ertönen. Sie hob zwei auf dem Tisch bereitstehende Champagnergläser, reichte eines davon Rafael. »Aber bitte, starr mich doch nicht so an.«

»Ich kann nicht anders.« Rafael lachte ebenfalls, und sie

stießen klirrend an. Er nahm einen Schluck und spürte dem Prickeln des Schaumweins auf seiner Zunge nach. »Dass wir uns endlich treffen …«, er verdrehte die Augen, »... unfassbar. Ich dachte, es kommt niemals dazu.« Er nahm einen weiteren Schluck und stellte dann sein Glas neben ihrem ab.

»Ich weiß«, sagte sie, »aber nachdem wir so oft miteinander gechattet haben … und mir gefiel dein Foto.« Sie blinzelte. »Ich mag so jungenhafte und unschuldig aussehende Männer wie dich …«

Schnell warf Rafael einen Blick durchs Lokal, ob irgendwer sie vielleicht beobachtete, doch hier war man liberal und jeder konnte sich verabreden, mit wem er wollte.

»Irgendwann muss man seinen Leidenschaften nachgeben.«

Rosalie lächelte wissend. »Besser spät als nie.«

Er hob die Hände. »Ich bin erst achtundzwanzig.«

Rafael bemerkte die gepflegten roten Fingernägel und wünschte sich nichts mehr, als dass diese Finger ihn anfassten.

»Andere haben früher ihr Coming-out«, raunte Rosalie.

Er senkte den Kopf. »Ich weiß.«

Sein Gegenüber lachte heiser. »War nur ein Spaß. Essen wir?«

Rafael griff nach der Speisekarte und warf einen Blick hinein, dabei wusste er längst, was er essen würde. Nichts Blähendes jedenfalls. Und keinen Knoblauch. Er schlug die Karte wieder zu und sagte zum Kellner, der eben mit einem Block bewaffnet neben ihrem Tisch auftauchte: »Für mich den Hummer.«

»Ich nehme die Fischsuppe«, erklärte Rosalie und fuhr sich über den flachen Bauch, »eine Frau sollte auf ihre Linie achten.«

»Das hast du doch wirklich nicht nötig.« Bewundernd fasste er noch einmal Rosalies wohlgeformten Körper ins Auge.

»Nun sag«, begann Rosalie eine Unterhaltung mit ihm, »du arbeitest also bei einem Online-Magazin als Polizeireporter? Was passiert denn da alles so Spannendes?«

Rafael wollte gerade ansetzen, Rosalie mit einem Bericht über seine Erlebnisse seit gestern zu beeindrucken, als er aus dem Gewirr von Stimmen eine heraushörte, die ihm bekannt vorkam. Er hob den Kopf und lauschte, dann wandte er sich zum Eingang und erblickte Simón, der an der Seite seiner Frau einen Tisch in der gegenüberliegenden Ecke des Restaurants ansteuerte. Rafael hielt die Luft an. Was tat der denn hier? Er hatte gar nicht gewusst, dass sein Chef das *Qué Cruz* kannte. Er wohnte doch in Illetes!

Rafael schluckte hart. Wenn Simón ihn hier zusammen mit Rosalie sah, dann …

»Ich …«, begann er und schob seinen Stuhl zurück, »... muss mal eben kurz …«

Rosalie schaute ihn überrascht an.

Es nützte nichts. Mit klopfendem Herzen nahm er den zweiten Ausgang des Lokals, sodass er nicht an Simón vorbei musste.

Wenigstens einen Blick hatte er auf Rosalie werfen dürfen – und ihre Stimme hören. Nun konnte er sich besser ausmalen, wie es mit ihr wäre. Vielleicht gab sie ihm eine zweite Chance, wenn er ihr später alles erklärte?

Rafael lief zu seinem Motorrad und wischte sich eine Träne aus dem Augenwinkel. So richtig daran glauben konnte er nicht.

Immerhin Mamá würde sich freuen, wenn er doch noch zum Essen kam.

## Levke

Sie waren mit dem Mietwagen auf dem Weg zur Comisaría in Playa de Palma. Die Adresse hatte Levke ins Navigationssystem eingegeben. Anna hielt die in dem Zip-Beutel verwahrte Glühbirne wie einen Schatz in Händen. Levke hatte sich nicht getraut, das Beweisstück in ihrem Rucksack zu verstauen – nicht, dass irgendetwas Spitzes darin war und es beschädigte. Sie würde mit ihrer kostbaren Fracht an Bord langsam fahren, sie höchstpersönlich auf die Wache tragen und Jordi Barceló überreichen.

Für Flo hatten Anna und sie an der Rezeption eine Nachricht hinterlassen, für den Fall, dass er dort auf der Suche nach ihnen auftauchen sollte.

»Ich freue mich schon auf sein Gesicht«, sagte Anna eben.

»Auf wessen?« Levke fuhr vorsichtig über die letzte Schwelle, die die Autofahrer vom Rasen abhalten sollten. Jetzt war es nicht mehr weit bis zur Comisaría. Vielleicht noch einen Kilometer.

»Vom Inspektor natürlich«, erwiderte ihre junge Freundin lachend. »Endlich wird ihm sein dämliches Grinsen vergehen.«

Levke hielt hinter einem Auto, dessen Fahrer einen Haufen Fußgänger über die Straße ließ. Die Gruppe sah aus wie die Teilnehmer eines Kegelclubs. Weiße Socken in Sandalen, blasse Waden. Im Rückspiegel sah Levke einen Reisebus herannahen.

»Mein Gott«, sagte Anna, »können die nicht ein bisschen schneller laufen? Was will dieser Trupp überhaupt noch hier?« Sie wedelte in Richtung der Rentner. »Zeit für die Heia!«

Levke blickte noch einmal in den Rückspiegel. Der Bus kam ziemlich schnell näher. Wollte der nicht bald abbremsen? Sie sah zu Anna, die belustigt mit einer Hand den Fußgängern winkte, mit der anderen umklammerte sie die Glühbirne: »Wir haben's eilig!«, rief sie.

Wieder schaute Levke in den Rückspiegel und hielt die Luft an. Die Gruppe war noch nicht über die Straße, der Wagen vor ihr – ein Kleinwagen wie ihrer – konnte noch nicht los. War der Typ in dem Bus irre?

Mit aller Wucht drückte sie auf die Hupe. Die Fußgänger blieben stehen und drehten sich empört nach ihr um, dann erkannten sie offensichtlich, dass sie nicht gemeint waren, und rannten los.

Levke schrie und presste sich in den Sitz. Der Bus knallte in das Heck ihres Wagens, schleuderte sie und Anna nach vorn; gleichzeitig explodierten die Airbags, ihr Fahrzeug wurde gegen das vor ihnen stehende Auto geschleudert.

Dann war alles still.

## Jordi

»Ein was!?« Jordi starrte auf das Walkie-Talkie in seiner Hand.

»Hörst du mich etwa nicht?«, rief der Kollege von der Zentrale. »Ein schwerer Unfall! Ein Busfahrer erlitt während der Fahrt einen Schlaganfall. Ein Passagier hat es in der letzten Sekunde geschafft, noch zu bremsen, aber einen Riesenknall hat es trotzdem gegeben. Es gibt mehrere schwerverletzte Personen. Wir haben alle Personalien aufgenommen, und der Abgleich mit dem System brachte, dass zwei davon Zeuginnen in dem Fall der toten Deutschen sind, und ich dachte, du solltest das wissen.«

Jordi ließ sich auf die letzte Treppenstufe vor seiner Wohnung sinken und fuhr sich mit der Hand über den kahlen Schädel, fragte dann: »In welchem Krankenhaus sind die beiden? Ich würde versuchen, noch vorbeizuschauen.«

»Es ist spät, Jordi, das hat sicher bis morgen Zeit.«

»Und dass der Busfahrer einen Schlaganfall hatte – darüber ist kein Zweifel möglich?«, vergewisserte er sich. So langsam schien ihm dieser Fall zu entgleiten. Nicht, dass es sich um einen Anschlag auf Levke Sönkamp und Insa Kullmers Freundin handelte. Sie trugen angeblich das ›Beweismittel‹ – was auch immer es war – bei sich. Bisher war er nicht einmal dazu gekommen, Levke Sönkamp auf ihre Nachricht zu antworten. Er hätte das nicht zulassen dürfen, sie warnen müssen! Vielleicht hatte Bernd Lessing ja einen Komplizen?

Doch der Kollege brachte ihn wieder auf den Boden. »Nein, es gibt genügend Zeugen, die darin übereinstimmen, dass der Fahrer nach Einfahrt in die Carrer Marbella nicht mehr auf Ansprache reagiert hat. Er hatte den Fuß auf dem Gaspedal, und den Leuten fiel auf, dass er immer schneller wurde.«

Jordi rieb sich die Augen. Was für ein Albtraum. Besonders für Levke, die ihre Angehörigen bei einem Unfall verloren hatte! Wie mochte es ihr jetzt gehen? Dabei hatte sie vorhin gut ausgesehen. So gut, dass er sie erst auf den zweiten Blick erkannt hatte. Natürlich noch immer total unterernährt, aber immerhin wie eine junge Frau und nicht wie ein zerbrochener Teenager. Sie nach dem Knall im *Club Oranje* einfach wegzuschicken und nicht sicher bis zu Rafaels Mutter zu geleiten, war ihm verdammt schwergefallen.

Und jetzt hatte Levke einen Unfall! Auf ihrem Weg zu ihm!

Eigentlich war er nur kurz nach Hause gefahren, um nach Mateo zu sehen und dann auf die Dienststelle an der Playa de Palma zurückzukehren. Er musste sich mit diesem Lessing unterhalten, hatte ihn schon mal auf die Comisaría bringen lassen, dort musste der Gute nun warten. Jordi hatte sein Vorgehen mit Gonzo abgeklärt – immerhin musste der Mann ihretwegen seinen Rückflug sausen lassen und konnte sie auf Schadensersatz verklagen, sollte ihr Verdacht sich als falsch herausstellen. Aber auch sein Chef war der Meinung gewesen, dass es die Sache erheblich verkomplizieren würde, wenn er für alles Weitere mit den deutschen Behörden und Dienststellen sprechen müsste.

Die Aufnahme der Personalien aller Beteiligten an der Sache im *Club Oranje* und die Unterbringung der Haupttäter würde ohnehin Zeit in Anspruch nehmen, sodass er mit den Kollegen vereinbart hatte, in rund zwei Stunden zurück zu sein – so lange waren auch sie auf jeden Fall noch dort und würden auf seinen Zeugen achtgeben.

Jordi erhob sich von der Treppe, nahm die letzten Stufen und öffnete die Tür zu seiner Wohnung.

Kein Geräusch war zu hören. Wieso nicht? Er hatte Mateo extra eine Nachricht geschrieben, als er am Balneario aufgebrochen war. Allerdings – er reckte die Nase – roch es lecker. Sollte Mateo tatsächlich mit seinem Freund das Kaninchen zubereitet haben?

»Mateo?«, rief er leise den Namen seines Sohnes. Als er keine Antwort erhielt, warf er einen Blick in die Küche, in der – dem Chaos nach zu urteilen, das dort auf der Anrichte und dem Küchentisch waltete – gekocht worden war.

Jordi durchquerte den Flur und betrat das Wohnzimmer. Hier herrschte Dunkelheit, und er schaltete das Licht an. Niemand zu sehen. Aber es roch nach einer frisch angezündeten Zigarette. In zwei Schritten war er bei der angelehnten Balkontür. Er hörte ein verhaltenes Jungenkichern.

»Sitzt ihr zwei hier im Dunkeln?«, fragte er und betätigte auch hier den Lichtschalter.

»Tadaa!«, machte Mateo und breitete die Arme aus. »Ha!«

Jordi glotzte auf den gedeckten Balkontisch, den dampfenden Bräter mit dem Kaninchen darin, die leicht verbrannten Kartoffelecken und die drei Flaschen San Miguel bei Tellern und Besteck.

»Warum essen wir hier und nicht drinnen?«, fragte er und trat grinsend nach draußen.

»... da man ja in der Wohnung nicht rauchen darf«, erklärte Daniel und zog an seiner Zigarette.

Jordi sah sich in Mateos Nähe nach einer weiteren Kippe um, doch sein Sohn schien Wort zu halten und rauchte auch nicht auf dem Balkon. Im letzten Jahr war er mit einem brennenden Glimmstängel in der Hand auf Jordis Sofa eingeschlafen und hatte einen Großeinsatz der Feuerwehr ausgelöst.

»Mach das Licht wieder aus, Papa, ist doch viel gemütlicher«, meinte Mateo und deutete auf den freien Stuhl in ihrer Mitte. Der Balkon war schmal, Jordi musste sich auf seinen Platz zwängen, nachdem er das Licht ausgemacht hatte.

Umständlich zog er sein Handy aus der Hosentasche. Am besten er schickte Nieves gleich das Selfie von sich und Mateo, damit sie beruhigt war.

Er schaltete die Kamerafunktion an und lehnte sich so zu seinem Sohn, dass er mit ihm und dem gebratenen Kaninchen auf dem Bild war – doch der Bildschirm blieb nahezu schwarz.

»Man sieht uns ja gar nicht auf diesem dunklen Balkon«, klagte er scherzend, und Mateo griff neben sich auf den Boden und präsentierte eine Kerze, die Daniel mit Hilfe seines

Feuerzeugs entzündete. Auf dem Display leuchteten ihre Gesichter auf.

Jordi drückte auf den Auslöser und hielt in seiner Bewegung inne. *Der dunkle Balkon …*

Wie hatte er das übersehen können?

*Ostersonntag*

## Levke

Levke hatte fest mit Jordi Barceló gerechnet. Damit, dass er sie aus dem demolierten Auto zerren und ihr erklären würde, dass ihr einfach nicht zu helfen sei. Warum sie nicht, so wie er es ihr empfohlen hatte, sofort zu Rafaels Mutter aufgebrochen wäre. Die hätte ihr nicht nur ein üppiges Abendessen vorgesetzt, sondern auch einen Tee gekocht und ihr vermutlich sogar eine Gute-Nacht-Geschichte vorgelesen, wenn Levke sie darum gebeten hätte. Aber nein, würde der Inspektor sagen, sie musste sich ja in alles einmischen und ihm dauernd dazwischenfunken. Und wenn sie nicht wäre, dann wäre das einzige mögliche Beweisstück noch da.

Nun, es war noch da.

Wie durch ein Wunder war die Glühbirne auf Annas Schoß heil geblieben. Insas Freundin hatte die Hände schützend darüber gehalten und nun von der Wucht des Airbags Prellungen an beiden Handgelenken. Und im Gesicht. Genauso wie Levke. Sie hatte ein blaues Auge.

Aber sie lebten. Levke saß auf der Rückbank eines Taxis, trug eine Halskrause zur Unterstützung ihrer geprellten Halswirbel und hielt ihren Rucksack, mit der sorgfältig verpackten Glühbirne darin, wie ein rohes Ei in Händen.

Sie war auf eigene Verantwortung gegangen, hatte unterschrieben, sie wisse, dass es ratsamer sei, wenn sie zur Beobachtung bleiben würde. So wie Anna, die nur allzu bereitwillig dort geblieben war. Sie war ›durch‹. Aber Levke war noch lange nicht durch. Sie wollte diese verdammte Glühbirne beim Inspektor abliefern.

Möglicherweise war er schon zu Hause. Es war nach Mitternacht, und irgendwann musste so ein Polizist doch auch mal schlafen, obwohl er wahrscheinlich bis zum Hals mit Adrenalin vollgepumpt war. Auf ihre Nachricht, dass sie das Beweismittel habe, hatte er ihr jedenfalls nicht geantwortet. Wahrscheinlich hatte er Familie, diese Nieves, mit der er im Hotel telefoniert hatte, war vielleicht seine Frau. Oder seine Schwester? Heute war Ostersonntag. Ostern war das heiligste Fest in der katholischen Kirche. So ein Mallorquiner pflegte doch Traditionen.

Sollte sie ihn nicht auf der Comisaría in Playa de Palma antreffen, würde sie Rafael fragen, ob er ihr Jordis Privatadresse verriet. Der kannte sie bestimmt. Ja, so weit war sie bereit zu gehen. Sie war zweimal innerhalb von vierundzwanzig Stunden dem Tod von der Schippe gesprungen – das rechtfertigte alles.

Nach dem Aufprall hatten sie im ersten Schock geschwiegen, bis Levke flüsterte: »Anna? Sag mir, dass du noch lebst.«

Es war ein Wunder, dass Anna sie überhaupt hörte, denn das Geschrei auf der Straße tönte bestimmt zu ihnen vor – aber Levke bekam gar nichts davon mit. Es fiel ihr schwer, zu beschreiben, was in jenen Minuten mit ihr geschehen war – und sie war keine Esoterikerin – aber da war etwas passiert. Als hätte jemand sie links und rechts gepackt und ihr zugeraunt: *Du hast so vieles überlebt, jetzt mach endlich was aus deinem Leben!* Und wie von fern glaubte sie, das fröhliche Gekicher von Zoe und Mia zu hören.

Konnte das sein? Natürlich nicht. Sie war in einem Ausnahmezustand gewesen. Aber die Vorstellung, dass es den beiden in einer anderen Dimension gut gehen könnte, tröstete sie dennoch.

Als das Taxi vor der Comisaría anhielt, half der Taxifahrer ihr beim Aussteigen. Levke zahlte und erklomm vorsichtig die Stufen zum Eingang. Vor der Tür rauchten zwei Frauen. Die eine hatte dicke Tränensäcke auf den Wangen, sie drückte eben ihre Kippe in einem Sandbehälter aus und blies Levke einen Schwall Rauch ins Gesicht. Dann – als nähme sie sie erst jetzt wahr – musterte sie Levkes Halskrause und ließ ihr den Vortritt.

Im Inneren des Gebäudes lag zu ihrer Linken ein Empfang, dahinter saß ein uniformierter Beamter, der den beiden Frauen per Knopfdruck eine Glastür öffnete. Sie führte in einen Flur, zu dessen Linken und Rechten Klappsitze montiert waren. Die meisten von ihnen besetzt. Die Männer sahen aus wie die, die aus dem *Club Oranje* geflüchtet waren. Zwei Beamte sorgten vorn und hinten mit ihrer Gegenwart für Ruhe und Ordnung.

Levke wandte sich zum Empfang. »Ich habe hier etwas für Inspektor Barceló«, sagte sie auf Spanisch und deutete auf ihren Rucksack.

»Was genau?«

»Etwas, worum er mich gebeten hat.«

Der Beamte betrachtete nachdenklich den Rucksack, dann schaute er auf einen Zettel und fragte: »Ist Ihr Name Levke Sön-kamp?« Er hatte Schwierigkeiten mit der Aussprache ihres Namens.

Sie räusperte sich. »Ja – wieso?«

»Hatten Sie nicht einen Unfall?«

»Richtig, aber …«

»Ich rufe ihn an und sage ihm, dass Sie hier sind. Möchten Sie auf ihn warten?«

Sie nickte.

Der Beamte betätigte den Öffner für die Glastür. Levke betrat den voll besetzten, etwa zehn Meter langen Flur. Wo sollte sie unter all diesen Männern einen Platz finden? Ah, da war einer.

Sie setzte sich zwischen einen der Afrikaner und einen nordeuropäisch aussehenden Mann und nickte den beiden flüchtig zu.

Langsam ließ der Schock nach, und ihr Körper zeigte erste Reaktionen auf den Schlag, der ihm durch den Unfall versetzt worden war – und das, obwohl man ihr prophylaktisch ein Schmerzmittel verabreicht hatte.

Von hier hatte sie die Eingangstür im Blick. Falls es keinen Hintereingang gab, bekam sie es auf jeden Fall mit, wenn der Inspektor eintraf. Wo mochte Lessing sein? Hatte Jordi Barceló ihn etwa schon laufen lassen? Oder war Insas Chef in Palma auf dem Präsidium?

Am anderen Ende des Flurs, dort, wo ein Beamter stand und streng in die Runde blickte, gab es einen Getränke- und einen Süßigkeitenautomaten. Daneben einen Kaffeeautomaten mit Plastikbechern in einem Spender. Ein Licht an der Maschine flackerte.

Levke stand auf, ging an all den Männern und wenigen Frauen vorbei und zog sich eine PET-Flasche Wasser und einen Snickers aus dem Automaten.

In diesem Moment legte sich eine Hand auf ihre Schulter.

»Levke, ich hab dich gar nicht gleich erkannt, was ist passiert?«, fragte Flo, der zwischen den anderen Männern gesessen haben musste, und zeigte auf ihre Halskrause.

»Dasselbe könnte ich dich fragen«, raunte sie erschrocken. »Was machst du hier? Wieso bist du verschwunden?«

Leise tauschten sie die neuesten Ereignisse aus, und Florian beklagte sich, dass er nun schon seit mehr als vier Stunden gegen seinen Willen festgehalten wurde. »Wegen Wildpinkeln, das ist doch lächerlich! Vierhundert Euro wollen die dafür von mir! Woher soll ich die nehmen – selbst mit Girokarte könnte ich das nicht!«

Levke legte sich die Hand auf den Mund. »Sorry, das wusste ich nicht, dass man das nicht darf. Aber immerhin wirst du nun Zeuge, wie ich dem Inspektor die Glühbirne übergebe – und damit wäre dann hoffentlich geklärt, von wem deine Freundin umgebracht wurde!«

Flo traten die Tränen in die Augen, und er flüsterte: »Weißt du, was schrecklich ist? Ich habe sie nur so kurz gekannt. Ich werde doch niemals sagen können, dass sie meine große Liebe war, wo wir nur so kurz zusammen waren.«

»Das kannst du trotzdem sagen«, widersprach Levke. »Bei der großen Liebe spürt man das in den ersten Sekunden.«

Zurück auf ihrem Platz, knabberte sie an der Süßigkeit. Der zuckrige Erdnussgeschmack breitete sich auf ihrer Zunge aus und schien alle Nerven zusammenzuziehen. Levke hustete und schluckte die Masse hinunter. Dann biss sie wieder hinein. Hoffentlich tauchte Jordi Barceló bald auf, sie fühlte sich nicht wohl zwischen all diesen Typen, die sich bis vor kurzem noch die Schädel einschlagen wollten.

Als sie den Riegel aufgegessen hatte, stopfte sie die Verpackung in ihre Rocktasche und holte die verschnürte Glühbirne aus ihrem Rucksack. Bald hielt sie den Zip-Beutel in Händen, spielte nervös an seinem Verschluss. Wenn Jordi kam, wollte sie ihm den Beutel unter die Nase halten. Damit er gleich sah, was sie bei sich hatte.

Sie gähnte unverhohlen und spürte plötzlich einen Blick auf sich ruhen. Ein Mann mit dunklen Haaren und in einem weißen Hemd.

Er saß schräg gegenüber, etwa sechs Männer entfernt, und starrte sie an. Lessing! Ihr Herz begann zu klopfen. Sie musste an ihm vorbeigegangen sein, als sie zu den Automaten ging. Sie hatte ihn überhaupt nicht bemerkt.

Auf ihren Armen breitete sich eine Gänsehaut aus. Hatte er das Gespräch zwischen ihr und Flo belauscht? Natürlich wusste er nicht, wer sie war, aber er musste sie doch als die Frau erkannt haben, die ihn im *Club Oranje* anfallen wollte? Nur nicht hinsehen. Wenn sie seinem Blick begegnete … wer wusste denn, wie weit er gehen würde?

Angenommen, er hatte seine Abdrücke auf der Glühbirne hinterlassen. Dann wusste er jetzt um das einzige Beweisstück in ihrem Besitz. Auf ihrem Schoß.

Levke hielt den Atem an. Sie schielte zu ihrem Rucksack. Warum hatte sie das blöde Ding überhaupt rausgeholt? Ob sie es wieder einpacken sollte? Oder sich besser gar nicht bewegen? Die beiden bewaffneten Polizisten vermittelten ihr wenigstens eine gewisse Sicherheit. Lessing würde sie doch nicht anspringen und ihr die Glühbirne abringen?

Sie hielt unwillkürlich die Hände über das Objekt auf ihrem Schoß und schielte wieder zum Eingang, atmete langsam aus. Jetzt nur nicht auf den letzten Metern die Nerven verlieren. Es konnte doch nichts mehr schiefgehen. Oder sollte sie einem der Polizisten ein Zeichen geben?

Auf Flo war nicht zu hoffen, er bekam dort am Automaten, wo sein Platz war, vermutlich gar nichts mit, hatte Lessing nur auf den Bildern im Netz gesehen, umringt von Bräuten. Oh Gott, wenn nur ihr Herz nicht so heftig schlagen würde!

Von draußen sah sie Blaulicht aufleuchten, und sie schielte durch die Glastür in den Vorraum. Eben öffnete jemand die Außentür. Ihr Herz schlug noch schneller, falls das überhaupt möglich war.

Levke reckte den Hals und atmete auf. Der Inspektor. Noch nie hatte sie sich so sehr gefreut, ihn zu sehen.

Nun sah sie doch zu Lessing hinüber, nickte ihm triumphierend zu. Seine braunen Augen schauten kalt zurück. Ihr schauderte.

Als der Türöffner ertönte, wandte sie wieder den Kopf zu Jordi Barceló, der sich jetzt an den ersten Männern vorbeischob. Dann erblickte er sie. Und lächelte sie an. Warmherzig.

*Wow.*

Sie war diesen winzigen Moment lang unaufmerksam. Lessing jedoch nicht. Er sprang von seinem Sitz auf und machte einen Satz auf sie zu.

Levke keuchte auf, doch es war zu spät. Der Mann schlug ihr gegen die Hände, der Zip-Beutel mit der Glühbirne darin flog in einem Bogen von ihrem Schoß. Der Glaskörper schoss aus dem Beutel, und …

Jordi Barceló reagierte sofort. Ein Strecksprung, und er fing die Glühbirne mit beiden Händen auf, stürzte der Länge nach zu Boden. Landete fast zu ihren Füßen. Die Glühbirne hielt er schützend nach oben. Er stöhnte auf.

Genauso wie Lessing, der im selben Moment von einem der beiden anderen Beamten im Flur mit dem Bauch gegen die Wand gestellt wurde. Handschellen rasteten ein.

Jordis Blick traf Levkes.

*Gott, was für grüne Augen.*

Sie lächelte.

Und es tat gar nicht weh.

**Der tiefe Fall des Bernd L.**

Wer seit Karfreitag nicht nur die wunderschönen Osterprozessionen auf unserer Insel, sondern auch die Geschehnisse am Balneario verfolgt hat, weiß, dass es dort in den letzten Tagen zu einigen Gewalttaten kam.

Der Zufall wollte es, dass zwei dieser Gewaltherde sich gestern Abend miteinander vermischten. So kam es, dass der Chef des Mädchens, das dem Verfasser dieses Artikels am Freitagabend aus dem vierten Stock des Drei-Sterne-Hotels *Tres Pinos* vor die Füße fiel (das MM berichtete), sich just in dem holländisch geführten Club aufhielt, in dem sich eine Gruppe junger Oranjes mit drei Afrikanern eine Schlägerei lieferte (mehr dazu in unserem separaten Artikel).

Auf dem Foto, das vor dem *Club Oranje* aufgenommen wurde, sehen Sie den dringend Tatverdächtigen 36-jährigen deutschen Geschäftsmann Bernd L. bei seiner Verhaftung durch zwei Zivilbeamte des *Grupo de homicidios der Policía Nacional*, deren Gesichter wir auf diesem Bild unkenntlich gemacht haben. Offenbar unterhielt der Mann ein sexuelles Verhältnis zur Toten, die pikanterweise seine Auszubildende war. Laut Zeugenaussagen wurde die junge Mitarbeiterin ihrem Chef unbequem, da sie ihm drohte, seine Frau von ihrem Verhältnis zu unterrichten.

Auf Nachfrage bei der Ehefrau in Deutschland stellte sich heraus, dass diese weder etwas von der Affäre noch vom Aufenthalt ihres Mannes auf Mallorca ahnte.

Das wichtigste Beweisstück dafür, dass Bernd L. seine Tat akribisch plante, lieferte eine Urlauberin, die im Hotelzimmer unter der Toten wohnte: eine herausgedrehte Glühbirne auf dem Tatbalkon enthielt die Fingerabdrücke des Tatverdächtigen und erwirkte so den Haftbefehl durch den Richter.

Nach der Festnahme wurde zudem das Gepäck des 36-Jährigen durchsucht. Die sichergestellten

Beweismittel werden derzeit noch ausgewertet. Der deutsche Staatsangehörige wird am folgenden Dienstag der Staatsanwaltschaft vorgeführt.

Zu Ehren der überaus erfolgreichen Tatort-Gruppe plant dieses Magazin eine exklusive Porträt-Serie über die Organe dieser Einheit und ihre vielfältigen Aufgaben. Dabei werden auch jene zu Wort kommen, die durch eine Zusammenarbeit mit der Polizei zur Sicherheit unserer Bürger und unserer Inselgäste beitragen. Den Auftakt zur Reihe bildet ein Porträt über Selma Calvo, die seit Jahren eine der beliebtesten Bars am Balneario betreibt.

Es bleibt also spannend!

Ihr Rafael Fiol, Polizeireporter

## Nachwort

Obwohl ich mir Mühe gebe, bei den Ortsbeschreibungen so exakt wie möglich zu bleiben, komme ich nicht darum herum, die örtlichen Gegebenheiten teilweise den Erfordernissen der Handlung anzupassen.

So habe ich den Namen des Hotels und die der Lokale frei erfunden, in denen meine Protagonisten ein- und ausgehen; ebenso ein paar Straßennamen. Auch das Innere der verschiedentlich genannten Polizeidienststellen ist meiner Fantasie entsprungen, da sich keine Chance ergab, mich darin umzusehen. Im Gegenteil – als ich vom Polizeipräsidium in Palma Fotos aufnehmen wollte, wurde ich freundlich, aber bestimmt fortgeschickt. Übrigens von einem Beamten, der prompt für ›meinen‹ Inspektor Jordi Barceló als Vorlage diente.

Bei der Vorgehensweise der Policía Nacional habe ich mich größtenteils an der deutschen Polizeiarbeit – soweit ich sie recherchieren konnte – orientiert. Aber bitte vergessen Sie nicht: Dieser Fall ist genauso wie seine Figuren rein fiktiv. Ähnlichkeiten mit lebenden Personen oder wahren Fällen wären rein zufällig.

Stina Jensen

**Die Autorin:**

Stina Jensen ist ein Star der Selfpublisher-Szene: Von ihrer INSELfarben-Serie (erfolgreichster Titel: Inselgold) hat sie über 100.000 EBooks verkauft. Regelmäßig steht sie auf der Tolino-Bestenliste unter den Top 20.

Begonnen hat Ivonne Keller (ihr Klarname) als Autorin bei Knaur mit drei Spannungsromanen. Doch ihren Brotberuf als Personalerin konnte sie erst kündigen, als sie ihre Vermarktungsmöglichkeiten als Selfpublisherin entdeckte.

Inzwischen sehnt sie sich allerdings wieder nach dem Krimigenre: PLAYA DE PALMA: ABGRUNDTIEF ist der erste Krimi ihrer neuen Reihe mit Mallorca-Krimis.

Aufgewachsen ist Ivonne Keller in einem hessischen Dorf. Heute lebt sie mit ihrer Familie in Bad Vilbel. Während eines Auslandsstudiums im andalusischen Granada lernte sie Spanisch, was ihr jetzt für ihre Recherchen auf Mallorca sehr zugute kam.

www.stina-jensen.de